お狐様の異類婚姻譚

元旦那様は恋狂うところです

糸　森　環

T A M A K I　I T O M O R I

一迅社文庫アイリス

CONTENTS

壱・継ぎゝ燧人橋　此の火ぞ越し　8

弐・相楽巡って　トッピンシャン　63

参・駆け抜けましたら　ドンと焼け　76

肆・茶話の根組みもこめかしかりし　都度都度に　131

伍・夫様にかかりても　火山様かしまし　187

陸・月の子生せよ　260

漆・宵の毬にてポンピン咲く花　世の鈿女　285

あとがき　314

白月《しろつき》
八尾の白狐の大妖で、雪緒の元夫。人型時は白髪金目の美丈夫の姿。紅椿ヶ里の長で、郷全体の頭領である御館の地位にある。一見穏やかそうだが、本性は怪らしく苛烈で残酷。
雪緒《ゆきお》
幼い頃に神隠しにあい、もののけたちが暮らす世界で薬屋をしている少女。黒髪黒目。素直な性格でのんびりしている。人間の世界にいた当時の記憶はほとんどない。
お狐様の異類婚姻譚
元旦那様は恋狂うところです

宵《よい》丸《まる》

大妖の黒獅子。人型時は目元の涼しい文士のような美男子だが、手のつけられない暴れ者として悪名高い。白月との離縁後、雪緒に絡んでくることが多くなった。

三《み》雲《くも》

祭事で雪緒が出会った鬼。角や牙はなく、一見すると人間の青年に見える涼やかな目元の美丈夫。胸に梵字の刺青を入れている。

沙《さ》霧《ぎり》

神と人の間に生まれた、半神の木霊。雪色の長髪の麗しい青年の姿をしている。人間には好意を持っているが、怪のことは嫌悪している。白月のことは理性崩壊レベルで嫌い。

鈴《すず》音《ね》

白月の妹。四尾の妖狐で酷薄非情。人型時は妖艶な美女の姿。白月に恋慕するが拒絶され、後に白桜ヶ里を崩壊させる原因となる。

設楽《しだら》の翁《おきな》

童子の姿をした古老の怪。雪緒の育ての親。己の天昇後に一人になる雪緒の身を案じ、伴侶に白月を選んだ。

由《ゆ》良《ら》

白桜ヶ里の元長の子。本性は鵺。口は悪いが、良心的で誠実な性格。過去に雪緒に救われたことがある。

伊《い》万《ま》里《り》

梅嵐ヶ里で薬屋を営んでいた少女。人間と梅精の間に生まれた子で雪緒と同年代。

千《ち》速《はや》

白月の配下の愛らしい姿の子狐。子狐たちのまとめ役(?)。雪緒を慕っている。

耶《や》花《か》

美しい姿をした鬼。見た目は若いが、格が高く鬼たちの上位に位置する。

天昇［てんしょう］
怪が地上での死ののち、天界に生まれ変わること。怪としての格が上がる。

十六夜郷［いざよいごう］
七つの里にひとつの鬼里、四つの大山を抱える地。

紅椿ヶ里［あかつばきがさと］
十六夜郷の東に位置する、豊かな自然に囲まれた里。

梅嵐ヶ里［うめあらしがさと］
十六夜郷の南に位置する里。梅の花が咲く風流な地。

白桜ヶ里［しろざくらがさと］
十六夜郷の南東に位置する里。

綾槿ヶ里［あやむくげがさと］
十六夜郷の西に位置する里。

御館［みたち］
郷全体の頭領のこと。それぞれの里には長が置かれている。

耶陀羅神［やだらのかみ］
怪が気を淀ませ変化した、邪の神。自我がなく、穢れをまとう化け物。

悪鬼［あっき］
他者を害することにためらいがなく、災いをもたらす存在。

獬豸［かいち］
郷に存在する瑞獣。頭頂部には角があり、犬のような羊のような体をしている。

イラストレーション◆凪かすみ

お狐様の異類婚姻譚　元旦那様は恋狂うところです

OKITSUNESAMA NO IRUIKONINTAN

◎壱・継《つ》ぎゝ燧人《つぎすいじん》橋　此《こ》の火ぞ越し

「私が里長《さとおさ》候補ですって？」

思いもよらぬ話を聞かされ、雪緒《ゆきお》は唖然《あぜん》とした。


八月。

この季節はどこもかしこも日の光にあふれ、蒸し風呂《ぶろ》のような暑さが続く。

といっても雪緒の暮らす紅椿ヶ里《あかつばきがさと》は、山間の深い場所にある。おかげで夕暮れ後は平原の集落よりもずっとすごしやすい気温になる。山の頂まですっぽりと青い夜に沈めば、崖《がけ》を下った風が谷底を浚《さら》い、昼のうちに溜《た》められた地中の熱を吹き冷《さ》ます。

雪緒は開放中の円窓に目を向けた。外はすっかりと宵闇《よいやみ》の気配に包まれている。

「もう、雪緒さんったら、なにを呑気《のんき》な顔してるの？　さっきからちっとも私の話を聞いていないでしょ！」

ふいに女の声でぴしゃりと叱《しか》られて、雪緒は我に返った。「しまった」と身を竦《すく》め、声の主──膨れっ面《つら》の美女を見やる。

「やあ、手当てをしてもらって深く感謝していたところなんですよ。伊万里《いまり》さんの薬は本当によく効きますね」

　雪緒は愛想笑いを顔に貼《は》りつけて言った。

「見え透いたお世辞なんかに私が喜ぶと思って？」

　ツンとつれなく顔を背けるこの小柄な美女を、伊万里という。人と梅精の血を継いだ他里出身の娘である。一見した限りでは雪緒と変わらぬ年頃《としごろ》のように思われるが、実年齢は不明だ。

　童女よろしく顎《あご》の位置で切り揃《そろ》えられた髪は、紅葉《もみじ》よりも赤い。同色の瞳《ひとみ》も濡《ぬ》れたようなつやを見せる。下向きの睫毛《まつげ》には色気が匂《にお》う。同性の雪緒でさえもふとした瞬間見惚《みほ》れるほどだ。小さな唇も、食べ頃の果実のように赤く色づき、瑞々《みずみず》しい。

（伊万里さんには一度、ひどい目に遭わされている。憎みたい気持ちだってまだ残っているし、信用もし切れない。でも、こんなふうに心配してもらえるのは、やっぱり嬉《うれ》しい）

　雪緒は喜びと嫌悪、親しみなど、いくつもの感情を抱えながら、飴《あめ》色の薬箱を挟んだ向こうに座っている伊万里の全身をさっと観察した。

　彼女が着用しているのは、この時季に合わせた水色の薄物だ。袖《そで》と肩に紅色の芙蓉《ふよう》が咲き乱れた、涼しげながらも華やかな柄である。袴《はかま》は白菫《しろすみれ》の色で、裾《すそ》には愛らしい小花の図が施されている。夏の盛りにふさわしい装いだった。

　華やかさでは雪緒の着物も負けていない。黄色や橙《だいだい》色の花々の影に車輪、そのまわりを蝶《ちょう》が舞うといった図が捺《お》し染めされた、目に鮮やかな瑠璃《るり》色の薄物だ。袴には牡丹《ぼたん》色を選んだ。

これは雪緒の育て親であった設楽《しだら》の翁《おきな》が揃えてくれたもののひとつで、夏の装いのなかでもとくに気に入っている組み合わせだった。

「……私の薬なんか、なんにも効いてないじゃない」

伊万里がぼそりと暗い声音で反論する。

雪緒は曖昧《あいまい》に微笑《ほほえ》むと、伊万里にそっと掴《つか》まれている自分の手首を見つめた。

彼女の手によって既に処置されているが、厚く巻かれた布の下には火傷《やけど》の引きつれに似た獣の噛《か》み痕《あと》がはっきりと残っている。

「薬効が現れないのも道理だわ。獣の怨念《おんねん》が呪詛《じゅそ》のように濃厚に絡みついている。仮にも元の奥方相手に乱暴を働くなんて……、自制を知らぬ大妖《たいよう》の恐ろしいことといったら、もう」

伊万里が吐き捨てるような口調で言う。雪緒を責めているのではないとわかっても、語調の厳しさに自然と視線が落ちる。

(私なんて名ばかりの元妻だったしなあ)

雪緒に傷を与えたのは、元夫たる白狐《びゃっこ》の大妖で、なおかつこの十六夜郷《いざよいごう》の長、白月《しろつき》である。

——ここは異形と人が共存する、あやしあやしの多彩な世界だ。

七つの里、ひとつの鬼里、四つの大山などを抱える幽遠《ゆうえん》の地、十六夜郷は、一国に等しい。

雪緒は東の方角を占める紅椿ヶ里で、〈くすりや〉という職種そのままの屋号の見世《みせ》を開き、生計を立てている。設楽の翁から引き継いだ大事な見世だ。

当の翁は天昇《てんしょう》をすませ、この地を去っているので、いまは養女の雪緒のみ。天昇とは、転生のような意を持つ。妖怪《ようかい》は、死して格を上げる。だが翁や伊万里とは違って雪緒には、一滴も妖怪の血が流れていない。純血の人間だ。そもそもが、こちらの世の生まれでもない。

神隠しの子である。

なんの因果か、雪緒は十数年前に、ふしぎが踊るこの異界に迷いこんでしまった。元の世への帰還に未練がないと言えば嘘《うそ》になるが、もはやあきらめはついている。なにしろ肝心要《かなめ》の記憶すらほとんど頭に残っていない。「雪緒」という名でさえ、こちらの世で与えられている。

縁あって、少し前に、高嶺《たかね》の花のような存在の白月と婚姻関係を結ぶことになったが、その彼とはわずか二ヶ月で離縁している。我ながら数奇な運命だと雪緒は思う。

だが一度結んだつながりはたやすく切れるものではないらしく、別れたあともなんだかんだと白月と行動をともにする機会があった。むしろ離縁後のほうが頻繁に顔を合わせている。

(狒狒《ひひ》男に攫《さら》われたり死者の市に閉じこめられたり鬼の嫁入りに巻きこまれたりと、思い返せば散々な体験をしているけど……。というよりも、翁の加護が消えてから、自分の周囲であからさまなほどに揉《も》め事が急増してる)

雪緒は溜め息を呑《の》みこんだ。

育て親たる設楽の翁は、最後まで雪緒に夫を持てと——守り手を見つけろと口を酸っぱくして言っていた。その言葉が近頃、ひどく骨身にしみる。

妖怪が幅を利かせる世で、人にすぎない雪緒は弱者だ。文字通りに『食われる』側の立場であり、わずかな気のゆるみが命運を変えるほどの災いを招く。たとえ怠りなく警戒していてさえも、危機の大火に見舞われる恐れがある。

手首の傷は、そうした騒動の途中で白月につけられた。

なりゆきで雪緒は鬼の三雲《みくも》に執着されるはめになり、人の子には判別できない『しるし』が小指に刻まれた。それが元夫の怒りを買った。手首を落とせと要求された。

見かねた三雲がしるしを消してくれたので、結果的には片手を失わずにすんだが——しるしをつけた張本人も三雲なのだが——この一件が尾を引き、白月と雪緒のあいだにはごまかせないくらいの深い亀裂が入った。

いや、ひびが入ったのは雪緒の心だけだ。白月に対して、とうとう本気の恐怖を抱いてしまった。ひいては怪《かい》という種族全体にも恐れを抱くようになった。

白月のほうは、一貫している。執着する相手に心変わりをされるくらいなら、ほかの色を寄せつけぬ真っ黒な恐怖で支配したい。そういう突き抜けた、とことん無慈悲な思考を持っている。狐一族はその辺の考え方がとくに苛烈《かれつ》で、身内の裏切りにも厳しい。

「……ね、雪緒さん」

と、雪緒同様にしばらく黙考していた伊万里が、意を決した様子で呼びかけてきた。

「この際、私と梅嵐《うめあらし》ヶ里《がさと》へ居を移してはどう？」

予想外の誘いに、雪緒は胸に蔓延《はびこ》る憂いを忘れてきょとんとした。梅嵐ヶ里は彼女の故郷だ。十六夜郷の南に位置している。先月の、七夕祭《たなばた》の絡んだ騒動が起きた場所でもあった。

「いまの梅嵐なら、あなたを好意的に受け入れると思うのよ。……念のために言いますけれども、あなたを利用して自身の里帰りを目論んでいるわけじゃないからね」

「あ、いや、そこは疑っていませんが……」

赤い瞳でこちらを見据える伊万里に気圧《けお》され、雪緒は返答を濁した。

伊万里は、故郷の梅嵐ヶ里で生贄《いけにえ》に等しい不当な扱いをされていた。その苦難の日々に耐え切れなくなり、命からがら逃げ出してきたのだ。しかし先の騒動で、彼女を苦しめる元凶でもあった梅嵐の長一族は行方《ゆくえ》知れずとなっている。雪緒を連れずに一人で帰ったとしても、薬師の知識を持つ伊万里を、乱れに乱れて余裕のない梅嵐が処するとは思えない。

「だってあなた、このままだといつか白月様に……大妖に食われるわよ」

伊万里のひそめた声に、雪緒はどきりとした。

「怪を甘く見ちゃだめよ。どんなに人真似《まね》が上手《じょうず》でも、その本質は化け物だから。一切の混じりけがない大妖なんて、それこそ最たる化け物、動く混沌《こんとん》と言っても過言ではない存在だわ」

「ええ、それは、わかってはいるんです」

雪緒の煮え切らぬ反応がもどかしいのか、伊万里は首を横に振ると、こちらに身を乗り出した。

「わかっていないわ、雪緒さん。混沌そのものに、『心』などないの」

強く言われ、雪緒は鞭《むち》打たれたように身を緊張させた。

「まやかしよ。あるように見せているだけ。……なぜって、神身《しんしん》・又候《またぞろ》・土塊《つちくれ》也――それが『怪』の成り立ちですもの。だから執拗《しつよう》に人を食らいたがる。人に近づきたがるのよ。でも食らったところで所詮《しょせん》は土塊より出でし輩《やから》、真の心など芽生えるわけがない。おのれにないものをいつまでも奪いたくてたまらないのが、彼らだわ」

「いったい、人のなにがそこまで怪を魅了するんですか」

「熱よ」

「熱」

「土が、ひとりでに熱を発すると思う？　あたためられねば、いつまでも凍えたままでしょ」

雪緒は奥歯を噛みしめた。

伊万里は決して怪を卑しい種だと蔑《さげす》んでいるのではない。ただ、人間とは完全に異なるこわい存在なのだと、雪緒に教えている。それにしても、この十年で怪や妖《あやかし》の恐ろしさは痛いほどわかったつもりでいたのに、他者の目にはまだ浅慮な認識だと映るらしい。

その皮肉な現実にも気づかされ、雪緒はしょげ返った。

ふたたび漏れそうになる溜め息をこらえたとき、薄黄色の障子の向こうに、ぼう、と橙色の明かりが滲《にじ》んだ。

「申《もう》し申《もう》し。人の客様、梅精の客様。おくつろぎのところ、まことすみませぬ。お連れ様のご到着でございます」

外から響いた呼びかけに、雪緒と伊万里は顔を見合わせた。

「連れ？　伊万里さん、私のほかにもここで待ち合わせをしていた方がいるの？」

「いえ、雪緒さん以外はだれも呼んでいないけど――」

――雪緒たちはいま、〈花ノ竹茶房《かのたけさぼう》〉という茶屋にいる。ここは紅椿ヶ里の盛り場の奥、上里《かみさと》にほど近い場所にある見世で、宿として利用することも可能だ。

この見世にはいくつかおもしろい特徴が見られる。まず、構造的に、完全個室である。花ノ竹茶房という号の通り、竹造りのお宿なのだ。なんでも〈かくやヒメ〉という世にも美しい姫君が生まれた場所だとか。なるほど、〈たけとりものがたり〉の跡地らしい。が、面妖《めんよう》なことに、雪緒がなぜ〈たけとりものがたり〉という言葉を思いついたのか、また、それがどういう由来なのかは自分でもわかっていない。

とにかく、この一帯には驚くほどに太く、そして天を貫くほどに背の高い竹がたくさん生えている。幅は、ちょっとした小屋が丸ごとすっぽり入るくらいだ。

これらの竹群を利用して、その内側に六畳程度の部屋を設けている。竹一本につき、およそ十の部屋がある。もちろん、竹の幅の関係で各階ごとに一部屋ずつ。ほかは、狭く急な階段しか竹の内部に存在しない。

竹群の近くでは〈カヒヶ池〉という空色の美しい池が見られる。この池もおもしろい特徴を持っている。鬼灯《ほおずき》の実を池に投げこめば、それが水中で花火の種と化し、空に舞い上がる。そして池のなかでも、鏡で映したかのように花火が上がる。里の花火は大抵、ここで客が上げているものだ。

花ノ竹茶房自体は高級宿に分類される。民が気軽に立ち寄って飲み食いするような場所ではない。なにかの祝い事や会合、あるいは恋人たちの逢瀬《おうせ》……といった、特別な目的のときに利用されることが多い。雪緒の場合は薬師の立場柄――もっというなら育て親の翁がこの見世の常連だったため、足を運ぶ機会がそれなりにあった。ただし今夜に関しては、伊万里に誘われてのことだ。彼女は現在、安全が約束されたこの茶房に身を寄せている。

花ノ竹茶房の管理者は、力のある大鯨《おおくじら》の妖だ。預かる客を危機に晒《さら》すような失敗はしないし、使いの者にも礼儀と献身を徹底している。というのに、雪緒たちの許可も取らず、『連れ』と称する不審な者を部屋に通そうとする。

(そんな強引な行為が花ノ竹茶房で許されるのって、……御館《みたち》の白月様くらいしかいない)

という雪緒の推測は的中した。部屋の障子が外側からすっと開けられる。

薄暗く狭い階から、鬼灯形の手提げ提灯《ちょうちん》を持った白月がゆらりと現れた。

一見、二十二、三あたりの優しげな顔立ちをした美しい青年だ。だが本性は、先ほど伊万里がぼやいた通り、恐ろしいの一言に尽きる。

絹糸めいたつややかな白い髪に、同色の狐耳。もふんとした尾もやはり白い。目は、いかにもけだものらしい冷たげな黄金の色を持つ。目尻《めじり》には一筋、筆で撫《な》でたように赤い隈取《くま》りがあり、それが彼をより妖《あや》しく、色っぽく見せている。着用している衣は、雪緒たちのように夏物だ。藍《あい》色の着物に、白地の帯。紗《しゃ》羽織も白地で、涼しげだった。

「やあ、おまえ様方」

と、白月が微笑んだ。

ふいうちの訪れに雪緒と伊万里が戸惑っていると、白月の後ろから、またべつの者が階を上がってくる。おや、と雪緒は目を見張った。

白月は意外な者を同行させている。半神でもある木霊《こだま》の沙霧《さぎり》だ。

「早く入れ」

沙霧は突っ慳貪《つけんどん》に白月を急《せ》かしたのち、

「雪緒さん、伊万里さん。よい夜ですね。あなた方が茶房で語らっていると友人から聞いたので、ぜひとも合流させてもらおうと思ったんですよ」

と、華やかな笑みを浮かべて嘘臭い挨拶《あいさつ》をした。

沙霧も、白月に負けず劣らず端整な容貌《ようぼう》の男だ。肌は浅黒く、長い髪はしとやかな雪の色をしている。瞳は透き通った焦げ茶色。年は、白月よりもいくぶん上に見えるが、正確なところは定かではない。彼はとくに古風な装いを好む。いまも白地に竜胆《りんどう》の文様が入った狩衣《かりぎぬ》を着ている。裏地は赤紫。袴は紺色。

二人が室内に入ると、階の途中で待機していたらしい使いの者――若い牡牛《おうし》の怪で、顔貌《かおかたち》は人と変わらぬが長い尾が生えている――が小脇《こわき》に抱えていた橙色の座布団を室内の板敷きに並べ、さらには腕に下げていた取っ手つきの桶《おけ》形の膳も横に置いた。そこからさっと丸形の徳利《とっくり》と青い酒杯を二つ取り出し、小机に並べる。それらの準備が終わると、一礼して去っていく。

御館を追い返すのは無理であっても、せめて事前に一言ほしかった。そう複雑な気持ちで使いの者を見送ってから、雪緒は徳利を手に取り、二つの酒杯に傾けた。白月たちがにこりとした。

「逢《あ》い引き中、邪魔したか？」

そんな軽口を叩《たた》いて、白月がちらりと雪緒と伊万里を見やり、酒杯に口をつける。

（逢い引きって。冗談なのか皮肉なのか、わかりにくい）

反応に困る雪緒とは異なり、伊万里は警戒の滲む表情を浮かべた。

沙霧はというと、呆《あき》れを含んだ目で白月を見ている。

「ああ雪緒さん。この狭量な狐野郎の言葉を額面通りに受け取ると、あとで痛い目に遭いますよ。こいつ、あなた方が密会の真似事をしていると聞いて、本気で不快になっています」

沙霧の暴露に、雪緒は目を丸くした。なぜ。

自分と伊万里のあいだに、あやまちなど生まれようがない。

もしかすると、伊万里に手ひどくやられた経験があるのに二人きりで会うなど浅はかだと、そういった意味で不快感を抱いたのか――と心情を探ったが、苦笑いして一瞬こちらを見た白月の目が暗く輝いていたのに気づき、雪緒は自分の短慮を知った。

「狐野郎の執心を侮らぬほうがいいですよ」

本人を前にしての堂々たる沙霧の忠告を流して、雪緒は乾いた唇を開いた。

「白月様と沙霧様は、どういったご用件でこちらに？」

ただの気まぐれで合流しに来たわけではないのは、明らかだ。

なぜならこの二人は、狐野郎、木霊野郎と笑顔で罵《ののし》り合い、食い殺したがるような物騒かつ険悪の関係にある。間違っても親しく酒を酌《く》み交わす仲ではない。

「言っておきますが、今回は私、雪緒さんになにもしてませんよ。……怪我《けが》の手当てをしただけです」

伊万里が怯《おび》えた目を白月に向けて、言い訳めいた主張をする。

以前の彼女は白月の妻の座を狙《ねら》っていたが、六月に行われた鬼の嫁入り騒動後は一転して彼を祟《たた》り神扱い。できるなら関わりたくないという空気を発している。

雪緒も――いまや白月は、本心から恐れる相手に変わっている。

長いあいだ、恋をし続けた相手のはずなのに。

（っていう私や伊万里さんの苦悩をしっかり理解しながらも、平然と会いに来るのが本当に白

月様らしい）

悪びれることなくいつも通りの泰然とした態度が取れるのは、雪緒たちを下に見ているため……というよりは、単に肝が据わっているだけだろう。

「怪我ね」と、沙霧が意味深につぶやき、袖に隠れている雪緒の手首に視線を投げる。

「事の顛末《てんまつ》は聞いた。狐野郎の野蛮《やばん》さと凶悪さには怒りしか湧《わ》かないが――鬼に慈悲をかけて見逃《みのが》した僕にも責任がある。雪緒さんにはつらい結果になりましたね」

憂いを帯びた目で沙霧が謝罪する。

鬼の嫁入り騒動時、彼は、白月と三雲の仲裁役を買って出た。そうせねばならない理由があったとはいえ、鬼の解放は沙霧にとっても不本意な判断だったのかもしれない。

「俺《おれ》の烈《はげ》しさなど雪緒はとっくに知っているだろ。白状すれば、いまでも俺は、その手を落としたい。自分を曲げて曲げて曲げて、煮え立つこの衝動をこらえている。苦水を絶えず身のうちに注がれているかのようだ」

白月が落ち着いた口調で言った。

その冷静な声音にそぐわない過激な内容に、だれもが驚き、黙りこむ。

緊張感を孕《はら》んだ沈黙が室内に広がった。雪緒は、彼のほうに目を向けられなかった。

伊万里の話は正しかった。この傷は確かに怨念であり呪詛だ。薬では癒《い》やせない。

「これだから獣の妖怪というものは……」

やがて舌打ちをした沙霧に、白月はやはり淡々と答えた。

「俺一人が特殊なのではない。怪なら、当たり前の認識だ。木霊野郎にはわかるまい」

「これだから」

もう一度、沙霧が短く吐き捨てる。

そうだ、白月には当たり前の考えだから、これまで通りに雪緒とも顔を合わせる。彼の『心』はなにも変わっていない。変わってしまったのはむしろ……、雪緒はそこで思考に蓋《ふた》をした。私はこの狐様に恋をしている。し続けている。そのはずだ。どれほど恐怖を抱き、抱かされようとも、ひたすらに恋を……。

でも、胸が切り裂かれたように痛むのは、なぜなのか？

「いや、こんな話をしに来たのではありません」

濁る空気に嫌気がさしたのか、沙霧が嘆息して軽く首を横に振った。長い髪が肩にちらばる。室内の行灯《あんどん》のあかりが、彼の髪を悩ましく輝かせた。

雪緒は、美しい髪だなと思った。白月がちろりと雪緒を見て、ふたたび酒杯に口をつけた。

沙霧が鬱陶《うっとう》しげに肩に落ちた髪を払い、雪緒に労《いたわ》りの目を向ける。

「先の祭事では、ほかにも大変な思いをしましたね、雪緒さん」

「いえ。無事に里へ戻ってくることができたので、大丈夫ですよ」

鬼の三雲に目をつけられたことで雪緒は民の反感を買った。そこで、彼らの荒ぶる心が静まるまで隣里の白桜《しろざくら》ヶ里《がさと》に避難し、浄化作業の手伝いをすることになった。

先月に行われた七夕祭――撫子御前祭《なでしこごぜんさい》もそうした作業の一環だったが、祟りが原因で雪緒たちは梅嵐ヶ里に流され、閉じこめられるような状態に陥った。

その騒動の片を付けたのち、雪緒たちは紅椿ヶ里に戻った。気づけば、八月が来ていた。

梅嵐で巻き起こった祟りを鎮めた効果なのだろう、雪緒が紅椿ヶ里でふたたび暮らせる程度には、民の反発は下火になっている。だが、一切が元通りというわけでもない。まだ自分の見世を再開できないでいるのがその証拠《しょうこ》だ。

伊万里が花ノ竹茶房へ来ないかと誘いをかけてきたのは、そんなときである。

宙ぶらりんの身でいる雪緒を案じたのか、それとも過去の償いのつもりか、塞《ふさ》がらぬ傷の手当てをしてくれたいまの彼女からは悪意を感じない。

出会い方が違っていれば、よき友になれたのではないかと少し残念になる。伊万里には人の血も流れている。気の置けない友として支え合う未来があったかもしれない。

「雪緒さんが誤解せぬよう、他者の口から聞かされる前に話しておきたいことがあるんですよ。いまのあなたはそっとしておくべきなんでしょうがね、そうも言っていられぬ。……この陰険狐野郎はなんでも隠したがるが、これればかりは早めに本人の耳にも入れておくべきだ」

雪緒に目を向けたまま、沙霧が気遣うようにそう前置きをする。

「……なんの話でしょう？」

「雪緒さん、長になりませんか」

「…………はい？」

雪緒は胸に抱いていた葛藤《かっとう》や恐れ、悲哀などをすべて捨て去り、唖然とした。

とんでもない火薬玉を放《ほう》ってきた張本人の沙霧はというと、穏やかに微笑んでいる。麗しい笑みだ。素直に感嘆し、見惚れていると、彼の隣で静かに杯をあけていた白月から、また、ちろりと見られた。雪緒は、空になった白月の杯に、徳利を傾けた。

「長です、長」

と、沙霧が繰り返す。聞き間違いではなかったようだ。

「あなた、目立ちすぎましたね」

そんなことはない……と反論できないのがつらいが、これまでに発生した数々の騒動の大半は、雪緒が原因ではないはずだ。

「雪緒さんの現在の立場はどうにも微妙なのですよ。位持ちの鬼に執着されていながら、正気を保ち続けている。妖力《ようりょく》なしでありながら、翁が授けた稀《まれ》な智を持つ。人の身でありながら、瑞獣《ずいじゅう》に愛《め》でられている。災いの中心にいながら、欠けることなく生き残る。多くに恨まれながらも、大なる妖には目をかけられている」

「……それ、ひょっとして私の話ですか？」

雪緒は軽く身を引いた。一部、受け入れがたい表現がある。

「ひょっとしてもしなくても、雪緒さんご自身の話ですよ。ええ、かわいそうな人の子、半神たる高位の僕もあなたをこうして真剣に案じている。それから、なんて利用価値のある貴重な人の子なのだろうとも感心している」

「正直すぎません⁉」

雪緒は突っこまずにはいられなくなった。

「あなたを邪魔に思う者からすれば、始末するのが一番早いでしょうが、我らが御館様は決して他者の『お手付き』を許さないでしょう？」

「いえ、だから正直すぎる……」

「手出し不可というのなら、撫子御前祭の祟りで大いに乱れて沈没寸前の梅嵐ヶ里に封じてはどうか、という話が上里で議論されているのですよ」

「衝撃的すぎて心が追いつかないんですが」

雪緒のほうこそ混乱の海の底に水没しそうな心境だったが、沙霧は穏和な態度を崩さず話を続ける。

「要は、生贄ですね」

「もう少し言葉を選んでみませんか、沙霧様」

この木霊様に、思いやりの大切さを教えたい。

「贄《にえ》と言ってもね、そう悪い話じゃないんですよ」

不吉さ以外は微塵《みじん》も感じないが、どの辺に救いがあるというのか？

雪緒があんまりにも悲愴《ひそう》な顔つきをしたためか、沙霧はかすかに笑った。

見かねた伊万里がそっと雪緒の背をさする。……優しい。これだけでもうほだされそうだ。

「なにもおまえ様に死ねと命じているのではない」

と、静観していた白月が溜め息まじりに言う。沙霧が彼に視線を向け、ふんと鼻白む。

(白月様はこの突拍子もない話を私には伝えたくなかったけど、行動力のありすぎる沙霧様を止められなかったんだろうな。それで渋々、一緒に会いに来たのか)

雪緒は、ひそかに納得した。

どこの里も、上里と下里《しもさと》に区分される。上里は主に長や能力の高い怪が住み、彼らで政《まつりごと》を行う。下里には民たちが暮らす。沙霧は、自身の発言通り、位の高い半神だ。上里で行われたという議論の場にもいただろうから、古老たちが出した案をごまかすこともできない。

「梅嵐ヶ里には生き残りの民も多く残っている。彼らの大半が、悪行三昧《ざんまい》だった長に呆れている。次に立つ者は、民たちをないがしろにせぬ公平な者がいいと望んでいるんだ。おまえ様は、先の件で民たちに好意的に見られているだろ」

「白月様、他愛《たわい》ない好意だけでまさか、私のような人の子が長になれるわけが……」

いくらなんでもそんな安易な話があるのか、と疑う雪緒に、白月がうなずき、ゆらりと狐尾をゆらす。行灯のもたらすあかりが、竹の形にゆるく弧を描く部屋の壁に、尾の影を作る。影の尾も、ゆらりとゆれる。

「そうとも雪緒。妖力もなく、この世の掟《おきて》も本質も決して理解し得ぬおまえ様が、里の統治者になどなれるわけがない」

「無理とわかっているなら、どうして？」

「雪緒が無能だからこそだ。要するに民は、もう理不尽に搾取されぬよう次は傀儡《かいらい》の長を頂に据えたいと望んでいる」

「……傀儡」

雪緒はしみじみと思う。

非情な説明を、ひとかけらの罪悪感も見せずに伝えられるのが、妖の妖たる所以《ゆえん》だなと。

「もっと言うなら、おまえ様の後ろ盾も気に入ったのだろう」

白月が狐耳を交互に倒す。

「雪緒自身は弱く、与《くみ》しやすい。その無力さは望むところだが、一から百まで頼りなくてはさすがに厳しい。里の存亡にも関わってくる。いざというときには縋《すが》れる強固な盾がほしい」

「その盾が元夫殿の御館様であり、雪緒さんに目をかけている巨の妖たちとなるわけですよ」

と、沙霧が顔の位置まで杯を掲げ、口を挟む。

（あ～、わかりました！　だれも私個人の素質など眼中にもなくて、ひたすら人脈が重視されたんですね！　無力と言えども私には一応、御館の元妻という地位がある。他里の長候補に

指名しても、そこまで道理を軽んじることにはならないと)

新たな長はお飾りであればあるほど都合がよい。だが物資の支援なり外敵の討伐なりが必要となった際には『打ち出の小槌《こづち》』のごとく、自分たちが望んだ以上の成果を出してほしい。確かにそういう意味では、雪緒は理想的な傀儡になれるだろう。

世知辛い真実と向き合わされて寒々とした思いを抱く雪緒に、沙霧が追い打ちをかける。

「白桜ヶ里の新たな長として鵺《ぬえ》の由良《ゆら》が立つことは、ほぼ決まっています。その由良もまた、雪緒さんが長になるなら手を貸そうと協力を約束してくれました。それと、なんでしたっけ、紺水木ヶ里《こんみずきがさと》や黒芙蓉ヶ里《くろふようがさと》の長までもが友好的に援助を申し出た」

「……はっ？　だれですって？」

「いや、雪緒さん。あなたいったいどこでそんな大物どもを次々と引っかけてきたんです？」

紺水木と黒芙蓉の長って、なんの話だ。

面識すらない里長たちに援助の手を差し伸べられる理由がまったくない。こわい。

――実際のところ紺水木と黒芙蓉の長たちとは、撫子御前祭の騒動のときに顔を合わせているのだが、雪緒はまだ彼らの正体を知らないでいる。

「だれも引っかけてません。誤解が誤解を生んで私の心に凄《すさ》まじい竜巻を招いています……」

雪緒は死にそうな気持ちで答えた。

伊万里が労るようにせっせと雪緒の背をさする。

彼女の優しさが身にしみた。もうこの梅精、本気で愛《いと》しい……とまで雪緒は思った。過去のいざこざを全部水に流してもいいくらいだった。

「しかしね、雪緒さん。僕としては、梅嵐はあまりおすすめしない」

否定的な沙霧の意見を聞いて、雪緒の背をさする伊万里の手が止まった。む、と尖《とが》った目で彼を見据える。そうだった、伊万里は梅嵐ヶ里の出身だ。

「いっそ綾槿《あやむくげ》ヶ里《がさと》の長になるとよろしい」

「沙霧様、新たな竜巻を作り出すのはどうかと思います」

どこから出てきた、綾槿ヶ里！

そちらの里とはなんのつながりもないし、思い入れもない。せいぜい鬼の嫁入りのときに通過した程度で、あとは戸数が多く、米が美味《おい》しいという浅い知識しかなかった。

次々と寄越される驚愕《きょうがく》の案に、雪緒は呻《うめ》いた。癒やしを求めて伊万里に視線を向ければ、彼女は「ちょっとあなた、まさか梅嵐ヶ里を裏切るの？」とでも言いたげな冷たい顔で雪緒を睨《にら》んでいる。彼女に対する愛しさはこの一瞬でシュッと消えた。

「確かあそこの地には、祭事を穢《けが》した罰として、鬼穴《きけつ》が開いたのですよね？」

この問いには白月がうなずいた。

「神使《しんし》の鬼に手を出したからな。新月のごとに、里の内部に鬼の通り道が生じると前に教えたろう？」

六月に行われた鬼の嫁入りの祭事……水門《みかど》行列と鬼魅《ものみ》行列の際、おのれの力を過信した民たちが神使の鬼を退治しようと企《たくら》んだ。だが神使の鬼は『祭り』の掟で守られている存在だ。不用意に攻撃すれば、神罰がくだる。綾槿ヶ里はその報いを受けて、鬼穴が開くはめになった。

(鬼って、本当に恐ろしくて、謎《なぞ》めいている)

雪緒がかすかに顔をしかめると、こちらを見た白月も渋面を作り、耳を震わせた。

「雪緒は鬼に好かれている。そのおまえ様が綾槿の長となるなら、鬼はきっと、里の民を嬲《なぶ》りはしない。だから正直なところ、梅嵐の民よりも綾槿の民らのほうが、切実に『邪魔と思って殺すくらいなら自分たちに雪緒をくれ』と思っているだろう。雪緒が鬼に執着されていることは綾槿の民にまで伝わってしまったから、今更その話を否定しても収拾がつかんしな」

白月に素っ気ない口調で説明され、雪緒は急に突き放されたような気分になった。わずかに落胆もした。いまの雪緒には、白月に見放されたとしても落ちこむ権利などないというのに。

なぜなら自分はもう、とっくに白月のことが――。

(とっくに、なに?)

雪緒は我に返り、ぞっとした。いま、なにを考えようとしたのか。なにをあきらめ、なにを手放そうとしたのか。違う、手放したいものなんてない。私の気持ちはなにひとつ変わっていない。叫ぶように雪緒は『なにか』を心のなかで強く否定した。

身体の奥から滲み出る不安を払拭《ふっしょく》したくて、雪緒は無意識のうちに白月をじっと眺めた。こちらの必死な思いも知らず、美しい狐の男はゆらゆらとつまらなそうに尾をゆらしている。

「鬼の嫁、僕は悪くないと思いますがね」

沙霧が酒杯をいじりながら飄然《ひょうぜん》と告げる。

雪緒も、それから伊万里も愕然《がくぜん》と彼を見た。彼は平気な顔で雪緒たちの視線を受け止めた。

「鬼は、だれにとっても忌むべき存在です。だが彼らは神を侮らないので」

……なるほど、半神の沙霧にとっては恐れる相手でも、見下す相手でもないのか。

口にすれば不敬なこの考えを、雪緒の表情から沙霧は正確に読み取ったらしい。形のいい唇が、笑みを描く。

「それに雪緒さん、彼らは、身内には非常に甘いですよ。伴侶《はんりょ》ともなれば、それこそ命懸けで愛し抜く。鬼は残忍と評される一方で、そういう誠実さも合わせ持つ。実際、あなたが綾槿ヶ里の長となって、『この里の民を襲うのはやめて』と一言頼めば、それで鬼たちはよく躾《しつ》けられた下僕のように従うでしょう」

「まさか」

「まさかもまさかですよ。雪緒さんに執着中の三雲は、神使にも選ばれていたでしょ？　聞くところによると、三雲の姉は神使の鬼衆のなかでもとくに高位だそうですね？　なら鬼は、いっそう団結して従う。彼らは人や妖と違ってめったに仲間割れをしないんです」

半神の立場ゆえか、沙霧は鬼の事情にも詳しいようだ。

「だからこそですよ、雪緒さん。傀儡の長を掲げて都合良く利用しようと算段する梅嵐よりも、あなたを大事に祀《まつ》り上げるだろう綾槿ヶ里のほうがよほど居心地もいいだろうし、復興し甲斐《がい》だってあるはずだ。民は鬼の脅威に晒されずにすみ、雪緒さんに感謝する。鬼もあなたを手に入れて満足する」

「手に入れられたくはないんですが……」という雪緒の切なる訴えを無視して、沙霧は真面目《まじめ》な表情を作る。

「あなたを長に掲げた『人里』として、綾槿の立て直しを行うのは、決して悪手ではない」

雪緒は心臓が冷えていくような思いがした。

(どちらの里も供物《くもつ》として望んでいるにすぎない)

ただ、長になるという条件は同じであっても、雪緒の存在自体を求めてくれている綾槿ヶ里のほうがまだ心を翳《かげ》らせずにすむ……そういう損得の話をされている。

「……妖怪たちは、なぜこうも人を生贄にしたがるの」

伊万里の痛烈な皮肉に対し、沙霧はそれ以上に痛烈な真実を返した。

「なにを今更。人を供物として奉じる道を望んだのは、人自身ですよ。現在よりもっと神が神らしく、妖が妖らしかった時代を振り返ってみなさい」

押し黙る伊万里を見やり、沙霧は、自分の膝《ひざ》を片手でぽんと叩いた。

「人が設けた過去の慣例を、いまの妖たちは本能として覚えているだけです」

「沙霧様のような立場の方も？」

つい口を出した雪緒に、彼は笑った。

「ええ、神も。僕らのような者は基本、ただあるがままに存在する。あるがままに草木を生み、海を造る。息吹《いぶき》で四季を促し、瞬きで昼夜の区切りを作る」

「……高みの者の大業です」

「ふん、あなた方からすればね。しかしそれだって目線を変えれば、あなた方が家畜を潰《つぶ》し、山を切り崩し、地を開拓するのと同じじゃないですか。その地を追われた獣たちはおとなしく滅びの道を受け入れるでしょう？　家畜だってあなた方に反旗《はんき》を翻《ひるがえ》したりはしない。なのにあなたたち人ときたら、うるさいのなんの。僕たちが通った跡を、やれ天災だのやれ呪《のろ》いだのと大げさに騒ぎ立てる。変な話ですよね」

沙霧は小首を傾《かし》げた。

「僕らにとっては、弱き種たる人の生死など些事《さじ》にすぎません。が、あなた方が殺さないでくれと貢ぎ物を差し出して懇願するから、まあそれならと、その必死な姿におかしみを感じて、みだりに踏み潰さぬようわざわざ回り道をしてあげているんですよ。純粋な好意であることをゆめゆめ忘れないように」

紛うことなき高みからの意見に、雪緒も伊万里も戦慄《せんりつ》する。まるで、家に入りこんだ小虫を気まぐれな憐《あわ》れみで殺さずに外へ逃がしてやっている、とでもいうような軽い話し振りだ。

実際その通りなのだろう。急に沙霧が畏怖《いふ》すべき遠い存在に思えた。いや、もとより半神の沙霧はそういう畏《おそ》れるべき存在に違いなかった。

「ああそんな、二人とも、急に畏《かしこ》まらないでください。怖がらせるようなことを言ってしまったのかな。でも僕はね、本気で人をかわいく思っているんですよ。脆《もろ》い胎のうちで喜怒哀楽《きどあいらく》を実らせ、健気《けなげ》に生きては死に、また生まれては消え……なんてかわいいのだろう。不変の定めの僕にとっては、めまぐるしく循環する人の生き死にとは、くるくると形を変えて煌《きら》めく万華鏡のように映る」

彼は他意なく素直に称《たた》えているつもりなのだろうが、雪緒も、おそらく伊万里も、その言葉に空恐ろしさしか感じない。

「だから妖怪は人を食べたがる……ほしがるでしょう？　煌めくものは美味しいんですよ」

これが半神の視点か、と雪緒はおののいた。

伊万里とも似たような会話をしている。なぜ怪は人に魅了されるのかという雪緒の問いに、彼女は、熱がほしいのだと説明した。それはあくまでも人の目線による答えだった。

では、怪自身の答えは、なんだろう。

「僕は鬼もかわいい。鬼は、人に近い存在ですのでね。……それに比べて怪や妖の醜さは、なんとも、なんとも。時代を経るにつれ、愚かしく、生臭くなる」

うきうきと話していた沙霧は、しかし言葉の後半で鼻筋に皺《しわ》を作った。

「僕が思うに、怪どもは人真似をしすぎるのだ」

へえなるほど……と、雪緒と伊万里は虚《うつ》ろな目で無難に相槌《あいづち》を打った。同調すれば、彼の隣にいる白月の不興を買いそうだ。しかし同調しなければ、沙霧に咎《とが》められそうだ。

（どうしてこんな際どい話になった……）

雪緒は心のなかで嘆いた。神も怪も、ことあるごとに雪緒の常識を超えた驚愕の行動を見せる。そのおかげで、じっくりと恋の痛みに浸る暇もない。

ふぁ、と突然、白月が欠伸《あくび》のような、唸《うな》ってでもいるかのような、どちらにも聞こえる吐息を漏らした。片手でがりがりと耳の付根を雑に掻《か》き、それから一度、タンッと太い尾で板敷きを打つ。こちらに向けた視線は、獣の牙《きば》のように鋭い。

雪緒も伊万里も、びっと背筋を伸ばした。

「こうだから木霊野郎を連れてきたくはなかったんだ。まったく、こうだから……」

白月はもう一度、狐耳を荒っぽい仕草で掻いた。

「だれが雪緒を綾槿ヶ里の長になどするか――卑しい鬼になど、なぜ雪緒をむざむざくれてやらねばならんのだ」

びりっと室内の空気が緊張を孕む。それまでの、無関心とも取れるような素っ気ない態度は、どうやら彼なりに自分を抑えていたためらしい。

「民の都合？　知ったことかよ」

憎悪が滴《したた》るような白月の言葉に、沙霧が眉《まゆ》をひそめる。

雪緒は自分の手首を強く押さえた。白月に傷つけられた場所が急にじくじくと痛み出す。

「お利口な御館様らしくないですね」

と、沙霧が揶揄《やゆ》の声を聞かせる。

「綾槿ヶ里、梅嵐ヶ里、どちらも風前の灯《ともしび》といった猶予のない状態じゃないですか。もしも同時に二里が沈めば、郷全体が危機に晒される。御館のくせに責任を放棄して、郷に災厄をお招きになるつもりで？」

沙霧の忠告に、雪緒は驚いた。

「二つの里は、そんなに危険な状態なんですか？」

「そんなにですよ」

うなずく沙霧を遮って、白月が「だからどうした」と投げやりに言う。

「そもそもその二里は先代の雷王贔屓《らいおうびいき》、なにかにつけ反発してきて面倒なことこの上ない。沈むなら勝手に沈め。『里』という器さえ壊れなければ、中身が泥になろうが芥《あくた》になろうが俺はかまわぬ。時が来たら白桜ヶ里のように厄をうちに閉じこめて、浄化すればいいだけだろ」

雪緒は、ぎょっとして白月を見つめた。

「災厄か、望むところだ。鬼になにひとつ渡すものか、民どもの思い通りになどなるものか。これで俺が妥協するなり身を引くなりと弱腰な態度を取れば、それこそ脆弱《ぜいじゃく》なだらしのない御館だとだれからも侮られる。よく聞けよ、俺は人の子を長には据えぬ」

「傲慢《ごうまん》な大妖め」

沙霧が嫌そうに罵った。それを無視して、白月が雪緒を睨みつける。

「俺にここまで言わせたぞ、雪緒。――な、俺はずっと、腐った果実のように甘ったるかっただろ？　雪緒に合わせて、優しく優しく、まるで人であるかのように優しく、接してやっていたんだ。おまえは名の通り、雪のように淡い。俺が触れたら溶けてしまいそうな儚《はかな》さだ。だから俺は遠慮をして、ろくに脅し切れてもいなかった」

「白月様」

雪緒は愕然とした。

白月は嘲笑《あざわら》うような表情を浮かべていた。

「ああ、でももうやめる。らしくない真似をしたから、鬼に付け入る隙《すき》を与えた。民も調子づいた。狐は理知を重んじる、それ以上に祟りの深さを重んじる。雪緒、元に戻れ。俺の元に戻れ。戻らねばきっとそここで狐火が燃える、地を舐《な》める火のように祟りが躍る」

「狐野郎が、少しは慎め！」

沙霧が我慢ならないというように袖を払い、白月を窘《たしな》める。

すると白月は「慎みすぎたから、こうなった」と、刃《やいば》を返すような鋭さで答えた。もう雪緒と伊万里が口出しできる雰囲気ではない。

「半神程度が夢見る空疎《くうそ》な慎みや理屈で、おのれの強さに酔う狡猾《こうかつ》な妖どもを手懐けられようか。我らとおまえの望む律は違う。――いや、俺とておまえのように考えていなかったと言えば嘘になる。雷王時代の膿《つみ》を掻き出すためにもしばらくはおとなしくいてやろう、とも。だがその結果が、これだ。郷では次々と問題が浮上し、俺の手中にあるはずの紅椿ヶ里までもがゆるがされ、雪緒を一時追い出すはめにもなった」

「口がすぎるぞ、狐……。僕がどれほどおまえたち怪の驕《おご》りを見逃してやっていると思う」

沙霧が表情を消し、凍った目で白月を見据える。

静かな調子で言うからこそ、いっそうこわい。だが詰《なじ》られた側の白月は、いっかな怯《ひる》む様子がない。薄く笑って沙霧の怒りをかわし、雪緒たちに視線を流す。

「他人事《ひとごと》のような顔をするなよ、おまえたち。妖どもよりも数の少ない人間が滅亡を免れて無事に生きていけるのは、歴代の御館が『人を故なく食うな』と戒《かい》を掲げてきたからだぞ。その『起こり』の戒を、今代の俺が変えてやろうか?」

硬直していた伊万里が我に返り、無意識のように雪緒に強く抱きついた。白月から庇《かば》うようなその仕草に、雪緒は目を見開いた。

白月はそんな伊万里を見て、蔑むように唇を歪《ゆが》めた。

「……あんまり脅さないでください、白月様」

雪緒は、かすかに震えている伊万里の手を握り、目を伏せて頼んだ。白月を見ることはできずとも、意識はそちらに集中している。

「脅させているのは、だれだと……」

苛立《いらだ》ちのこもった白月の声を、雪緒は恐ろしい思いで聞いた。

(故なく食べてはならぬと禁じているって言うけれど、どこまで信用できるものか。それって逆に考えれば、故さえあれば人を食べてもかまわないという意味じゃないか)

なら、どんな故でもまかり通る。腹が減っていた故に食べてしまった。恋しさ故に食べてしまった。道ですれ違った故に、目が合った故に、気まぐれ故に、好物故に。……戒《いまし》めなど存在しないも同然だ。

そうとも、だから白月だって、挨拶代わりのように「食うぞ」と雪緒によく言っていた。

──牙を突き立てられてもいいのだと、野蛮だろうが冷酷だろうがどうしようもなく好きなのだと、以前は素直に思えたのに。

ふと胸に湧いた諦念《ていねん》に、雪緒は自身の感情ながらぞくっとした。

「雪緒」と、白月が名を呼ぶ。やはり脅すかのような、けれども懇願しているかのような気配を感じて、雪緒は知らず視線を上げさせられた。

白月は、苦い顔を見せた。だが一瞬でその表情を消し去った。

「おまえ様が、すぐに沙霧の提案を断らぬから、こうなる」

白月が、遊女のように欲を溶かした目をして色っぽく笑う。

「それで雪緒、どのくらいの猶予がほしい？」

「猶予……？」

「覚悟を決めるまでの猶予。一日か、二日か。言われた日の分、待ってやる。それをすぎれば俺のかわいい嫁様だ。いや、いい、いい。雪緒の答えはもういらぬ。いつまでも人の子に甘い顔などしていられるか。ああ沙霧の言う通り、人は憎さが止まらぬほどかわいくて困るなあ」

雪緒は、人でなしの言葉を朗々と吐き出す白月に、心を踏みつけられたような気持ちになった。だがそれと同時に、以前とは形の異なる執着を向けられているような気もして、戸惑いが強くなる。どうしてか、雪緒を追い詰める口調に余裕がないように見受けられるのだ。

「そうだ、天火日《てんかび》から地火日《ちかび》に行われる『ゐぬゐぬげじきゐ』の最終日を期限としよう」

白月は顔に笑みを貼りつけた。作りものの笑みだった。

「じゃあな、雪緒」

言うだけ言って白月が立ち上がり、部屋を出ていく。

雪緒は息を殺してその背を見つめると、何度か両手を握ったり開いたりして身の強張《こわば》りを解いてから腰を上げた。

「雪緒さん」と、思わずといった調子で引き止める伊万里に顔を向け、小さく手を振る。

「伊万里さん、今日は手当てをありがとう。……またお話ししましょう」

「雪緒さんってば、自分から獣の巣穴に飛びこむつもり？」

返事に窮《きゅう》し、雪緒は眉を下げた。

やさぐれた顔つきになっていた沙霧が吐息を落として雪緒を見上げ、早口で告げる。

「先ほどの話ですが、狐野郎のいぬ間に話すよりは、いる場で話したほうがまだ雪緒さんにとって地獄ではないと思ったんですよ。そして僕がそばにいれば狐も多少は体裁を気にして、そう無情な行為はしないだろうとも」

「ええ……、はい」

「もしも本気で困ることが起きたら、僕のもとへおいで。無事に、とは保証できぬが、どうにか逃げ切れるよう、狐の一歩を止めてあげましょう」

❁

雪緒は早足で階を下り、花ノ竹茶房の外へ出た。周囲には驚くほど太く高い竹があちこちに生えている。知らぬあいだに巨人の世界に迷いこんでしまったか、それとも自分の身体《からだ》のほうが犬や猫ほどに縮んでしまったかと錯覚を起こしそうになる。

夜の気配は深く、天地の境もぼやけてしまっていたけれども、竹の外壁に取りつけられている鞠《まり》形の提灯のおかげでその一帯は明るい。雪緒は視線を巡らして、白月の姿を探した。すると前方の空中に、手提げ提灯代わりだろう青白い狐火を発見する。それから目当ての背中も。

ためらったのは一瞬で、雪緒は髪をゆらし、そちらへ駆け寄った。

あと五、六歩あれば手が届くという距離まで近づいてから、「白月様」と小声で呼びかける。しかし狐様は聞こえているのか、いや、聞こえないふりをしたのか、足を止めてはくれなかった。もう一度呼びかけようか悩んだとき、ヒュウ、と空気が鳴った。その後に、ドンッという腹の奥に重く響く音が広がる。

雪緒は立ち止まり、空を仰いだ。僧侶《そうりょ》の衣のような墨黒の空が、急に明るくなった。

橙色に輝く花びらが落ちてくる。墨黒の天蓋《てんがい》に大輪の花が舞っていた。やがて、ひらひらと花なのだから当然、咲いて散れば、花弁だって落ちてくる。これはいましがた夜空に咲いた『花火』の花びらだ。ただし、花びらというよりは、橙色をした孔雀《くじゃく》の飾り羽によほど似ている。

「……それ、持ち帰るなよ」

いつの間にか歩みを止めてこちらを見ていた白月が、しかめ面で忠告する。

「あとでカヒケ池の主が回収しにここらをうろつくだろうから、地面に置いていけ。一年かけて集められたそれは、『ゐぬゐぬげじきゑ』で使われる」

「はい」

雪緒は従順に花びらから手を放した。内心、穏やかに話ができたことに、ほっとしていた。

「あの、『ゐぬゐぬげじきゑ』って、火渡り祭の古い言い方ですよね？」

格別な興味があったわけではなかったが、そばにいるためにこの話を膨らませようと、雪緒は口を開いた。

「ん……、そうか、古い名称か？」

白月は片耳を倒すと、ゆっくりと歩き出した。雪緒が苦にならない歩調だ。

雪緒は、白月の隣におそるおそる並んだ。拒絶されてはいないと胸を撫で下ろしたあとで、もしかしたら白月は雪緒が追ってくるのを期待していたのではないかと考えた。

「その月にある最後の酉《とり》の日から始まるんですよね？」

雪緒の問いに、白月は長い狐尾をねじるようにぐねぐねと動かして、返事をした。

「そう、四日間な」

ゐぬゐぬげじきゑ――狗々下食会《いぬいぬげじきえ》。八月を代表するこの神事は、読んで字のごとく狗……つまり天狗《てんぐ》に関係している。

暦注《れきちゅう》においては、下食日《げじきにち》とは天狗星が地におりてきて植物を食い荒らす日とされる。天狗星は、忌む星。日を食い、月を食い、天地に凶をもたらす。これは月食、日食を意味する。

花ノ竹茶房の部屋にいたとき、白月が「天火日から地火日まで」と口にしていたが、これもやはりどちらとも悪しき日だ。火の難、土の難が絡んでくる。

八月の天火日は酉の日、地火日は子《ね》の日。火渡りの神事は、八月中に訪れる最後の酉の日を始まりとするので、今年は十八日から二十一日の四日間が当てはまる。

「日食の到来を防ぐために、天狗の怪たちが火くぐりを行うんでしたっけ。……お祭りの時期ってちょうど見世の繁忙期にも当たるので、参加できる機会がなくて」

雪緒は記憶を辿《たど》って言う。この異界に迷いこんでから一度も経験したことはないが、日食や月食の訪れをもしも阻止できなかった場合、恐ろしい災いに見舞われるのだと聞く。障りとなるために文献にも詳細を残せないというのだから、よほどの災厄なのだろう。

「里の盛り場の道に火の門を幾重にも設けて、そこを怪に渡らせるんだ。『日』は『火』に置き換えられる。そのことから日食は、べつの言い方では『かじき』……『火食』となる。で、下食も『かじき』と呼ぶ場合がある。日食から火食、そして下食とつながる。これが祭りの成り立ちだ」

白月の説明に、雪緒はこくりとうなずいた。

「また、下食は、『蚰蜒《げじ》』……百足《むかで》にもかかる」

「連なる火の門を、百足の身体に見立てているのですか」

「うん。百足は神の使い。加護をくれる。その百足の胎内——火の門のうちで、地におりてくる天狗星に向かい、『ここには既に俺がおりている。見ろ、地の食物はみな食い尽くし、どこもかしこも火だるまだ。わかったなら、とっとよそへ行きやがれ』と——まあ、神事の使いに扮《ふん》した天狗の怪たちに野次らせるわけだな」

「野次……、凶星を騙《だま》すんですね」

「人聞きの悪い。誠意を持って追い返すだけだぞ」

ふたたび空に上がった花火へ視線を向けて、白月が上品に片手を口元に当てる。

雪緒はつい笑ってしまった。このお狐様は化かし合いを得意とする種族の性《さが》か、声の抑揚や表情が時々おもしろくなる。

緊張を解いた雪緒を見下ろして、白月が困ったように曖昧な表情を浮かべた。

「雪緒なあ……」

「はい」

「頭がおかしくなるほど俺がおまえ様に腹を立てているのは、とうに気づいているだろ？　あわよくば祟って四肢を切り落とし、胴体を木の管に詰めこんでやろうかと考えているのも、察してはいるよな」

「正直なところそこまでとは予想していなかったので、とんでもない心情を打ち明けられて鳥肌が立ちました」

どうして狐一族はこんなに過激なのか、と雪緒は自分の腕をさすった。

「俺はもう口で脅すだけではすまなくなるぞ。だれにも甘い顔など、もはやしない」

白月の頑《かたく》なな横顔を見上げて、雪緒は一瞬身を強張らせたが、やがてゆっくりと肩の力を抜いた。

（いままでだって口だけではなくじゅうぶん手も牙も出ていたと思う）

雪緒は心のなかで反論したが、白月本人は慈悲たっぷりのつもりであったらしい。

本当に狐の大妖って強烈すぎないだろうか？

「なのに、おまえ様は袖をひらめかせてひょこひょこと俺を追ってくるし……、まさか『早く食ってくれ』と俺を誘っているのか？」

「違います」

ちょっと憎々しげな様子でぼやく白月に、雪緒はすぐさま否定を返した。この場合、色っぽい意味ではない。言葉通りにむしゃむしゃ食べられるという意味なので、安易にうなずいたら命が危機に晒される。

「伊万里と密会するのに、ずいぶん粧《めか》しこみやがって」

雪緒の態度が生意気に見えたのか、白月が狐尾を忙《せわ》しなく振った。

「密会って」

「その着物、似合う」

端的にほめられ、雪緒は目を見張った。

「そ、そうですか……？　翁が、仕立ててくれたものなんです」

「ふうん。翁は趣味がいい。蝶は魔除《よ》けになる。『境界』を渡る力もある。夢と現《うつつ》の境を朧《おぼろ》にもするが、水先案内人にもなる。泡沫《うたかた》の夢をも見せる。……俺もなにか、仕立ててやろう」

喜ぶべきか、固辞するべきか。決められなくて、雪緒は意味なく自分の袖をいじった。互いに、大事なことを避けて会話をしている自覚がある。

花火がドン、ドンとまた上がる。遅れてひらひらと花びらが落ちてくる。

雪緒は、次の会話を見つけるための時間稼ぎをしようと、花を咲かせる夜空に顔を向けた。

自分が、お狐様とこれからどうありたいのか、わからなくなっている。

――いや、なにを迷うことがあるのだろう。いつも通りに恋をし続けるだけだ。

決して本当の意味では振り向いてくれない冷酷なお狐様の姿に安心し、報われぬけれども思い続けることが許される、そう保証されているはずの『しあわせな恋』を、いつまでも。

雪緒はふと夢から覚めた心地で、しきりに目を瞬かせた。――なんだ、それは。

違う、そうじゃない。この考えを受け入れたら、鬼の耶花《やか》の指摘が正しかったことになってしまう。自分の居場所を作るための、温度のない恋だと、認めたも同然になる。

「……雪緒？」

「あっ、私――その、もう帰ります。引き留めて、すみませんでした！」

雪緒は狼狽《ろうばい》しながら、勢いよく頭を下げた。

唐突な別れの挨拶に、白月が戸惑っている。そうと気づいても、機転を利かせてうまく取り繕うことができない。雪緒はこれ以上の失態を犯す前に駆け出そうとした。

が、急に未練のような、強烈な不安感に襲われた。振り向いて、白月を見つめる。

「白月様は、私に対してもずっと、強い白月様ですよね？」

「なにが言いたい？」

白月が眉根を寄せる。

「ずっと、強くてこわい白月様のままですよね？」

「……それ以外に、俺が見えるのか」

「いいえ。――いいえ。白月様はだれにも左右されない」

雪緒は噛みしめるように言った。寂しさと安堵《あんど》が胸のうちで蛇の尾のようにぐるりと巡る。

今度こそ立ち去ろうとしたら、リーンリーンと、風鈴のような音がこちらに近づいてきた。闇《やみ》に目を凝らせば、立ち並ぶ竹の向こうにゆらりと一際濃い人影が見える。ガッガッと、下駄が地面を蹴《け》る音も聞こえてくる。だれがやってきたのかと雪緒は身構えたが、そばにいる白月に警戒する様子はない。それを知って、雪緒も肩の力を抜いた。どうやら危険はなさそうだ。

「ほーおずきあーめ、りーんごあめ　あーんずあめ」

そんな掛け声とともに雪緒たちの前に現れたのは、天秤棒《てんびん》に提灯と小型の籠《かご》を吊《つ》り下げて担ぐ老人だ。仙人めいた質素な袍《ほう》を着用している。引きずるほど長い白髪の髪は、腰の位置から蔓《つる》に変わり、朝顔に似た青い花を咲かせていた。

見た目は老いているが、声は若い男のような力強さと張りがあった。

「夜鳴き飴か」

白月が気の抜けた声で言う。

紅椿ヶ里の名物のひとつ、夜鳴き飴。不規則に出現する謎の飴売りの怪だ。

過去にも何度か遭遇したことがあるが、雪緒はいまだにその種族がわからない。育て親の設楽の翁でさえ、正体を知らなかった。力を持つ怪なのだろうとは思う。この闇のなかでさえくっきりと足元に伸びる飴売りの影は、扇状に三つある。ひとつは見た目通りの人の影。ひとつは四つ足の獣の影。最後のひとつは、阿修羅のような影。

「狐様、人様、飴はいかがか」

飴売りが親しげに品を売りこんでくる。顔中に笑い皺が広がっていた。

雪緒は愛想笑いを浮かべつつ、どう断ろうか悩んだ。

(……高いんだよね、この飴！)

どの飴も、ものすごく美味しい。が、たったひとつで銀貨一枚の値だ。

通常使われるのは銅貨。たとえば三等銅貨一枚で米五合分、購《あがな》える。三等銅貨以下の貨幣には、鱗貨《りんか》というものがある。これは正式な貨幣ではなく紅椿ヶ里限定で流通されている貨幣だ。魚形の精霊が落とす鱗《うろこ》で造幣されており、一枚で団子一皿の値となる。だから、銀貨なんてめったに持ち歩かない。

「鬼灯飴を二つ」

葛藤する雪緒を見て白月が懐から銀貨を取り出し、飴売りに渡した。飴売りは「まいど」と言ってにかりと笑うと、籠に詰めこんでいる串《くし》つきの鬼灯飴を二本取って白月に差し出した。

「ほら」と、一本を白月が雪緒に向ける。とっさに受け取ってしまい、雪緒は困った。これでは、すぐに立ち去れない。

「またいずれ」

飴売りが別れを告げて、天秤棒を担ぎ直し、暗がりのほうへ歩いていく。その背を見送ってから、白月がこちらに顔を向け、「カヒヶ池に寄り道するか」と言った。ぴこんと狐耳で方向を指し示している。雪緒は小さくうなずいて、白月の横を歩いた。

白月がカヒヶ池に誘ったのは、鬼灯飴の実が花火の種になるためだ。

雪緒は、竹串に刺さっている鬼灯飴を舐めた。これは葉脈のみの透かし鬼灯のような飴細工で、味はというと蜂蜜《はちみつ》たっぷりの蜜柑《みかん》飴……に似ている。

花ノ竹茶房からはさほど離れていなかったこともあり、雪緒たちは飴を食べ切る前にカヒヶ池に到着した。

「甘ったるい……」

途中まで食べて音《ね》を上げた白月が、その飴の残りを雪緒に押しつけた。

……美味しいから、まあいいけれども。

「でも白月様、甘い物もお好きでしたよね？　鬼灯飴の味が苦手とか？」

雪緒は水色の鏡のようなカヒヶ池を見つめて尋ねた。この池は上空から見ると桜の花のような形をしているのだが、それなりに大きいのでわかりにくい。池の周囲には灯篭《とうろう》が立っていて、じゅうぶんに明るさがある。水中には、まろやかな真珠色の美しい金魚が泳いでいる。金魚と言っても体長は様々で、七尺……二メートルを超える大型のものもいる。

「俺はそこまで甘味が好きではないぞ」

白月が嘘をついたので、雪緒は目を平たくして彼を見た。雪緒の見世でよくあんみつやその他の菓子を食べるくせに――という思いが顔に出たらしく、白月が尾を激しくゆらした。

「おまえ様が作る甘味が好きなだけだ。ほかではそんなに食わない」

「……私の、美味しいですか？」

「うまい」

雪緒は、ぱり……と飴を齧《かじ》って返答を避けた。

うまいだなんて、きっと嘘だ。いまの雪緒が作る食べ物は、きっと毒のように苦い。

「……雪緒は知っているか？　カヒヶ池の底には、人の骨が山ほど積み重なっているんだ」

「初耳ですが。怪談話ですか？」

「違う」と、白月がむっと腕を組み、雪緒を睨みつける。

「恋話だ」

雪緒は耳を疑った。

「恋。……恋？　恋話っておっしゃいました？」

「跪《ひざまず》けよ、恋話にはしゃいでしまう純情なお狐様だぞ、俺は。……カヒヶ池はその昔、もっと大きな湖で人魚が住んでいた。人魚は、よく人間と恋をした。ともに暮らすために、恋した人間を水中に引きずりこんだ。が、人間は、水のなかでは生きられないだろ。息絶えた人間の身体を、人魚は泣く泣く食べた」

「食べるんですか」

「食べるだろ、そりゃ」

そんな世の常識ですというような顔をされても。怪とか人魚とか、人間を食べすぎだ。

「だから池の底は人の骨が眠っている。水が青みを帯びて見えるのは、骨が放つ光のせいだ」

「……いまも人魚は池にいます？」

「いる」

白月は、雪緒が食べ終わった鬼灯飴の串を一本奪い取った。

串の先端には、実が突き刺さっている。

「人魚は人の骨を守っている。……あいつらの恋はしぶといんだ。骨が溶けてなくなるまでその恋も終わらない。最後はともに、泡となって消える」

そう聞くと切ないような……、いや、やはりどこまでも人外の恋は身勝手で不気味だ。

だが、雪緒は複雑な気持ちになった。その一途で不気味に尽きる恋が、吐き気がするほど羨《うらや》ましく、また身体を掻きむしりたくなるほど厭《いと》わしく思えた。

「白月様は、本気でだれかに恋をしたことがありますか？」

そんな質問を無意識にぶつけたあとで、雪緒は頭を抱えたくなるくらい後悔した。

池を見下ろしていた白月が、こちらに顔を向けて目を丸くする。

「その質問……、こう言ってはなんだが、今更すぎないか？　それに、あると答えても、ないと答えても、雪緒は疑わないか？」

雪緒は、ぐうっと呻いて、もう一本の飴の残りも勢いよく貪《むさぼ》った。

(打算こみの恋ならきっとたくさんしてきたよね。でも本気の恋はどうだろう)

……本気の恋って、なんだろう？　打算があろうとなかろうと、恋は恋ではないのか？

いや、白月なら、恋自体を遠ざけていても不自然ではない気がする。恋をするより恐怖で支配したほうが早いと判断しそうだ。

「本当はな、恋物語を好む人間たちよりも、よっぽど俺たちのような者のほうが、恋を望んでいるんだぞ」

「冗談ですか？」

「澄み切った疑いの目を向けるなよ。誓って真実だ。だからその目……。祈るように恋してほしいんだ、人に。身が燃え落ちるほど恋されないと、俺たちは儚く死んでしまう種族だぞ」

言葉もないほど胡散《うさん》臭い……と、雪緒は本気で驚いたが、白月は意外にも自嘲《じちょう》している。

「でも、どうしたものか。異種婚は、どれもこれも悲恋に終わるなあ」

白月の言葉に、雪緒は心を剣で貫かれたような気がした。

異種婚。それは、雪緒たちの関係も暗に含んでいるのか。

「花嵐《はなあらし》に彩られた『めでたしめでたし』で終わってもいいだろうに。俺なら、なにを犠牲《ぎせい》にしようとその結末を奪い取ってやる」

白月が、串から引き抜いた鬼灯の実を池に放った。

透き通った水色のなかに沈む実が、星のようにちらちらと輝き始めて、ヒュウ、と音を立てる。次の瞬間、水中から矢のように光線が迸《ほとばし》り、宙を切り裂いた。空に大輪の花が咲く。遅れて、ドン、と鳴った。池のなかにも同じ花火が上がっていた。

雪緒も、もう一本の串に刺さっていた実を取って、池に投げこんだ。

恋のように赤い花火が上がった。

❁

その後は白月が手配した車に乗り、見世までの帰路を一人辿った。

雪緒は、ゆれる座席に深く腰掛け、衣の上から心臓のあるあたりを片手でぐっと押さえた。

(なぜずっと強くてこわいままか、なんて確認を白月様にしてしまったのだろう)

まるで、いつまでもそうであってくれと言わんばかりの聞き方だ。注意深く胸に秘めていた願望が口をついて出たも同然の。雪緒は嘆息した。これは本気の願いに違いない。

鋼のように強くあってくれたら、白月がそれを貫いてくれたら、雪緒の恋もいつか命が散るときまで変わらずにいられる。なぜなら雪緒は寄《よ》る辺《べ》のない存在だ。育て親の天昇後、ますます自分が半端者になった気がする。だから、自分の足を地にしっかりと縫いとめてくれる楔《くさび》のような強いものを望まずにはいられない。

不気味とふしぎが手に手を取って踊るこの異界で生きるために、生き抜くためだけに、恋という言葉でなにもかもごまかせるように——。

(違う!)

雪緒はぞっとした。違う。違うはずだ。そんな救いのない理由で恋をしたわけでは——でも、美しく輝く恋でなくてもいい、と自分に誓ったくせに。恐怖も苦痛も喜びも全部ひっくるめたのが雪緒の恋なのだと。だから、偽物じゃない、この恋は。

ああ、嫌だ。煮詰めすぎた思考の、なんて苦いことか。こんな汚れた後悔を抱くくらいなら、考える暇もないほど奪ってくれたほうがどれほど楽だろう。白月なら雪緒を根こそぎ奪う力がある。だから、だから。白月が凶悪に、残忍に、無慈悲になればなるほど安心感も増す。

違う。そうじゃない! 雪緒はずっと一人で日々をすごすのが寂しかった。だれかのぬくもりがほしかった。裏なく存在を必要とされたくてたまらなかったために、白月の差し出す手に打算しか乗っていないのが苦しかった。再婚の話を断り続けてきたのだって、そういうやるせなさゆえだ。自分と同じだけの熱量を白月にも求めていた。

(でもいまはどうなの?)

冷ややかな自分の声が頭のなかを占領する。確かに少し前までは、恋に恋する娘のような傲慢さで、天秤の釣り合った恋を返してほしいと望んでいたかもしれない。

だがいまはむしろ、そうならずにすんでよかったと胸を撫で下ろしているのではないか。

そもそもが——恋する相手は、どうしても白月でなければならないのか？

かつて迷子の自分を救ってくれたから、その感謝が雪緒の幼い胸に初恋の実を生《な》らせた。

けれども、初恋を失ったとして。

成長し、心が広がったいまの雪緒なら、ほかの道も選べるのではないか？

人の恋は、必ずしも一生ものではない。『不変ではない』という不変の理《ことわり》。その矛盾しているような法則のもとに生きる種族だ。なにかを得て、失って、傷ついて、立ち上がって、そしてふたたび歩き出すのが『人』の本分であり、定めでは？　べつの優しい相手と『めでたしめでたし』を迎えてなにが悪い？

雪緒は、滔々《とうとう》となだれこんでくる冷静な自分の声に、勢いよく突き飛ばされたような気持ちになり、は、と浅く息を吐いた。

(私、きっと『人』と違う怪の姿を、見すぎた)

怪はどこまでも怪で、人はどこまでも人。その真実を本気でわかっていなかったために、こうして無知の代償を払わされている。

十六夜郷に人の数が少ないのは結局、根本の部分が違いすぎて共存が困難なせいではないか。

人と怪のどちらが正義か否か、といった問題でもない。ただ、互いに譲れぬものがあり、それを守るために対峙《たいじ》したとき、弱いほうが負ける。それだけのことで、だからこそ年々、人は減り続ける。人と怪の混血だってそう増えることはない。

(嫌だ、もう考えたくない)

雪緒は深い疲労感に襲われて、項垂《うなだ》れた。額に手の甲を押し当てる。

沈んだ気持ちを立て直せぬままに、車は雪緒の家でもある〈くすりや〉に到着した。

車夫に代金を支払って車をおりれば、見世の縁側にぼんやりと提灯のあかりが見える。雪緒は一度、進む足を止めた。夜の静寂に耳を傾け、心を平らかにしてから、そちらへ向かう。

縁側にだらりと腰掛けていたのは黒獅子《くろじし》の大妖、宵丸《よいまる》だ。

姿形は文士風の爽《さわ》やかな美青年なのだが、本性は血腥《ちなまぐさ》い狩りを好む野蛮な怪。しかし、それなりに親しく交流している相手でもある。

「……こんばんは、宵丸さん」

挨拶すると、宵丸は返事のつもりか、不明瞭《ふめいりょう》な唸り声を発した。こちらを振り向きもせず、形の崩れた豆腐みたいにべしゃりと板敷きに横たわる。

その態度に、彼の不機嫌さと懊悩《おうのう》を雪緒は感じ取った。

宵丸は、夜に溶けこみそうな紗の着物に、薄緑色の帯を合わせている。彼は大抵、こういった落ち着いた色合いの着物を好んで身にまとう。髪も黒いので、あかりがなければ夜と一体化しそうな雰囲気だ。

せめて座布団でも持ってこようかと思い、雪緒は沓《くつ》脱ぎ石から縁側に上がった。見世を留守にする際は障子に護符を貼り、侵入者対策をしている。

宵丸は、縁側に上がって護符を外そうとした雪緒を見上げると、無言のままべしべしと片手で板敷きを叩いた。

多少迷ったが、きっと、そこに座れという催促なのだろう。座布団はあきらめて、寝転ぶ宵丸の隣に雪緒はおとなしく腰掛けた。

「宵丸さん、夜ご飯はすませましたか？　もしも空腹でしたら、私もまだ夕食を取っていないので……、なにか用意しましょうか」

しばらくの沈黙ののち、気を利かせて雪緒が尋ねると、彼はいっそう低く唸った。

しつこくかまうなと文句を言いたいのか、それとも夜食は不要という意味なのか、判断しかねて雪緒は困った。

少しすると、観念した様子で宵丸がずるっと身を起こした。

「今宵《こよい》は俺が作る。土間を貸せ」

「えっ？　宵丸さんが、ここで作るんですか？」

珍しい反応に、雪緒は驚いた。

「あーうるさい！　もうっ！　俺が作っちゃだめなのか！」

宵丸が突然逆上した。雪緒はその剣幕に気圧された。

「俺は白月みたいにすらすらと嘘など言えんのだ！　だって正直者の大妖だから！」

「は、はい？　ええ、はい……？」

なんの話かと目を丸くする雪緒を、宵丸はいまにも暴れ出しそうなこわい顔をして見つめる。

「宵丸さん？」

「俺はどうしたらいいんだ？」

なにが？　と問う前に、宵丸は怒気を消してしおしおと萎《しお》れた。

「おまえの飯が恋しい」と、宵丸が斜めに視線を落としてつぶやく。

いつになく寂しげな様子に、雪緒はなんとなく罪悪感を抱いた。

「ありがとうございます？　あの、本当に私、作りますよ」

「やめろ、おまえは作るな！　俺が作る！」

また、ぎゃんっと噛みつかれた。この黒獅子、情緒不安定か。

「なあ、白月は平然とおまえに会うだろ。そして平然とおまえの飯を食って、平然と『うまい』と言うだろ。だが信じるなよ、あんなやつ」

どう答えていいかわからず、雪緒は口ごもった。

白桜ヶ里から戻って以降、宵丸が見世で食事を取る機会が格段に減った。たまにふらりと顔を見せに来るだけで、茶も飲まずに帰っていく。その理由を、雪緒はあえて突き詰めようとしなかった。

「おまえの愛は、割れたのか？」

低い声で聞かれて、雪緒は息を止めた。

「くそ、これだから人風情は……」

宵丸が胡座《あぐら》をかき、苛立たしげにぎゅうっと自分の膝を握った。

「愛せ愛せと声高に宣《のたま》いながら、怪が本気になって執着を見せれば、途端にぱっと手のひらを返しやがる。そんなに白月がすべてか。白月だけが、おまえの『怪』なのか？　あいつの行動だけが、おまえの指針なのかよ」

「宵丸さん、なにを……」

雪緒は惚《ほう》けたあとで、ひどく動揺した。

宵丸が放った言葉の意味を理解するのが恐ろしかった。

「俺の姿は目に映らないか。俺は、薬屋を本気でこわがらせたことなどないだろ。……ないはずだろ。むしろ慈しんでいたとは思わないか。野蛮と畏れられる俺が、らしくもなく……」

言い訳すらできずにいる雪緒に、宵丸は危険な眼差《まなざ》しで畳みかけた。

「なのに、なんでだ。なんで――飯が、苦くなる！」

雪緒は、その言葉に頬《ほお》を叩かれた気がした。

責めないでほしかった、雪緒自身が苦しんでいることでもあったから。

「あいつ一人の愚行のせいで、ほかへの、俺への信頼も翳るのか？　白月しか価値がないのか。そこまで特別か。おまえに少しも優しくないあいつが」

答えられなかった。そこまでは、考えが至らなかった。……考える余裕が、なかった。

「俺が、その程度なんて、取るに足らぬ者扱いをされるなんて、心底気に食わない」

恨みのこもった声に雪緒が身を引くと、宵丸がその逃げを許さぬように腕を掴んできた。息を呑んだ瞬間、視線がぶつかる。

「だから、食いやがれ」

「――え」

「飯。俺だって飯くらい作れるんだ。俺の飯のうまさに、薬屋なんかむせび泣けばいい」

そう吐き捨てると、宵丸は立ち上がり、茫然《ぼうぜん》としている雪緒の手首を握った。だがそこに手当てのあとを見つけると、一際苦々しい顔をして、掴む場所を変えた。肘《ひじ》部分を握られる。そして雪緒を連れ、ずんずんと土間のほうへ進む。

雪緒はただ、驚きばかりを胸に抱いて不機嫌な宵丸の横顔を見つめた。

その夜に宵丸が作った、いびつな形の握り飯と焦げた焼き魚は、とても美味しかった。

◎弐・相楽《さからか》巡って　トッピンシャン

そうして、『ゐぬゐぬげじきゐ』の当日となった。

どの年も祭日前後の書き入れ時は忙しくしていたものだが、いまは見世《みせ》も臨時休業中だ。

早朝に起床した雪緒《ゆきお》は、畳の上に広げた着物をむっつりと見下ろした。赤、黄、橙《だいだい》などの白粉花と飾り紐《ひも》、鞠《まり》の図が捺《お》し染めされた白地の袖《そで》に、目に鮮やかな桃色の袴《はかま》という組み合わせの夏物である。昨夜のうちに、上里《かみさと》の屋城勤めの子狐《こぎつね》たちから届けられたもので、送り主は白月《しろつき》だと聞いている。花ノ竹茶房《かのたけさぼう》に出向いた夜、彼は「なにか仕立ててやる」と言っていた。おそらくその品だろう。お使いの子狐たちには、礼代わりにお稲荷《いなり》さんを渡している。

顔馴染《なじ》みの千速《ちはや》が来てくれなかったのは残念だが、珍しくもはじめて会う子狐ばかりで、差し出したお稲荷さんにひどく恐縮していたのが微笑《ほほえ》ましかった。

それにしても、この高価そうな衣は本当に自分が受け取っていいものなのか。

女性らしい華やかな柄だ。惹《ひ》かれないと言えば嘘《うそ》になる。が、喜びよりも躊躇《ちゅうちょ》が先に立つ。

雪緒はしばらく見つめたのち、ふっと息を吐き、眉《まゆ》を下げた。

最近の白月は、前よりもずっとわかりにくい存在になっている。平然と会いにも来るし、平然と茶も飲む——宵丸《よいまる》が詰《なじ》っていたように。

けれども、隠し切れない不穏さが白月の瞳《ひとみ》の奥に見て取れる。

白月自身に示された『猶予』のこともある。今回の神事の最終日に、雪緒をふたたび連れ戻す……嫁に取ると宣言された。そこに雪緒の意思はもう不要だという。

初恋の思い出を胸に抱えている自分ならともかく、ある意味、嫁など選《よ》り取《ど》りみどりなはずの立場にいる御館《みたち》がなぜそうも雪緒に固執するのか、白月の本音はいまも正確にはわからずじまいだ。きっと色々あるのだろう。

雪緒は唸《うな》り、ゆらゆらと振り子のごとく身体《からだ》を左右にゆらして悩んだ。ゆらしすぎて、どたっと横に倒れた。そのままの体勢で天井の梁《はり》を見つめ、またしばらく悩む。

「……着物に……罪はない……」

雪緒は言い訳を口にすると、ずるずると身を起こした。乱れた髪も気にせずに土間のほうへ行き、仕切りを立てている風呂《ふろ》場で丹念に身を清める。

洗髪までですませてから部屋に戻り、もらった着物を身にまとう。丁寧に髪を結い上げ、軽く化粧もし、最後に仕事道具を詰めた袋も腰にさげておく。そのあいだ、雪緒はだれに聞かせるでもなく、着物に罪なし……かわいい……という言い訳をこぼし続けた。

(自分の心なのに、どうしてこうもままならないのかなあ)

片手で顔を覆い、溜《た》め息をこらえる。白月が甘やかしてくれることに気づけば、まだちゃんと雪緒の胸は嬉《うれ》しさで高鳴る。なのに、なぜ。

答えの出ない悩みをいったん頭から追いやり、次に、神事に必要な道具を揃《そろ》える。

狗々下食会《いぬいぬげじきえ》は、六月に行われた水門《みかど》、鬼魅《ものみ》行列とは様子が異なる。一般の民は屋《おく》の軒先に風鈴のごとくずらりと魚の絵を記した札を吊《つ》るす程度で、基本は見物客としての参加になる。それと、神事の開催期間は、獣肉を食してはならないという禁がある。口にできるのは魚肉だ。

今回は、六月の祭事のときに肝心の作法を伝聞ですませてしまったことを反省し、しっかりと書物を開いて確認している。魚肉推奨の理由についても言及されており、『下食』と魚の『梶木《かじき》』をかけているためではないか、とある。

洒落《しゃれ》の類《たぐ》いではなく、これは「見立て」の一種だ。呪《じゅ》の意を強めたり、逆に薄めたりする。『梶木』説のほか、死の木とされる『さがりき』が訛《なま》ったか、あるいは件《くだん》の木が生えていたとされる地名の『さからか』から取られているのではないかといった記述も見られたが、手持ちの書物ではこれ以上調べようがない。とにかくこの期間は、魚料理が中心となる。

雪緒も一応、軒先用の札を作った。赤や黄色、青、緑と、短冊《たんざく》のように色とりどりの札に筆を滑らせ、魚の図を描《か》く。幻想画は苦手だが、仕事柄、写実的な絵は得意だ。

札の完成後は、それを麻紐で軒先に吊るす。

気がつけば日の位置は高くなっていて、巳《み》ノ刻《こく》を回ろうかという頃《ころ》。神事の影響か、空を泳ぐ精霊は魚形が多い。以前にも見た、りゅうぐうのつかいめいた胴長の精霊──「星啼文庫《せいていぶんこ》」の姿もあった。それも、小魚群にまとわりつかれながら、何匹も。

珍しいこともあるものだ、と雪緒は空を見上げて目を瞬かせた。いや待て。星啼文庫は魚形ではなく、古代鳥ではなかったか？　……これもある種の見立て？

しばらく空を眺めているうちに、雪緒は空腹を感じ始めた。

しかしいまからなにか作るのは億劫《おっくう》に感じられる。

（せっかくだし、盛り場へ行くか）

雪緒はちらりと自分の着物を見下ろして、そう決めた。

❀

紅椿《あかつばき》ヶ里《がさと》の盛り場――いわゆる繁華街――は、平仮名の『ひ』の形に作られている。中心のくぼんだ部分には〈ひ乃《の》え〉という広場もある。

今回の神事は、広場を含んだ盛り場全体が舞台となる。

車でそちらへ足を向ければ、既に祭りの場が出来上がっていた。上里を囲む護杖《ごじょう》の森の東西南北に立てられた、連なる鳥居のように、橙色に燃える炎の門が盛り場の道に設けられている。門はそれぞれが十尺近くもあり、圧巻の眺め。炎の大蛇が地を這《は》っているようにも見える。

これはカヒヶ池で上げられた『花火』の花びらによる炎……鉄の門に花びらを幾重にも張りつけて発火させているものなので、近づいても熱気は感じないし、素手で触れることも可能だ。

花びらは孔雀《くじゃく》の飾り羽に似ている。めらりと燃える炎の奥に数多《あまた》の目がひそんでいるようでもあり、その不気味さと絢爛《けんらん》さに、ぞくりとする。

悪戯《いたずら》な小魚の精霊たちが門をくぐって泳ぐ様子を横目で捉《とら》えながら、雪緒は適当な場所で車をおりた。祭日なので、道には屋台が出ており、それなりに賑《にぎ》わいがある。

どこの里でもこの日に神事を行っているはずだが、御館の白月を抱える紅椿ヶ里はいわば総本山だ。祭りの恩恵にあずかるため、わざわざほかの里から訪れる怪《かい》もいると聞く。

雪緒は小銭入りの丸巾着《きんちゃく》をゆらし、目に留まった屋台に近づいた。

軒先には、札の代わりに大小様々な木彫りの魚がびっしりとさげられている。色のついた水晶製の魚もあったり海老《えび》や蟹《かに》の飾り物までまざっていたりと、なかなかに凝っている。

つん、と赤水晶製の魚の飾り物を指先でつつけば、それに『こらっ、人様。腹を狙《ねら》わないでよ』と叱《しか》られて、雪緒はぎょっとした。しゃべるのか、この魚。

こちらの様子を見守っていた店主が、むふむふと笑う。

店主は、雪緒の見世の常連客でもあった豹《ひょう》の怪だ。見た目は四十代の、苦みばしった良い男で、以前は育て親の翁《おきな》とも親しかったように思う。

「そいつね、年代物の飾り物なんだ。昨年くらいに自我を持ち始めたんだよ」

「そ、そうなんですか」

自我……。もしかして、つくも神化するのか？

「あれ、雪緒様。ひょっとしてこの祭りにはあんまり詳しくないのかな」と、豹の怪は首を傾《かし》げた。

「最近の若い子は使い捨て感覚で、札に絵を描くだけですませるけどね。雪緒様も手間じゃなければ、よき水晶や金銀で作るといいよ」

「……普通の鉱石で大丈夫ですか？　術で生み出したものでも使えるでしょうか」

「あー、いや。希少な魚に仕上げたいなら、カヒヶ池産のものにしないとだめだ。ちょっと高いが、飴《あめ》売りの実を買って花火を上げな。後日、運が良ければなにかしらの礼が届く。そのなかに鉱石が入っていたら、大当たりだね」

雪緒は興味深く話を聞いた。はじめて知る内容だ。

「札と鉱物では、どういう違いがありますか？　……あ、たい焼き。美味《おい》しそうだ」

雪緒は、屋台に並ぶ籠《かご》の上でほかほかと山を作っているたい焼きを見下ろした。

鉄板でも新しいのが焼かれている。お品書きによると、王道の餡《あん》入りに餅《もち》入り、食事代わりになるような焼き飯入りまである。揚げ物入りのものもあった。たい焼きも、魚肉の見立てだ。

「水晶で作ると、そのうち『空のぼり』して、来年のこの時期に卵を抱えて帰ってきてくれるよ。で、祭り期間に卵を産み落として、また空をのぼっていく」

そらのぼり、と雪緒は繰り返した。

「……鮭《さけ》の川上りみたいな感じで、空をのぼるという意味でしょうか？」

「それ以外にあるかい？　魚の形に作ったんだから、当然腹に卵くらい抱えるよ」

豹の怪は破顔した。

「あ、そういう……？　うん、うん……？」

十年以上暮らしていても、まだこの世の仕組みとふしぎに驚かされることがある。

雪緒が感心したり悩んだりしているあいだに、豹の怪は包み紙にひょいひょいといくつかたい焼きを放《ほう》りこみ、こちらに差し出した。

「持っていきな」

慌ててお代を払おうとすると、豹の怪は困ったように首を横に振った。

「いい、いい。先の月で雪緒様、困ったことになっていたんだろ？　なにか力になれるなら見世に顔でも出しに行くかと思っていたんだがね、具合を悪くして動けなかったんだよ。ほら、少し前まで里に災いが広がっていたろ。で、ようやく回復したと思いきや、雪緒様は見世を閉めてるしさ。心配していたんだ」

「……気にかけてくださって、ありがとうございます。また見世を再開したら、ぜひいらしてください」

豹の怪は、返事の代わりにぱちんと片目を瞑《つむ》った。雪緒は彼の恰好《かっこ》よさに、痺《しび》れた。

自分の知らぬところで心を傾けてくれていた者もいる。すべての民から敬遠されていたわけではない。その事実は、ずっと曇《くも》っていた雪緒の心に細い光を差しこんだ。

豹の怪に何度も礼を伝えて、雪緒はその場を離れた。

(今日はここに来て、よかったなあ！)

雪緒は包みからたい焼きをひとつ取り出し、口に運んだ。食べ歩きが許されるのも祭日の特権だ。ここへ来る前と比べてずいぶんと気持ちが軽くなっている。

しばらく食べ歩きを楽しんでいると、べつの屋台の主にも「雪緒様、こっち」と呼ばれて、魚形の鼈甲《べっこう》飴を渡された。見物客のなかにも顔見知りがいた。

声をかけてくれる者もいれば、あからさまに避ける者もいた。眉をひそめられても、さほど傷つきはしなかった。ただ、だれかに後ろから突き飛ばされたのには驚いた。

屋台の主たちに渡された包みを抱えていたので、そのひとつが腕からこぼれ落ちてしまう。

「あ……？」

拾おうとして、ころころ転がっていくそれに雪緒は驚いた。赤を基調とした多色の鮮やかな鞠だ。屋台の主らにもらった物ではない。……が、どうも見覚えがある。

「……は⁉　私の袖の模様にあった鞠⁉」

雪緒はつい叫んだ。慌てて着物の袖を見れば――袖口近くにあったはずの鞠の図が消えている。だれかに突き飛ばされた拍子に、袖を抜け出したのだ。

(どうなってるの、この着物！)

確か前にも、着物に描かれていた金魚が外へ飛び出したことがあった気がする。

鞠は小石にぶつかったり見物客に蹴《け》られたりして、連なる炎の門のあいだに転がっていった。門は均等に十尺ほどの間隔を置いて並んでいる。

雪緒は我に返り、急いでそちらへ走った。

なんとか追いついて、鞠を拾い上げたときだ。ぷつっと、糸が断ち切られたかのように周囲の音がすべて消えた。

「なに？」

雪緒は身を竦《すく》ませてあたりを見回した。

門の炎が橙から白に変化していた。ゆらめく炎のなかに、目のような孔雀の飾り羽の模様がある――いや、目だ。無数の真っ赤な目が、雪緒を見ている。

鞠を追ってきたとき同様、門のあいだを通って雪緒は屋台の並ぶ側へ戻ろうとした。ところが、通り抜けようとすると急に門の炎が膨れ上がる。先ほどのようには横断を許してくれない。熱気は感じなくとも、白い猛火に身を焼かれそうになるのは恐ろしい。

それならいっそ各門を通過してみようか。横から抜け出る行為が許されないだけで、きちんと門の内部を通れば解決するのではないか。

不吉な予感には気づかないふりをして、雪緒は、連なる門の奥へ目を向けた。そこで心臓が大きく跳ねた。向こう側から、なにかがこちらに迫ってくる。

雪緒はとっさに逃げようとした。そのとき、腕に抱えていた鞠が転がり落ちてしまう。

焦りとともに拾い上げ、そして雪緒は息を呑《の》んだ。

こちらに迫ってきていたなにかが、この一瞬で、目の前に移動していた。

そのモノは、雪緒を見下ろして、珍しげに小首を傾げた。

「おぅや」

——顔立ちのみなら、まさに目を見張るような美少女と言えるだろう。年の頃は雪緒と同じくらいか。

たとえるなら、もしも雪緒の抱えている鞠が人間の形を取ったらこうなるのでは、というくらいに色彩豊かで美しい存在だった。肌は褐色、長い髪は向日葵《ひまわり》のように真っ黄色。睫毛《まつげ》は橙色で、瞳は緑。黄緑色の長い煙管《きせる》を持った手の爪《つめ》は赤。そして額には二重の白い鎖を巻いている……と思いきや、入れ墨か。手首にもやはり鎖の入れ墨が見られるが、こちらは桃色だ。

顔は美少女だが、身体を見れば男だとわかる。というのも、そのモノは上半身裸だった。胸は平らで、首から腰にかけて、特徴的な人骨模様の青い入れ墨があった。

紫色の布に覆われた腰から下はというと、人の形をしていなかった。犬の胴体になっている。ただし大きさは黒獅子姿の宵丸と同程度のため、視線は向こうのほうが高い。幻想譚《たん》に登場する人馬のような身体の作りと言えばいいだろうか。下半身の毛並みは白と灰色のまだらで、なおかつ左前脚は捩《ね》じれた木の根と化していた。同じように木化している後脚は、左右どちらも大きさの異なる車輪に変わっている。尾は、箒《ほうき》のようだった。

獣の怪とも、物の怪とも、人とも呼べぬ、薄気味悪い、それでいて妙に美しい存在に、雪緒は目を奪われた。

「悪い娘だなあ。そんなに日を渡りたいか？」

そのモノは雪緒の全身を眺め回すと、にんまりと笑って尋ねた。儚《はかな》げな顔立ちからは想像できない、老いた男の声だった。

「え？　……っと、は、はい、火をくぐりたいというか、向こうに渡りたいのですが……」

雪緒は混乱しながら答えた。敵か味方か、奇怪な容姿からはまったく判断できない。

「人はなぜそうも渡りたがる？　おれがこわくはないのかな」

「あなたは、その、失礼ですが、どなたですか？」

雪緒がおそるおそる尋ねると、そのモノは片眉を上げた。こちらに顔を近づけるようにして上体を傾けると、煙管の煙をふうっと吐き出す。

もろに煙を顔にかぶった雪緒は、激しく咳《せ》きこんだ。煙の色は、虹《にじ》色だった。

「イヌと呼べ」

……いいのかそれで、と言いたくなったが、雪緒はひとまずうなずいた。

イヌは、雪緒の持っている包みに興味津々《きょうみしんしん》の様子を見せた。

「それなに」

「たい焼きと……鼈甲飴と金平糖《こんぺいとう》、魚の揚げ物などです」

不興を買いたくない、その一心で雪緒は抱えていた包みをイヌに差し出した。もはや貢ぎ物同然だ。

イヌはさっと受け取ると、喉《のど》に流しこむような勢いで次々と食べた。さらには雪緒の鞠、手にさげていた巾着、髪に挿していた簪《かんざし》まで勝手に抜き取り、貪《むさぼ》った。

そのあいだ、雪緒はイヌの煙管を預かりながら、ひたすら震えた。暴食がすぎる。

「ん、ま。まあまあ」

イヌは不遜《ふそん》な感想を漏らし、ぺろりと舌で唇を舐《な》めると、雪緒がこっそりと観察していた煙管を奪い取った。

「で、渡りたいのか」

「は、はあ」

戦々恐々《せんせんきょうきょう》とうなずいたあとで、雪緒は、やっと頭が回転し始めた。イヌ。

——このモノはもしかして、天狗《てんぐ》星ではないのか？

「ま。ま。ま。いいよ。おれは日を渡らせてやる。行けよ」

イヌはまたにんまり笑って、雪緒に虹色の煙を吹きかけた。

煙は細い紐のようになり、手首に巻きついた。とっさに振り払おうとしたその直後——まるで釣り針に引っかけられた魚のようにグンッと身体が浮き上がり、後方へ吹き飛ばされた。

最後に雪緒の目に映ったのは、おもしろそうに煙管の煙をくゆらせる優美なイヌの姿だった。

◎参・駆け抜けましたら　ドンと焼け

いったいなにが自分の身に起きているのか。

雪緒《ゆきお》は、何度もそう自問した。


「――だからな。見合いだ」

懐かしくてたまらない存在が、放心する雪緒の前に座っていた。

「俺《おれ》はあと月を三つ跨《また》いだら天昇《てんしょう》するだろう？　そうなればおまえは里で一人っきりになる」

難しい顔をしてそう告げる彼を、雪緒は瞬きも忘れて見つめる。

これは夢か、幻か。

――翁《おきな》。

設楽《しだら》の翁。雪緒の育て親たる化生《けしょう》。二度と会えぬはずの彼が当たり前のようにそこにいる。

外見は、十代後半の雪緒よりも幼い。十ばかりの童子のように見える。春を思わせるような鶯《うぐいす》色の瞳《ひとみ》は優しい。同色の髪は、伊万里《いまり》のように顎《あご》あたりで切り揃《そろ》えられている。

「あまり思いつめないでおくれ。少し時間はかかるやもしれんが――」

翁の言葉は、以前にも聞いた記憶があった。

ああ、そうだ。雪緒は、淡く息を吐いた。あのとき、はじめて見合いの話をされたとき、翁はこういう着物を着ていた。菊《きく》の模様を散らした紺色の上衣に山吹色の袴《はかま》を合わせていた。あのときとそっくりだ。

いや、同じだ。

「──だから、おまえは婿を取らねば。やあ、むろん俺だって離ればなれになるのは寂しいぞ……って、おーい雪緒！　聞いているか？」

「…………翁？」

雪緒は放心したまま、それでもぽつりと彼を呼んだ。

すると翁は、閉じた扇でぱしぱしと自分の膝《ひざ》を叩《たた》く。

「なんだ、もうっ。俺は大事な話をしているのに！」

──自分の願望が作り出した幻ではないのか、この翁は。

「私、夢を見ているのかな」

簡単に信じられるわけがない。こんなに素晴らしい夢が、現実なわけがないのだ。

「こら！　寝ぼけているのか、おまえの今後について話をしているというのに……んっ⁉　ゆ、雪緒？　どうした？」

慌てる翁の声が耳に滑りこむ。

夢だ、夢に違いない。死ぬほど期待させて、死ぬほど絶望させるに決まっている。

（私、知っているんだから）

でも、我慢できなかった。視界が滲《にじ》み、鼻の奥が熱くなってくる。

「翁」

いますぐに心臓を握り潰《つぶ》してほしい。そうしたらこの夢のなかで死ねる。

「あっ強く叱《しか》りすぎたかね？　俺は怒っていないぞ。ほ、ほらほら、どうしたのかな、そんな赤子のように泣い……いや待ってくれ、なんでいきなり号泣する!?」

そんなに強く叱ったか!?　と混乱状態に陥る翁の前で、雪緒はたまらず声を張り上げて泣いた。号泣どころか、絶叫に近い泣き方だった。ああ、うああ、と言語が崩壊した。

（なんて幸せで惨《むご》い夢を私に見せるの）

嫌だ、嬉《うれ》しい、ひどい。心のなかで、たくさんの感情が暴れていた。

「お、おおお、よしよし、頼むから泣くな。俺がいるぞ。おまえの大好きな設楽様だぞ……うああ、だれかおらぬか、おらんわな、俺しかいないな！　人の子が死にそうなほど泣いているときのあやし方などわからぬわ！」

小さなあたたかい手でせっせと撫《な》でられ、雪緒はさらにうずくまって泣いた。

「お、俺も泣きそうだ……！」

「帰りたっ……帰り……」

血を吐くような思いで、雪緒は言った。

「なっなんだ!?」

「私、ずっと帰りたい、帰りたかった、帰りたい……!」

黄泉《よみ》の国でも異界でも、なんでもいい。一人じゃないところなら、どこでもいい。

「……雪緒ぉ」

翁のおろおろとした声が、うずくまる雪緒の上に落ちてくる。

「ここに、翁のとこに、帰りたかったの。ずっと帰りたかった、帰りたくて、戻りたくて、一人は嫌、もう嫌……!!」

「雪緒、雪緒」

驚いている翁の膝に、雪緒は必死にすがりついた。

なにが起きているのかわからない、これが夢か現《うつつ》かも決められない。けれども、雪緒の頭を撫でる手のあたたかさは本物で、翁の衣にたきしめられている香の匂《にお》いもまた本物だった。夢だとするなら、もう二度と目覚めたくはなかった。

「一人にしないで、私、翁とずっといたいの……!」

困ったような翁の気配を感じる。

だが雪緒は、これまで抱えこんできた思いを吐き出さずにはいられなかった。

「寂しくてたまらない、翁、翁、お願い、私を置いていかないで。なんでもするから、一生我《わ》が儘《まま》も言わないから、一人にしないで……」

翁の膝に触れる自分の手は、恐怖か、悲しみのせいか、かすかに震えていた。

涙が、やまぬ雨のように頬《ほお》を転がり落ちて、翁の衣も濡《ぬ》らす。汚してしまうとわかっていても、あたたかな膝から手を放せない。

「なあ、どうしたんだ。今日はずいぶん……」

「真っ暗な夜がこわい、起きたとき一人なのがこわい、おはようって言っても無音しかないのがこわい、だれも触ってくれないのがこわい、こわいものばかりでこわい、こわがる自分が一番こわい、明日私を殺してもいいから、お願い、手を放さないで」

「ああ雪緒、おまえはそんなに……これは参った。俺の天昇が恐ろしいのか。そんなにおまえが苦しんでいたとは、思わなかった」

翁が、泣き伏す雪緒の背をゆっくりとさする。

「翁がいなくなるのなら、もう私死んでしまいたい」

「やめてくれ。そんな悲しいことを言ってはいけない。……かわいそうに、雪緒。我慢強い人の子なのだと、俺は勘違いしていた。無慈悲だった俺をいまも心の底では恐れ続けているのだとも……、いや、俺はおまえに愛されていた。おまえは内に抱えこむ子だったのだなあ。俺はどうしたものか。今更天昇はとめられない」

翁が嘆息し、切なげに独白した。

「人の子を、俺はよくわかっていなかったのか」

雪緒はひたすら、お願い、と繰り返した。行かないで、置いていかないで。一人にされたら凍えてしまう。そしていつか、恋も割れてしまう。なにもかも手を離れていく。なにもかもが。もう耐えられない。

「泣くな、雪緒。人の子の涙は凄《すさ》まじい、まるで炎のようだ。俺までもずきずきと胸が痛む。まことにどうしたものか……」

雪緒は、部屋に西日が差しこむまで、翁の膝で泣き続けた。

声ががらがらになるほど泣いたあとは、強制的に翁に眠らされた。布団に身を横たえられ、腹部の上を優しくぽんぽんされたら起き続けることなど無理だった。

久しぶりの安眠で、目覚めたのは翌日の昼近くだ。

（――いい夢を見た）

宝石のような夢だったと、雪緒はぼんやり思った。目覚めが口惜しくてならないくらいだ。

布団を干し、身体《からだ》を清め、着替えて、自分の好きなものばかりが並んだ遅い朝餉《あさげ》を翁とともに取ったあたりで、これはもしかして夢ではなく現なのではないか、という疑念が胸に湧《わ》く。

「……翁、私、夢を見ているのかな？」

見世《みせ》の縁側に並んで、食後の茶を飲みながら、雪緒はぼんやりしたまま尋ねた。

「雪緒……、もう少し休むか？」

翁に痛ましげな目を向けられた。

もしかしたら、物狂いにでもなったのかと心配されているのかもしれない。

「これは現実？　そんなわけないか」

「まったく困った。雪緒がこうまで俺と離れたくないと願っていたとは……んむむ、どうしたらいいのかな、親としては本望だが、さりとてなあ」

翁が大きな溜《た》め息を落とす。

雪緒は、どうせ夢なら、前は恥ずかしくて口に出せなかったことを全部言っておこうと決意した。

「翁が一番好き、翁といたい。ほかにはなにもいらない」

「やあ、困ったなあ！」

ちっとも困っていない顔を向けられた。むしろ喜んでいるようにしか見えない。

「しかしどうしたんだ、雪緒。急にそんなに甘えてくるようになって。俺がいつか天昇することは、前から伝えていただろう」

「……わかってるけど、離れたくない」

「ううん、いや、俺もな、だがな、天昇がな」

翁はたまらず頬をゆるめたが、雪緒の視線に気づくと慌ててきりりとした。

「天昇はもはや定めのうちにある。俺自身がどんなに抗《あらが》っても変えられんのだ。こうして俺がそばにいるあいだに、雪緒にとびきりの伴侶《はんりょ》を与えてやりたい」

「翁がいい。伴侶はいらない」

「まっ、待て、気持ちはわかる、俺は素晴らしい化生だが、親だ。血がつながってなくとも親なんだ！」

「翁なら、親でもなんでもいいよ……」

んおお、と翁が瀕死の獣のような呻《うめ》き声を発した。

「やだあ、人の子すごい……！　いや、よろめくな、俺。いまは親の縁のみが紡がれている状態だ。天昇を目前にして番《つがい》の縁を新たに結ぶのは、いかな俺でも難しい。時間が足りん。……だからこそ雪緒が不安にもならず、寂しくもならん立派な男を選ばねばならない」

ぶつぶつとつぶやき始めた翁を横目で見ながら、雪緒は静かに考えた。

（もしもこれが、夢ではないとして）

自分は、肉体ごと過去に戻ったのだろうか？

翁と再会する直前まで顔を合わせていたイヌとの会話を思い出す。美しい魔物のようななりをした凶星は、ひをわたりたいのか、と雪緒に尋ねてきた。

あの問いが『火』ではなく『日』なのだとしたら。

（本当に、日を渡った——時を遡《さかのぼ》ったの？　なら、隣に座る翁は本物？）

するとと雪緒は、はからずもいま人生のやり直しをしているのか。

——翁と見合いの話をしているということは、ここは、白月《しろつき》との婚姻が成立する前の世界のはずだ。

雪緒は知らず自分の手をぎゅっと握った。そのとき、ようやく自分の手首に赤い飾り紐《ひも》が結ばれていることに気づく。……違う、手首に、赤い飾り紐の入れ墨があるのだ。

なにこれ、と雪緒は不審に思い、目を瞬かせた。指先でこすっても消えない。試しに結び目部分に爪《つめ》を立てると、糸が引っかかるような感触がある。雪緒は慌てて指を離した。根拠もなにもないが、いまはこの結び目を切ってはいけないという警戒が自分のなかに生まれていた。

(ひとつだけ解決した。私は肉体ごと過去に戻ったわけじゃないみたいだ)

白月につけられた手首の傷跡が消えている。なら魂だけが時を遡ったのだ——と確信しかけて、次の瞬間、そうとも言い切れないと考えを否定する。時が戻ったぶんだけ肉体も若返れば、当然傷跡も消えてなくなるだろうと。

「——白月。ううん、やっぱり御館《みたち》の白月を選ぶのが一番の安泰よなあ」

「……え」

雪緒は耳に飛びこんできたその名に、勢いよく振り向いた。

このとき自分がいったいどんな表情を浮かべたのか、雪緒は知らない。

だが翁は雪緒の顔を見て、ひどく驚いた。それから真剣な面持《おもも》ちになり、深く考えこんだ。

「いや、そうか、そうか……」

「あの、翁。私は……」

「そうだな、泣き伏すほど寂しがりやな雪緒には、妖《あやかし》としての力量を重視し誇る権力者よりも、積もる雪のように情の深い相手のほうがいい。それなら野蛮《やばん》さが多少……、や、なかなかに……いやかなり気にはなるが……あいつのほうがふさわしかろう」

翁は自分なりに納得のいく結論を出したらしく、晴れやかな顔になって膝をぽんと叩いた。

「大丈夫だ、雪緒。おまえはきっと幸せになれるよ。死にたい夜など来させぬから安心おし」

そう断言した翁が翌日、意気揚々《いきようよう》と連れてきた相手を見て、雪緒は目を剥《む》いた。

結婚相手が、白月から黒獅子《くろじし》の大妖《たいよう》、宵丸《よいまる》に変わっていた。

❁

これは本当に現か、都合のいい夢なのか。数日が経過しても雪緒は悩み続けていた。おかげで宵丸との結婚準備を着々と進める設楽の翁を、強くとめることができなかった。

茫然《ぼうぜん》とするあいだにすべての支度が調《ととの》えられ、輿《こし》入れの日が訪れる。奇《く》しくもと言っていいのか、宵丸との祝言《しゅうげん》は、白月に嫁いだ日と同日になった。

そしてこの日は、もう二度と体験したくなかったが——翁との別れの日でもあった。怪は天昇間際の様子を決して他者に見せないという。娘同然の雪緒であろうとも特別扱いは許されぬのだと、物憂げな表情で翁に説明された。

怪《かい》の掟《おきて》を軽視するつもりはないが、永遠の別れを覚悟していた相手とふたたび会えた奇跡を、どうして簡単に手放すことができるだろう。

(この手がまた離れたら、私はどうにかなってしまう)

雪緒は前回以上に翁を困らせた。——頭のどこかに「夢では?」という疑いがあるからこそ、いつもより大胆にも感情的にもなれたのかもしれない。

「雪緒、そろそろ着替えねば、迎えの輿が来てしまう」

花嫁衣装を抱えてうろたえる翁を無視して、雪緒は部屋に立てこもった。

襖《ふすま》には鍵《かぎ》などかけられないので、開けようと思えば簡単にそれができる。だが、翁は強引に押し入るより、雪緒の心を開けるほうを選んだ。

「俺のことが好きでたまらんのは、ようくわかった。俺も人の子との別れは本当に切ないと思っているんだ」と、襖の向こうから翁が説得を試みる。

雪緒はそっと襖に近づき、翁の声に耳を傾けた。

(声を、鈴とかに変えられたらよかった。そうしたら、リンと鳴らすように、翁の声をいつでも好きなだけ再生できただろうに)

理性の部分では、とうに気づいている。ここでどんなに雪緒が抗っても……なんらかの理由で過去に舞い戻っているのだとしても、「翁の天昇」は決して変えられぬ定めなのだと。

途中でいくつ道が分岐していようと行き着く先は同じ、という言い方がわかりやすいだろうか。雪緒が泣こうが喚《わめ》こうが引きこもろうが、どうにもならない。

こうした、なにがあっても塗り替えられぬ不動の定めを、「帰一《きいつ》の楔《くさび》」と呼ぶ。歴史という槌《つち》で打たれる重要な定め。仮にこの楔が外れてしまうと世に綻《ほころ》びが生じるという。皮肉にも、翁の天昇にはそのくらい重い意味があるのだ、と雪緒はやり直しの日々ではじめて知った。

逆を言えば、帰一の楔に選ばれてさえいなければ、定めの舳先《へさき》はいかようにも動かせる……。

「宵丸にな、俺の雪緒は小鳥のようにか弱く寂しがりやで愛情に餓《う》えている娘だからしっかり慈しめよ、泣いていたらとにかく積極的に抱きしめてやれ、人の子は単純……ほだされやすいから甘やかせばよく懐く、とも伝えたし、俺お手製の『人の子育成指南書』もちゃんと渡しておいたんでな。うん、なんの心配もいらんぞ」

雪緒はすぱんと勢いよく襖を開けた。

「なに渡してるの翁！」

風評被害がすごいし、人の子育成指南書ってなんだ。

まあまあ、と翁に笑顔で宥《なだ》められ、とうとう白無垢《むく》を着せられる。……笑顔だったくせに、翁だって結局涙目に変わり、ぐずぐずと雪緒の支度を遅らせたのだから、寂しがりやなのはお互い様だ。

白月との結婚の際は、煌《きら》びやかな行列と七つの里をぐるりと巡った。白月が郷《ごう》の長《おさ》になると決まっていたからこその豪華な輿入れだった。

反して宵丸の場合はいかにもあやかし的、獣的というのか……草木も眠る夜の刻《こく》の輿入れとなった。彼は、黄金の小刀を咥《くわ》えた黒獅子姿で迎えに来た。黄と赤の飾り紐を結んだその豪奢《ごうしゃ》な小刀は、ぽいと雪緒に放《ほう》られた。わけがわからないまま小刀を握る白無垢姿の雪緒を背に乗せ、黒獅子はゆっくりと暗がりを進む。とりあえず小刀は、懐剣として帯に差しておく。

迎えに現れたのは彼のみなのに、だれかが——見えぬ行列が雪緒たちの後ろをついてきていた。気のせいなどではなかった。見えぬ行列は、金の粒を道の脇《わき》にばらまいていた。それが地面にぶつかった途端、無数の金色の百足《むかで》に化けて雪緒たちの横を走り回る。あるいは、黄金の稚魚の群れと化し、星屑《ほしくず》のような光を散らして飛び跳ねたのち、地中に泳いでいった。あるいは、小鳥の群れに。あるいは、蝶《ちょう》の群れに。

(べつの異界にさまよいこんだみたいだ)

雨雲は出ていないのに、ひっきりなしに雷鳴が轟《とどろ》いている。空の咆哮《ほうこう》に呼応して、獣の遠吠《とおぼ》えも聞こえ始めた。驚くほど夜は深かった。墨の底を揺蕩《たゆた》っているような心地になるほど。そんな真っ暗闇《くらやみ》のなかで見る黄金の小魚群や百足群は、不気味ながらもひどく美しい。夜空に輝く星座のようだった。

不穏な遠吠えが聞こえるたびに夜は濃さを増していく。雪緒は次第に落ち着かなくなってきた。どこまでも華やかで多くの祝福にあふれていた白月の婚姻と比べ、ずいぶんと差があるものだ。――その白月の姿を、やり直しの世で、雪緒はまだ一度も見ていなかった。

この道を突き進むのは正しいのだろうか。雪緒は、今更ながら迷った。

ふたたびの日々を夢だと思って流されるままますごしてしまったが、本当にこれでいいのか。

――黒獅子の背から、おりようか。

でも、逃げたあとはどうする？

どこへ行けばいい？　どう生きればいい？　また白月の手を取るのか？

このやり直しの世では、育ての親たる翁は白月を雪緒の夫役に選ばなかった。いや、雪緒の反応を見て選択肢から除外した。では選ばれた宵丸は――本来の道筋では結婚していなかった宵丸の定めは、今後どう変化していくのだろう。もしもこの日々が夢ではないのなら、雪緒は、宵丸が本来辿《たど》るべき定めを自分のために捩《ね》じ曲げてしまったのではないか。

そもそも宵丸は、なぜ雪緒との婚姻を受け入れたのだろう。

（確か宵丸さんは、女性との交際よりも狩りをするほうが好きなんじゃなかったっけ）

口達者な翁に言い包《くる》められて断れなくなったのかとも考えたが、すぐにそれは違うだろうと雪緒は判断した。宵丸はよくも悪くも自由気ままな怪だ。他者にたやすく言い包められるようなかわいい性格なんてしていない。

つらつらと考えこむうちに、雪緒たちは、黒瓦《くろがわら》も立派な平屋建の屋敷に到着した。

ここが宵丸の住処《すみか》だ。外観は武家屋敷に似ており、庭が広く作られている。屋敷のまわりにあふれ返る瑠璃茉莉《るりまつり》の花が愛らしい。

雪緒が連れこまれたのは、屋敷の奥側、左右に整然と黒塗りの膳が並ぶ豪華な座敷だった。上座側には色とりどりの花が飾られ、封をされた大きな酒樽《さかだる》も用意されている。

ところが、来客の姿はない。

人の形に戻った宵丸が、だれもいない座敷の静けさに戸惑う雪緒を促して、上座側の正面――真っ赤な円座が二枚並んでいる床の間の席へ向かう。席の背後には、梅花の図が描かれた銀色の屏風《びょうぶ》が置かれている。

雪緒はそれをちらりと見やり、ぎょっとした。絵の梅花が半分ほど屏風から飛び出ている。その突出した部分は本物の枝に変わっていた。花弁がはらはらと床の間に落ちている。

「おまえも座れ」

ふしぎな屏風に興味津々《きょうみしんしん》の雪緒を見て、宵丸が呆《あき》れた声をかけてくる。

彼は、白無垢姿の雪緒に合わせて瑠璃茉莉の紋が入った白い羽織を着ていた。長着も白で、袴は黒だ。普段は肩に流している黒髪を結い上げ、目尻《めじり》に薄く化粧を施している。

（宵丸さんは、黙っていれば本当にすっきりとした目鼻立ちの美男だなあ）

思慮深い書生のような清涼感のある外見なのに、本性はその逆だ。野蛮だし、強引だし、ごろ寝しすぎだし。でも、いざというときは頼もしい。

「なにをやってる。おまえが座らねば宴《うたげ》が始まらん」

端整な花婿姿にこっそりと見惚《みほ》れていたら、眉《まゆ》をひそめた宵丸にふたたび催促された。だが目が合うと、ぱっと逸《そ》らされる。

（いつもだったらここで、『はっはーん、そんなに俺の顔が好きかー。それ、とくと見やがれぇ』とかって、からかわれるんだけれどな）

軽口も叩かず素っ気ない態度を取る宵丸に、雪緒は新鮮さを感じた。

その一方で、妙な焦りも生まれる。見知らぬ男と接している気分だ。

（なんだか本当に宵丸さんと結婚するみたいで、変な感じ……）

雪緒は他人行儀な感想を抱き、さらに焦りを深めた。

本当もなにも、この状況は間違いなく『輿入れ』ではないか。

頭では理解しながらも、「そんなばかな」と雪緒は本気で驚いた。現のわけがない。夢だ。幻の時間をすごしているにすぎない――が、自分が着ている白無垢の、真珠のようにとろりとした光沢や、その滑らかな手触りや、隣に座る「夫」の静かな呼吸は、どうしても夢の世のものとは思えない……。

雪緒は、心臓の音が早くなるのを自覚した。

現なのか。

(だとしたらこの婚姻は、白月様に対する裏切りになる?)

いや、なにも裏切りになんてならない。とうに雪緒は白月と離縁した身で――違う、そもそもこのやり直しの世では、雪緒は初婚だ。

じゃあ、恋は? ずっと胸に抱いていた白月への恋は、この先どうなるのだろう。

前を向いたままの宵丸に、「だれが来ても顔を上げるなよ。声も出すな」と小声で注意される。雪緒は、はっと身じろぎした。これから祝い客が来るらしい。

「人の子には少々恐ろしい時間かもしれんが、長くはかからないはずだ。耐えろ」

――宵丸の宣言通り、そこからは、まさしく怪の披露宴となった。

だれの姿もないのに、座敷に笑い声が響き始める。初々しい新郎新婦をひやかす声も飛んでくる。什器《じゅうき》のぶつかる音、酒や料理をほめそやす声も聞き取れるようになった。

やがて床の間に座る雪緒たちのもとへ、膳の並ぶ広間の中心を通って、「だれか」が次々と挨拶《あいさつ》に訪れる。けれどもやはり実際の姿はない……いや、時々、俯《うつむ》く雪緒の視界の端に、うっすらと着物が映ることがあった。そのだれかたちの言祝《ことほ》ぎに応じるのは宵丸で、雪緒は彼の忠告を思い出してはひたすらじっと耐えた。

何事もなく披露宴を終えられそうだとわずかに気をゆるめたとき、知った声が聞こえた。雪緒は美しい袖《そで》のなかで、ぴくりと指先を動かした。

「これはこれは。まさかおまえが人の子を娶《めと》るとは思いませんでしたよ」

――沙霧《さぎり》の声だ。雪緒は反射的に顔を上げかけた。

が、隣に座っている宵丸が、カン！　と閉じた扇で自分の前に置かれている膳の縁を打つ。

「うるさいぞ、木霊《こだま》野郎。さっさと祝いの物を寄越して、酒でも飲んで消えやがれ」

あんまりな宵丸の切り返しに、雪緒は内心慌てた。沙霧の身じろぎする音が耳に届く。

「こうも獰猛《どうもう》で粗野丸出しの獣に人の子を嫁がせるとは、設楽の方はなにを考えているのやら――ねえ、花嫁さん？」

反応を求められてまた顔を上げそうになったが、宵丸が再度、カンカン！　と腹立たしげに扇を膳の縁に打ちつける。……雪緒に返答するなと忠告しているのか、それとも単に、不躾《ぶしつけ》な沙霧への威嚇《いかく》か。

「嫁取りの作法を無視するのか。初夜に嫁を盗み見しようとは、いい度胸だな。それは夫の俺のみに許された特権だぞ」

宵丸の非難に、しん、と広間が静まり返った。

「嫁を見るな、話しかけるな、触れるな。不貞行為でケガレを持ちこむつもりかよ」

そんなに重要な禁戒、人の子にも事前に教えてほしい！

白月との結婚では、そこまで厳重な決まりはなかったはずだが……御館と一般の怪の結婚は勝手が違うのか。それとも怪によって違うのか。

(意外と、宵丸さんは色々な作法に詳しい)

そういえば宵丸は思いのほか博識だった、と雪緒は記憶を辿る。

過去にも祭りの作法について何度か教えてもらった覚えがある。

「ああ、こわいこわい。獅子の勘気に触れる前に退散せねば。……ええ、あなた方の縁結びがまことの象《ぞう》であり心なれば、かぐわしき生まれのこの沙霧、袖を払って祝うこともやぶさかではないのだが」

「は？　どういう意味だ」

「ふふ、さあ？」

衣擦《きぬず》れの音。沙霧が余韻を残して去っていく。広間のざわめきも戻る。

次に挨拶に訪れたのは――鼬《いたち》の安曇《あずみ》だ。

雪緒は正直なところ、ぞっとした。好々爺《こうこうや》のような雰囲気を持つ人懐っこいこの怪は、元の世で雪緒と宵丸を欺《あざむ》いている。その結果、宵丸に殺害された。

(でも、やり直しの世では、安曇さんが裏切る不吉な予兆はまだ見えていない)

違う、この世では、『その予兆』はおそらく来ない。

なぜなら雪緒は、白月ではなく宵丸の手を取っている。安曇の裏切りには、白月の妹の鈴音《すずね》が関係してくる。白月を慕う彼女が雪緒を恨み、安曇に罠《わな》を仕掛けるようにと裏で糸を引いていたのだ。だが雪緒と白月の結婚が成立しないのなら、安曇を操る必要がなくなる。

雪緒はここまで考えて、寒気を覚えた。思い切り頬を張られた気分にもなった。

自分の結婚は、「帰一の楔」に選定されるような、重要な岐路であるとは考えにくい。

元の世で夫だった白月は大物だが、短期間で離縁している。これも絆《きずな》が弱すぎて、楔になりようがない。が、歴史という巨大な織物に綻びをもたらすほどではなくとも、自分を中心とした近しい者たちの未来を大きく変えるくらいの力は、あるのではないか。

けれども、しつこく「これは夢だろうか」という疑いの種が芽を出して、雪緒の思考をくすませる。そして、せめて夢のなかでは苦痛を遠ざけたいという生ぬるい願いが膨れ上がり、この日々を正視できなくさせている。

雪緒が悩むあいだにも、知った声の怪たちが次々と訪れては言祝ぎし、祝いの品を置いていく。驚くべきことに、ほかの里の者も雪緒たちを祝いに駆けつけてくれた。

それどころか、訪れた気配など感じなかったのに、本来はこちらの存在を認識できぬはずの『雷神《らいじん》』と、元の世でなにかと縁のある瑞獣《ずいじゅう》の『獬豸《かいち》』までもが祝い品を置いていった。

彼ら自身がやってきたのではなく、祝い品がいきなり目の前に落ちてきたのだ。雷神の贈り物は赤い羽根、獬豸のほうは雪のような色をした小さな宝珠である。

「どうしてこいつらが……？」と、宵丸も本気で驚いていたし、客たちもどよめいた。

それから。

「――おめでとう、宵丸」

その声が耳に飛びこんできたとき、雪緒は、勢いよく顔を上げた。宵丸の言いつけを忘れていたわけではない。それでも、上げずにはいられなかった。だが、隣に男雛《おびな》のごとく端然と座っている宵丸がすばやく扇を広げ、雪緒の顔の前にそれをかざした。扇で視界を覆われた雪緒は身を強張《こわば》らせ、細く息を吐いた。全身を支配していた激情を抑えこみ、視線を膝に落とす。

雪緒が理性を取り戻したと察してか、宵丸が扇をぱちりと閉じ、自身の膝の上に置く。

雪緒たちの前に座した男が、ふ、と吐息のような淡い笑い声を聞かせた。

俯く雪緒の視界の端に、もふりとした白い狐尾《きつねお》が映った。

(白月様)

雪緒は震えそうになる指先を袖のなかで握りこんだ。

まさか白月が言祝ぎに現れるとは思いもしなかった。確証もなく、やり直しの世では白月と顔を合わせることなどないだろう、とどこかで信じていた。なぜならこの日々は、泡のように儚《はかな》く消える夢かもしれないから。自分に都合の悪い出来事なんて起きるはずがないから。

――でも、夢ではないのか……。

雪緒はこの瞬間ようやく現を直視し、受け入れた。

自分は本当に過去をやり直している。白月の登場で、ある意味、心の霧が晴れた。

「やあ驚いたな。荒くれ者との悪名高い宵丸が抜け駆けして妻を持つとは。嵐《あらし》の前触れか」

白月が、優しげに、楽しげに言う。

雪緒はきつく目を瞑《つむ》った。胸が痛い。恋が、血を滲ませている。

(会いたくなかった。会うなら、べつの形がよかった)

やり直しの世では、雪緒と白月は、赤い糸でつながれていない。……つなごうとしなかったのは雪緒自身なのに、ごまかしきれないほどの恐怖を抱いて目を背けてきたくせに、どうしてこうも胸が張り裂けそうになるのだろう。

「は？ 俺をなんだと思ってやがる。白月も木霊も悪態をつきに来ただけなのか？」

冷たく言い捨てる宵丸に、雪緒は意識を集中させた。

白月が相手でも、宵丸の口調は他人行儀に聞こえた。

「だってなあおまえ。隣里の古老に野蛮さを見こまれて、一族の女たちをすべてもらい受けたばかりだろ」と、白月が耳を疑うような話を聞かせる。

「その放蕩《ほうとう》ぶりに感心していたら、次は人の子との婚姻か。ずいぶんと華やかな毎日だな」

雪緒は血にそまる自分の心を忘れ、唖然《あぜん》とした。

(放蕩!?)

宵丸が？ と信じられない気持ちが湧く。

一族の女たちとは、なんのことだ。ひょっとして既に複数の妻を持っている？

自分だって薄情にもこの結婚を夢の一部だと思いこんでいたのだから、宵丸の過去を責める資格などありはしないが……それでも、そんな重大な話は隠さないでほしかった。

固まる雪緒に気づいてか、宵丸が舌打ちを聞かせた。

「よくも祝いの場でくだらん話を持ち出しやがったな。あいつらは俺が鬼狩りをする際に拾う希少な宝を目当てに、近づいてきたんだぞ」

「そうは言うが。宵丸のもとに来た女たちは皆、まんざらでもない様子だったじゃないか」

白月のからかいに、宵丸は喉《のど》の奥で唸《うな》った。

「勝手に押しかけてきて迷惑だから隣里の爺もろとも食い殺したと、白月も知っているだろ」

待って、複数の女性を囲っているという裏話より過激なんですが。

「そうだったか？　……ああそうだったな。あそこは食い出のありそうな鰐《わに》の一族だった。なるほど、うまかったか？」

白月様、そこを聞く⁉

「んー、ん、まあ……。だが、その後が面倒だったぞ。食い切れぬほど殺したせいで肉が余った。ただ腐らせるのもあれだしな、花ノ竹茶房《かのたけさぼう》のイサナにわけてやったんだ。ところがあの鰐一族は、イサナの知り合いだったんだよなあ……。なんて惨たらしい真似《まね》をしたのかと、呪《のろ》われるほど激怒されて、迷惑どころじゃなかった」

宵丸が不機嫌そうに言う。雪緒は彼らと物理的に距離を取りたくなってきた。

「だが、イサナも結局、うまいとは言ったんだろ」

「そのうまさに免じて呪いを消してやるとよ。何様だ」

「郷で一番古い大鯨《おおくじら》の主《あるじ》様さ」

あはは、と白月が軽やかに笑った。

彼らの物騒な話に耳を傾けていたらしき宴の客たちも、つられたようにどっと笑う。

(私はいったいなにを聞かされているのだろう……)

雪緒は心に虚無を抱いた。披露宴の場にふさわしい内容ではないと思うが、怪たちには世間話程度のものなのだろうか。

放蕩という言葉もじゅうぶん衝撃だったが、本人の口から語られる顚末《てんまつ》がまた強烈すぎる。

「イサナは礼の代わりに、あいつの一族に嫁いできたっていう海月《くらげ》の卵を送ってきたぞ」

本当に待ってほしい。まだ戦慄《せんりつ》の続編があるのか。

「へえ。海月の。上手《じょうず》に育てれば、目を見張るような美しい妖に成長する」

白月が楽しそうに答える。

「だれが飼育なんかするか。面倒だ。とっくに食ったに決まってるだろ。……なんか舌がびりびりしたけど、まあまあだったかな」

もったいない、というぼやきと嘆息があちこちから聞こえた。

(宵丸さんってこんなに非道で悪食《あくじき》だったたっけ!?)

できることなら知らずにいたかった一面だ。

「ところで宵丸、知っているか？　たとえば女妖《にょよう》なら、我らが目の前で獲物を屠《ほふ》り、強さを証明すれば、うっとりと甘い吐息を漏らすものだが、人の子の場合は違う。求愛行為と受け取るどころか、激しい嫌悪を抱いて震えるそうだ」

白月のわくわくした説明に、宵丸が虚をつかれた様子で「……は？」と返した。一拍置いたあと、ばっとこちらを振り向く。

しかし雪緒は何度も「顔を上げるな」と注意されていたので、宵丸に穴のあくほど見つめられても視線を返すことはしなかった。というよりいまは自分に反応を求めないでほしかった。

「無慈悲でおぞましい残酷な化け物だ、と感じるそうだぞ。非道でなければ狩りもできぬし一族を守れもせぬと思うのだが、人の子は強さよりも優しさに惹《ひ》かれるのだとか。ただしその優しさなるものにも人の子は、我らには奇妙としか思えぬ道理を敷いているんだ。……鰐の女どもを貪《むさぼ》って腹に収めたことも、人の子には浮気と映るのかなあ」

白月が興味深いという口調で言ったが、浮気以前の問題だ。驚くくらい常識と、生きる世界が違う。こんな寒々しい話、元の世だって聞いた覚えがない。

雪緒に知らせなかっただけで、元の世でも彼は鰐一族の女性たちを食べていたのだろうか。

（あれでも宵丸さんなりに『怪』の残虐な部分を伏せてくれていたとか……）

雪緒は考えすぎて、目眩《めまい》がしてきた。

「白月、本当におまえ、許さないぞ……」

宵丸が不機嫌そうに、低い声で白月を責めた。

「許さないと言われても。俺が食ったわけでもないし」と、白月は平然とかわす。

「……おい人の子。俺の女はおまえだけだ。よそに浮ついたことなんてない」

気を取り直したらしき宵丸から、さらっと一途発言をされ、雪緒は飛び上がりかけた。

(宵丸さんって本当、こんな感じだったっけ!?)

元の世の彼と比べると恐ろしさも増しているが、男前さも上のような気がする。雪緒を尊重した言動にも純粋に驚かされる。

「だが人の子の道理では不埒《ふらち》と映るのなら、今後は気をつけよう。……女妖を腹に収めるのは不実か？　男の怪なら食ってもかまわんのか？　わからん。そのあたりも、あとで教えろ」

違う、問題はそこじゃない、と力強く思ったが、雪緒は曖昧《あいまい》に首を横に振っておいた。

――そうだ、重要なことを忘れていた。

元の世……本来の世界では、冗談をかわせるくらいには宵丸と交流があったが、それは「白月との離縁後」の話になる。つまり今回の世では、雪緒と宵丸はまだ、「稀《まれ》に〈くすりや〉で顔を合わせる程度」のごく希薄な関係しか築いていないのだ。元の世での会話を通して多少は宵丸の性格を掴《つか》んでいたつもりだが、これまで雪緒に見せていた姿が彼のすべてであるわけもない。単なる友人と「妻となる相手」では接し方に違いがあって当然だった。

「なんだ宵丸、本気で人の子を娶る気でいたのか」

白月が意外そうな声を聞かせる。

「戯《たわむ》れで嫁取りをするかよ」

「いや、てっきり食う気で受け入れたのかと」

「ばか。妻を食うやつがあるか。食い殺す目的だったなら、祝言なんかあげずに襲ってる」

「ああ、おまえは単純だものな」

「だれがだよ、俺は沈思黙考《ちんしもっこう》型のお利口な怪だぞ。見ろ、この知的な顔立ちを。……や、さっきから余計な話ばかりしやがって。白月こそどうなんだよ」

「どうとは？」

「狐の一族は兄妹婚も歓迎されているんだろ。上里《かみさと》の古老どものあいだで、妹狐を嫁にという話が挙がっているそうだな？」

雪緒は、ひゅっと喉を鳴らした。

自分がこうして宵丸の妻の座に収まったように、白月の隣にもべつの女性が並ぶ。その当たり前の可能性を、宵丸が指摘するまで雪緒は思いつきもしなかった。

「鈴音のことか。無理だな……あれは俺の性に近すぎる。結びつけばいずれ郷に災いを招く」

白月は楽しげな様子から一転してつまらなそうに答えた。

残念がる素振りを見せない白月に雪緒はほっとし、だがその直後、自己嫌悪に陥った。

白月がほかのだれも選ばぬことに安堵《あんど》する権利なんて、自分にはない。

「——白月様、そろそろ」

と、会話の隙《すき》を狙《ねら》ったように控えめな声が割りこむ。聞き覚えがあった。彼の右腕というべき存在の、楓《かえで》の声だ。どうやら楓も同行して白月の背後に控えていたらしい。

「ん、行くか。……祝いの品はそこに。ではな」

衣擦れの音。空気が動く。白月が立ち上がったようだ。

「さっさと行きやがれ」

宵丸が憎まれ口を叩く。

雪緒は、大座敷を去っていく白月の気配に集中した。何年も恋をし続けてきた、美しい狐。いまもまだ雪緒の心を騒がせる。だというのに、その存在がひどく遠い。

❀

宴が盛り上がりを見せる頃《ころ》。宵丸の指示で、雪緒はそっと中座した。

牛の耳が生えた水干《すいかん》姿の童女たちの手を借りて別室に向かい、着替えと湯浴みをすませる。

その後、ふたたび座敷に戻らされるのかと思いきや、遅れて座敷を抜け出した宵丸が現れ、

「およその挨拶は終わらせたから、俺たちはもうあっちに戻らなくていい。あとは客が自由に

騒ぐ時間だ」と説明する。宵丸もほかの場所で着替えてきたらしく、軽装に変わっていた。

雪緒は宵丸とともに、庭に面している広縁へ出た。

披露宴の会場となっていた座敷から二つ離れている八畳間の寝室に、連れこまれる。つやのある黒い板敷きの間で、正面側は広縁に、左側は納戸に、右側は隣の八畳間につながっている。隣の向こうには囲炉裏つきの六畳間があり、さらにその奥はまたべつの座敷となっている。廊を挟んだ裏手側にもいくつかの部屋が並んでいる。水場と土間はそちら側にある。居間の隣、屋敷の端に当たる位置に設けられている。

短期間だが、雪緒は少し前にもこの屋敷で寝起きしていた。だいたいの造りはわかっているが、入ったことのない部屋もある。それが、案内されたこの部屋だ。

障子のない壁側には掛け軸を飾った床の間と押し入れがあり、その手前に二組の布団が敷かれている。が、二組の布団のあいだには、仕切りとなる黒い屏風が置かれていた。右側には白木蓮、裏側には紫木蓮が描かれている。このどちらも、披露宴の大座敷で見た屏風同様に、花を咲かせる枝の一部がにゅっと外へ突き出ていた。床の間の掛け軸に描かれているのは紫陽花《あじさい》で、やはりこちらも花の一部が飛び出している。小さな行灯《あんどん》が、それぞれの枕《まくら》元にあった。

趣《おもむき》のある優美な部屋だが、敷かれている布団に目がいってしまい、雪緒は困惑した。ここはどう見ても夫婦の部屋だ。もしも屏風で仕切られていなければ、もっと慌てたかもしれない。

「好きにくつろげ。好きに寝ろ」

宵丸はふてぶてしく言い放つと、視線を泳がせている雪緒を無視して、白木蓮側の布団にごろりと横たわった。「あ、あの」と、雪緒は思わず声をかけたが、言葉が続かず途方に暮れて立ち尽くした。逆側の布団で寝ろということだろうが、なにかしらの儀をせずにこのまま休んで問題ないのだろうか。白月との結婚時と様子が異なるので、勝手がわからない。

頭を掻《か》きながら上体を起こした宵丸が、面倒そうに溜め息を落とし、雪緒を手招きする。

雪緒はおそるおそる近づいて、彼の近くに座った。

「屋敷内にあるものは、なんでも自由に使え。触れてならぬものはない。飯は俺の眷属《けんぞく》どもが作るから、そこも気にする必要はない」

雪緒は小首を傾《かし》げた。……自分が作らなくていいのか。

(元の世の宵丸さんだったら、作ってくれとせがみそう……ああ、もう、それはないか)

暗い感情が胸をよぎったが、雪緒は意識して微笑《ほほえ》んだ。

それにしてもこの宵丸とどんなふうに接するべきか、悩んでしまう。

「おまえが俺に慣れるまでは、無理強いなどせぬから安心しろ」

宵丸が、声をひそめて言う。

「……あっ、あ、はい、ええ」

はじめはきょとんとしたが、言葉の裏に隠された意味を正しく理解して、雪緒は慌てた。

(私の勘違いでなければ、夫婦の、その……あれこれはまだしなくてよい、ということ?)

頬に熱が溜まり、雪緒は横を向いた。恥ずかしがる様子を宵丸に知られたくない。

「おまえが抱えている特殊な事情は聞いている。純血の人の子なんだろ」

「はい、そうです」

そういえば翁は、いますぐ燃やしてやりたい人の子育成指南書なる手帖《てちょう》を彼に渡したのだっけ。

「翁の加護が失《う》せたいま、おまえには身を守るすべがない。妖怪が中心のこの郷は、人の子が一人で生きていけるほど平和じゃない」

宵丸は冷静な目を雪緒に向ける。

「どうして——私と結婚してくれたんですか？」

雪緒は尋ねずにはいられなかった。

「宵丸さんの得になる結婚ではありませんのに、なぜ」

「一番の理由は人の子の保護だ」

宵丸はためらうことなく答えた。

「おまえも気づいているだろうが、十六夜《いざよい》郷には人が少ない。純血はおろか、混血までも減少の傾向にある。これはよくない兆候だ。人族の滅亡はなんとしても阻止せねばならん」

「……どうして？」

「どういった理《ことわり》の糸が紡がれているのかは俺にもわかりえぬが、人が失われたら時が滞り、水の流れもとまるのだという。そうなれば世全体が衰退する。……いま言った『世』とは、あくまでもこの十六夜郷の世のことだぞ。ほかの郷は知らん」

「時が滞るというのは、いったい……?」

座り直して聞く態勢を取る雪緒を、宵丸はほのかに笑って見つめた。

「古き怪には、寿命などあってないようなものだ。そこに人の血が混ざれば、少しずつ命に期限が設けられるようになる。すると、時が動く、という話だ」

「不死でなくなる代わりに、時が水のように流れ、その結果、世が発展するという意味でしょうか?」

天昇という仕組みにも密接に関わってくる話ではないだろうか。

「たぶんな。世を循環させる鍵が、寿命を持つ者、つまりおまえのような人の子なんだろう」

雪緒は目を瞬かせた。——人の保護。はじめて聞く話だ。

好奇心だけではない、強い欲求が体内をぐるぐるする。詳細を聞いておいたほうがいい。

「ですが宵丸さん、怪の方々にとっては寿命なんて、歓迎できないことではありませんか?」

不死を手放せるのか、と雪緒は疑問を抱いた。

正直な話、「おのれの命や、おのれの一族を犠牲《ぎせい》にしてでも人という種族を守らねば」といった類《たぐ》いの義侠心を怪が持つとは思えない。よくも悪くも怪たちは自分の欲望に忠実だ。

「歓迎できぬ話でもない」と宵丸は、浮ついた様子もなく答えた。

「徳を積むことになるんだ、人の子の保護は決して怪の不利益にはならん。食ってよし、育ててよし、愛《め》でてよし。捨てるところのないのが人だ。ゆえに翁だって……なんだ、翁からこのあたりの説明はされていなかったのか？」

「はい」と、雪緒が素直に肯定すると、宵丸はしまったと言いたげに顔をしかめた。

「余計な話をしすぎたか」

「あの、もう少し教えてくれたほうが私は嬉しいのですが」

せがんでみたが、宵丸は重要であろうこの話題をそれ以上続けようとはしなかった。

雪緒は落胆しながらも、ひとしきり思案した。もしかすると、白月が本来の世で雪緒を娶ろうとした理由にも、いまの話が絡んでくるのではないだろうか？

なんにせよこの結婚は、宵丸の不利や負担にはならずにすむらしい。

さりとて心情的には自分の浅慮《せんりょ》を許せるものではない。

宵丸は正式に雪緒を保護するつもりで迎え入れてくれた。不実なのは雪緒のほうだ。

種族の違いが悲劇を生む。人の身には受け入れがたい怪たちの過激な振る舞い、それに疲弊し切った心が、雪緒に正常な思考を放棄させていた。夢ではないかとふわふわとしつこく疑って、ここまで流され続けた。その先に待ち受ける未来がどう変化するかを、ろくに考えようとしなかった。自分と接触する者の運命がどう変わるのかも、やはり真剣に考えようとしなかった。縁の糸が切れた者の運命がどう変わるのかも。

（情けない……！）

悔しくも思うのに、畏縮《いしゅく》した心が手足の動きを鈍らせ続ける。

「暗い顔をするな。野蛮な獣と恐れられる俺のもとへ来たんだ、おまえは今後、深々とした夜も嵐の夜も堅く守られる」

雪緒が落ちこんでいると、その様を悪い意味に捉《とら》えたらしく、宵丸は慰めるような口調で断言した。

「……それは、宵丸さんほど強い大妖様に、そうそう挑んでくる向こう見ずな者などいないという意味でしょうか？」

「ほかにどんな意味がある？」

自信にあふれた返答に、雪緒は身体の強張りを解き、小さく笑った。有能さや寛容さを見せるのではなく、自分の恐ろしさを誇って安心させようとするのが、いかにも怪らしい。

「強いんだぞ、俺。まことに」

「はい、はい」

「適当にあしらうな。まことなんだぞ」

「はあい」

むきになる様子が微笑ましくなり、雪緒は口元を片手で隠した。

だが、唇に浮かんだ笑みはすぐに歪《ゆが》む。自分の不実さを見過ごしたままではいられない。それに——そうだ、なにを惚《ほう》けているのか。視野を遮る傘《かさ》を、いい加減閉じねば。

考えろ。自分はいったいいつまで『やり直しの世』にとどまれるのか。一生なのか、それともなにかの条件を達成すれば本来の世に戻れるのか。強制的に戻らされる場合もあるのか。仮にここで進む道を変えた場合、元の世に戻ったときにも運命が書き換えられてしまうのか。このやり直しの世と本来の世は、一本の道でつながっているのか。分岐した世になるのか。本来の世で、雪緒の存在はいまどうなっているのか。——このやり直しの世で生きていた『雪緒』はどこに？　——慎重に見極めねばならないことがいくつもあった。

雪緒は、いぶかしげにこちらを見る宵丸に視線を返した。

（宵丸さんは信頼できる大妖だ）

白月を通して、怪全体に不信感と恐怖を抱いたことは間違いがない。が、そうであっても、個で見れば、心を開ける相手だっている。宵丸はその一人だった。

自分の身に起きた出来事のすべてを宵丸に話そう。守ってくれるという頼もしいこの怪に。味方がほしい、助言がほしい。そしてできるなら——自分の背をバンと叩いて不実さを咎《とが》めてほしかった。許されることよりも、裁かれることのほうが重要だ。

相談の末に反感を抱かれ、屋敷から放り出されたとしてもかまわない。自業自得《じごうじとく》だ。もちろん宵丸が離縁を望むのなら、その判断に従う。

（そもそも嫁ぐ前に、翁にすべてを伝えておくべきだったんだ）

雪緒は後悔を噛《か》みしめた。それだって、本当は頭のどこかでわかっていた。

けれども、事情を口にすればふたたび会えた翁が泡のように消えてしまうかもしれない、という恐れが心の奥底にあった。少しでも別れの時間を引き延ばすために、夢を見ているのではないか、といった甘い疑いを抱き続けた。

その甘さも、雪緒はもう捨てなければならない。

「宵丸さん、お話ししておきたいことがあるんです」

「なんだ?」

雪緒が真剣な表情を作って切り出したからか、宵丸は探るような目を寄越した。

「私、白月様と――」

本来の世で結婚していました。八月の火渡り祭が原因で、どうも過去へと戻ってきたみたいなんです――雪緒は事細かに説明しようとした。ところが突如、手首に激しい痛みが走った。痛みというより炎で焼かれているかのような感覚だった。

慌てて手首を撫でれば、白月に与えられた傷の上にいつのまにか赤い紐が巻かれている。どうやらそれが熱を発しているらしい。だがこんな怪しい飾り紐を自分で手首に巻いた覚えはない。いや、本物の紐ではなく、入れ墨だ。

(これはひょっとして、イヌに吹きかけられた虹《にじ》色の煙だったもの……?)

雪緒はふと気づき、瞬きも忘れて手首の入れ墨を見つめた。

自分の身に起きた奇異な出来事の数々を宵丸に打ち明けようとした瞬間、入れ墨の紐は火傷《やけど》しそうなほどの熱を発した。軽々しく話してはならぬのだと、雪緒を罰しているみたいだ。

「その傷はどうした？　……おまえ、なにか呪いを受けているのか？」

宵丸の警戒した声に、雪緒は我に返って顔を上げた。

「呪い……？」

「自分でわかっていないのかよ。手首に呪の傷跡が見える。だれかにやられたのか」

脅すように聞かれ、雪緒は少し気圧《けお》された。赤い紐の入れ墨ではなく、白月につけられた傷のことだろうか。しかし傷跡のほうは、雪緒の目には映っていない。どうも宵丸は、傷跡にこめられていた呪詛の残滓を嗅ぎ取ったらしかった。

「――その、以前、狐一族の方の不興を買ってしまって」

「狐？　……見せろ」

宵丸が雪緒の手首を取り、その部分に顔を近づけて、確かめるように匂いを嗅《か》いだ。

「確かに獣の匂いがするが……はっきりと掴めない。匂いがなにかに隠されている……？」

ぶつぶつとつぶやく宵丸の顔を、雪緒はわずかな恐れとともに盗み見る。

（やっぱり宵丸さんの目には、傷跡の呪しか見えていない）

赤い紐について触れないのなら、そういうことだ。

雪緒が自身の手首に視線をずらせば、赤い紐はじわじわと透過し、やがて完全に見えなくなった。が、見えずとも、そこに巻かれていることは感覚でわかる。雪緒は急いで考えた。おそらく、日渡り関連の真実を他者に伝える行為は禁忌に相当する。どこからどこまでが禁忌の対象かは不明だが、元の世と異なる道を進んだ点については、いまのところ咎められていない。そこから想像するに、「自分は本来、べつの世に存在する者だ」と明かすことがだめなのではないか。未来の訪問者と知られたら、その知識をだれかに悪用されかねない。雪緒本人が誘惑に屈して悪用する可能性も皆無とは言えない。そうなれば帰一の楔をゆるがせる恐れが出る。

生真面目《きまじめ》な顔つきで雪緒の手首を観察していた宵丸が、急にぴくっと肩をゆらした。と思いきや、雪緒の手首を放して勢いよく立ち上がり、障子側に鋭い目を向ける。

「宵丸さん？」

「おまえはここにいろ。部屋を出るなよ」と、宵丸は言い捨てるとすばやく障子を開き、広縁に出た。ぽかんとしている雪緒に一瞥《いちべつ》をくれて、障子を閉める。

怪は人よりも五感が優れている場合が多い。べつの場所から、気がかりな音を拾ったか、それとも見過ごせぬような気配でも感じ取ったのか。

雪緒は、遠ざかる宵丸の足音に耳を澄ませると、自分の布団側へ戻り、手首を強く撫でた。

(日渡りについて相談できないのは、厳しいな)

だれも頼れない、頼ってはならないということになる。自分の不実さもおのれで罰し、存在の不確かさにまつわる不安も一人で耐え抜き、歩んでいかねばならない。

雪緒は皆を騙《だま》しているような、ひどく後ろめたい気分にもなった。宵丸も白月も、翁までも裏切って、自分だけが有利な道を進んでいるようだ。――そんな道に価値はあるのだろうか？

（でも、本来の世に戻ったところで）

どうなるというの。心の仄暗《ほのぐら》い場所から、湿度を伴った自分の声が響いてくる。傷つきやすく身勝手で感情的な魔物が雪緒の心の奥にいる。その魔物もまた雪緒自身だった。

心の魔物が湿った冷たい声で嘲笑《あざわら》う。必死に言い繕って、ばからしい！　白月様のことが恐ろしくてたまらないくせに。もう恋どころじゃないくせに。ずっとずっと恋という『まほう』の言葉でごまかしてきたツケを払うときが来たんでしょう。あの狐は、便利な恋をする相手として、うってつけだもの。美しい、強い、決してこちらを振り向かない、だからいつまでも微睡《まどろ》むようにゆるやかに恋を続けられる。手の届かない月を追いかける幼子のままでいられる。ねえ、だからこんなに執着されるだなんて、予想外だったんでしょう。

私はよぅく知っている、もうどこへも帰れないから拠《よ》り所が必要だった。甘くて淡くてきらした恋は、幼い私が正気を保つための希望で道標《みちしるべ》だった。でもじゅうぶん大人《おとな》になった、一人で道を走れるようになった、いまの私には無我夢中《むがむちゅう》で縋《すが》りつかねばならない理由がない。

おのれを偽らずに叫べばいい、本当は、怪など大嫌いなんだって！

嫌悪ばかりが胸にある。ほら唾《つば》を吐くように詰《なじ》れ、本音を隠すな。

あれは乱暴で残忍で、美しいのは皮だけの、心を知らぬ人でなし！

「う」

負の色に満ちた感情の濁流に呑《の》まれて雪緒は吐きそうになり、片手で口元を覆った。冷や汗が首筋を濡らす。そのまま上体を傾けたとき、広縁側の障子が開けられる。はっと視線をやれば、険しい顔をした宵丸がそこにいて、大股《おおまた》で室内に入ってきた。

彼は雪緒の前に片膝をつき、手に握っていた物を差し向けた。

真っ二つに割れた小さな宝珠が彼の手に載っていた。

「これは宴の場に落ちてきた、祝い品の宝珠だ。神力漲《みなぎ》るこの珠《たま》は、獅子が寄越したもので間違いがない。それが、急に割れた。——おまえ、なにか禁忌を破ろうとしたな？　おまえの身代わりとなって珠が割れている」

「私の身代わり？」

雪緒は愕然《がくぜん》と珠を見下ろした。自分でも謎《なぞ》だが、邂逅《かいこう》を果たして以来、獅子にはたびたび助けられている。

「おまえは、どういう定めのもとに生じた人の子なんだ。禁忌を犯すような浅慮な人の子か。だがこうして、獅子が守るほどの者だとも証明されている。わけがわからん。いや、そんなわけのわからん子を嫁にした俺自身が一番、わけがわからん！」

さっそく見捨てられるかと覚悟すれば——宵丸は、そこでぺかぺかに明るく笑った。

本来の世でよく見た、彼らしい笑顔だった。

「怪しいなぁ、おまえ！　あやかしの俺に怪しいと疑われるおまえ、すごいぞ」

「は、ありがとうございます……？」

「ほめてない！」

ぐりぐりと、少し強めの力加減で雪緒は頭を撫でられた。気安い触れ方に懐かしさを感じ、なにもかもぶちまけて懺悔《ざんげ》したくなる。だが、それは絶対に許されない行いだと、割れた珠をもってはっきり警告された。なら、ほかになにを宵丸に差し出せるだろう。

「私は、宵丸さんに対してとても不誠実な存在です。大事なことをなにひとつ説明できないし――本当は、怪が、怪すべてが、こわい。心の底では嫌っているのだと思います」

宵丸が、ふうん？　と眉を上げる。

「あなたを、私は含みなく、愛せない。離縁を望まれるのなら従います」

雪緒はもう、宵丸を見ることができなくなった。

結婚しておきながら、初夜に愛せないと明かす妻など、だれが望むのか。

「本音を言え」

宵丸は怒るでもなく楽しげに促した。その明朗さに引きずられたのか、雪緒はつい心情を吐露してしまった。心の魔物が、はしゃいでいた。

「一人が、一人になるのが、こわい。私は、自分がだれなのかもわからないから。雪緒という名前すらきっと、本物じゃない。おぞましい怪たちの世で、翁だけが掛け値なく私を愛して、許してくれた。翁がいれば、それでよかった」

「神隠しの子であるという噂《うわさ》は本当のようだな。だが地上が水浸しになるほど嘆いても、翁はもういないぞ。……ほかに求める相手はいるのか？」

「いました。いたんです。でもその想いも、偽りだったのかも。自分の心さえわからない」

「なるほど、おまえは霞《かすみ》に等しい朧《おぼろ》な自分が最《もっと》もこわいのか」

雪緒は息を呑んだ。

宵丸はなんでもなさそうな顔をして、割れた宝珠を適当に自分の懐に突っこんだ。

「わからんというのなら、これ以上ぐちゃぐちゃ考えるな。なんか面倒になってきた」

「め、面倒って」と、あんまりな物言いに雪緒は絶句した。

「重要なのは、おまえ、妻。俺、夫だ。結婚したんだ。これが、この場における現実だ。わかるか？」

宵丸は刻みこむように言うと、雪緒を指差し、次いで自分を指差した。

「人が怪を恐れることくらい、とっくに知ってる。……とはいえ、おまえがそんなに俺をこわがっているようには見えんが……まあ、いい。好きに俺をこわがれよ。それで、頼りやがれ。俺は大妖の者だ、おまえ程度の悩みや不安など取るに足りん」

「そこまで言います⁉」

「吠えるな。うるせっ」

犬扱い⁉

「大抵の危機は蹴散《けち》らせる。好きに俺の横で泣いたり喚いたりおののいたりしていればいいだろ。俺はその悶《もだ》え転がる姿を見て、おまえは今日も元気に不安定だなと思うだけだ」

唖然とする雪緒に、宵丸は欠伸《あくび》をした。

「べつにいま、俺だっておまえに執着しているわけではないから、無理に愛せとも言わぬ。だよそとは関係を持つな。なんであろうが、おまえをもらい受けたのは俺なんだから、そこは義理を果たせ」

「で、ですが、いえ、待って、もっと悩んでくれません⁉」

「んまー、おまえがどうしてもと望むなら、深い夜をいまから味わうか？　初夜だしな」

からかうように宵丸は微笑むと、ちょっと色っぽい目つきをした。

この大妖様、自分の顔のよさを熟知している。

（あー！　これ宵丸さんだ！　いつもの宵丸さんだ！）

雪緒は当たり前の確信をした。やり直しの世の宵丸も、やっぱり『本物の宵丸』だ。

「味わいません！　宵丸さんには悪いけれども、私はまだ結婚をした実感すらないです！」

なんでこんな話になっている？　と雪緒は混乱を極めた。

どうしていつも宵丸の気ままさに翻弄《ほんろう》されてしまうのか。

「あっそ。人の子、さっきからぴゃんぴゃんうるせー……。いいや、寝ーよおっと」

宵丸は、とうとうなにもかも面倒になったらしく、ぐでんと布団に横たわった。ちなみにそこは雪緒側の布団だった。

雪緒は驚愕《きょうがく》した。この流れで本当に寝ようとする⁉

怠惰な夫様を反対側の布団まで転がしてやろうかと、雪緒が意気込んだときだ。

「おまえが思う存分ジクジクじめじめと悩んで悩んで悩み切って、あきらめがついたら、そのときは、ちゃんと妻にしてやる」

宵丸はうつ伏せのまま、ぶっきらぼうにそう締めくくった。

その声音に、図太い彼らしくもない、かすかな照れがあるのを雪緒は正確に感じ取った。取ってしまった。おかげで顔のみならず耳まで熱くなる。

雪緒は無駄に何度か口を開けたり閉じたりしたあと、おやすみなさい！ と自棄《やけ》気味に叫んで、既に半分眠りかけている宵丸の身体に布団をぐるぐると巻きつけた。


予想に反して、宵丸と暮らす日々は穏やかに流れた。

最初は雪緒も気を使い、「ともに山へ鬼狩りに行きましょうか？ それとも猪《いのしし》狩りに行きます？ 火鼠《かそ》も狩ります？」と宵丸の好きそうな案を出し、誘ってみたのだが、やはり本来の世とは違う道を選んでいるせいだろう。宵丸の反応もずいぶんと変わっていた。

「人の子こっわ。脆弱《ぜいじゃく》なくせに、なぜそんなに殺意にあふれてんだ？」と不審げに引かれた。

（あなたは元の世で、私を背に乗せて雪山や里のなかを楽しく駆け回っていたんですよ……）

雪緒は胸中で反論した。

しかし、やり直しの世で「夫」となったこの宵丸は、雪緒が戸惑うくらいに過保護で、親切で、時々無愛想だ。いったいだれの話だと疑いたくなるが、これも間違いなく宵丸の持つ顔のひとつなのだろう。

夫婦の縁をつないで、十日目。昼餉《ひるげ》の刻。

宵丸の眷属の女童が用意した食事をとりながら、雪緒は、ひとつ頼み事をした。

「昼のあいだ、〈くすりや〉に戻って見世を開いてもいいですか？」

結婚後は宵丸の屋敷で寝起きしており、見世は閉めている状態だ。

てっきり「自由にしろ」といった適当な返事をされると思っていたのだが、宵丸はかすかに不機嫌な気配を漂わせて、海老《えび》の煮付けをつついた。

「だめだ」

「……えっ？　だめですか？」

「見世を開きたいなら、屋敷の横に新しく建ててやる。それまで待て」

雪緒はしばし放心してから、首を横に振った。

「翁の見世を、潰したくないんです」

「そっちはほかの者にまかせればいい。おまえが薬師を続けるのはかまわんが、俺の領域の外へは一人で行くな。守れるものも守れなくなる」

宵丸の意外な責任感と頑固さに、雪緒は驚かされた。

(なにか変な感じがする。私が外へ出てはいけない理由があるのかな)

なんにせよ、困った事態になった。雪緒は設楽の翁から引き継いだ〈くすりや〉でしか、薬師の仕事をしたくないのだ。それに調べたいこともある。

どう説得すれば宵丸の気分を変えられるだろう。

「ならんぞ、雪緒。この話は抗わずに聞き入れろ」

宵丸は叱るように言った。やり直しの世では、彼は雪緒を「薬屋」とは呼ばない。耳に馴染《なじ》んだ響きを聞けないのは、なんとなく寂しい。

「……そんな顔をしても許可はしない」

こちらを見た宵丸が、渋面を作る。

「俺を頼れと、輿入れの夜に言ってくださったのは、嘘《うそ》だった……?」

「揚げ足を取るなよ、小賢《こざか》しいぞ」

わかりやすく雪緒が不貞腐れると、宵丸は箸《はし》を置いて、吐息を落とした。

「おまえって、怪がこわいと震えるくせに、俺に対して少しも物怖《ものお》じしないじゃねえか。人の子の価値観と基準はどうなってやがる?」

「……ちゃんとこわがってます」

「どこがだよ」

宵丸は、胡座《あぐら》をかくと、膝に頬杖《ほおづえ》をついた。

雪緒はもそもそと食事を再開した。いったんは引くが、見世での仕事はあきらめていない。

(強気で押すより、切々と情に訴えたほうが、効果がありそうだ)

懲りずに策を巡らせていると、宵丸に軽く睨《にら》まれた。

「俺はこれでも同族にすら恐れられる大妖なんだがなあ。なのに雪緒は、初日から俺の屋敷に馴染んでいる。けっこう口答えもするし遠慮もない……というよりは、俺との距離の取り方がずいぶんうまいな」

……そこは、本来の世での経験が生きているのだろう。

怪はこわい。その認識は覆らない。だが宵丸という怪は、わりと気性がさっぱりしていて感情が明け透けだ。裏表もあまりないように思える。人となりならぬ怪となりのみで評するなら白月よりもずっと付き合いやすく、好ましい相手だった。

「……こわがってほしいですか?」

脅かされるのは嫌だな、と暗い感情を抑えこんで尋ねると、宵丸は苦笑した。

「まあ、それは……だが雪緒は、やけに気安くはあるものの、別段俺を侮っているふうでもないしなあ」

「宵丸さんを侮るなんて恐ろしい真似はできませんよ。……あの、ところで宵丸さん」

「なんだよ」

「……どうして、先ほどからずっと私を見ているのでしょう？」

雪緒は小声で問いかけた。

――おかげさまでなに不自由なく暮らせているが、少々悩ましいことがある。それが、宵丸の視線の強さだ。

そばにいるときは、とにかくじっと見つめられる。眼差《まなざ》しに悪意はないし、嫌悪感もない。ある意味、窓辺にとまった天道虫《てんとうむし》でも見つめる子どものような澄んだ眼差しだ。が、なんであっても四六時中《しろくじちゅう》熱心に見つめられれば落ち着かない。

「妻なんだし、見たっていいだろ」

「……あなたの妻は繊細なので、見られすぎるとジュッと煙のように消える可能性が……」

「胡散《うさん》臭い顔で言いやがって」

宵丸が低い声で笑う。

「いや、どうもな。ふしぎで」

なにが？　と雪緒が問うのを待っている表情だ。

「……なにが、です？」

雪緒は観念して望み通りに聞いた。

「うん。雪緒はいまもその小さい頭のなかで、蟻《あり》が餌《えさ》をチマチマチマチマ運ぶがごとく、どうにもならん無駄なあれそれを考えてはしつこく悩んでいるのかなあと。俺も翁に共感できるようになってきたかな。人の子は確かに、なんかかわいい気がしてきたぞ」

「こんなに嬉しくない『かわいい』がありますか？」

なにを言っているのだろうか、この大妖様。まさか本当に虫を見守る少年目線だったとは。言われたのが自分じゃなかったら、全力で引いている。

「俺は、人の肉など好んでいなかったのになあ。食いたがる鬼の気持ちも少しわかってきた」

「……え……人…肉……、しばらく〈くすりや〉に下がらせてもらってもいいですか」

「これなんだよな。怯《おび》えている態度を取りつつ、うまいこと俺の許可を得ようとしてやがる。しれっと見世を開こうと企《たくら》むんじゃねえよ」

宵丸は指の先を自分の口に当て、笑いをこらえた。

「本当に俺の奥さん、わけわからねえなあ」

俺の奥さん！

地を裂く神鳴《かみなり》くらいの威力がこめられたその一言に雪緒は胸を貫かれ、手に持っていた汁物の椀《わん》を落としそうになった。

「……。日中の、数時間だけでもいけませんか？」

動揺を見せまいと、雪緒はつとめて平静を装い、尋ねた。

互いの種族における物の見方の違いはさておき、ここへ来て珍しく勘が働いた。宵丸の態度に隠し事の気配を感じる。

「そんなに翁の見世が恋しいかよ。いや、待てよ。雪緒は意外と小賢しく、逞《たくま》しいんだ。チマチマ罠をはりやがる」

宵丸が挑発的な顔を見せた。

「はぁん……さてはおまえ、無邪気にしつこくせがんでいるだけと油断させて、実は俺からべつの情報を引き出そうとしているな？」

「…………。知っていますか？　人の子は伴侶に隠し事をされると、じわじわ衰弱していく生き物なんですよ。切ないですね」

ずばっと言い当てられて内心焦りながらも、雪緒は表向き、冷静に反論した。

宵丸が、やけに平たい目をして雪緒をうかがう。

「俺がよくわかっていないからってまた適当な嘘を言いやがる。……おい、嘘だよな？」

雪緒はそっと視線を逸らした。逸らしながら、真剣に考える。

なぜ宵丸はこれほど雪緒を手元に置きたがるのか。人の子の無力さも確かに案じてはいるのだろうが、ほかにも理由がありそうだ。

（でも元の世では、この六月半ばの頃にそこまで警戒するような恐ろしい出来事なんか、起き

なかったはず……)

と、記憶を辿り、雪緒は「あっ!」と叫びかけた。

恐ろしい出来事どころか、郷全体をゆるがす特大の凶事が起きていたではないか。

(雷王《らいおう》の死去があった!)

一瞬で肝が冷える。そうだ、このやり直しの世では、白月はまだ御館の座についていない。元の世では本来、雪緒は桜月に白月と結婚する予定だった。だが、現御館である雷王の不調に配慮し、祝言を風待月——六月にまで延ばした。

そして下旬に雷王は世を去り、白月がすぐさま御館として立つ。

時が流れたいま、当時は見えなかった光景にも目が向くようになる。

郷の存亡に絡むほどの大事な時期に嫁いだのだ。各儀式も指揮せねばならなかったろうし、多忙を極めていた白月が雪緒のもとへ通えなくとも当然だった。

言ってみれば、一国の王が変わったようなものである。政《まつりごと》に疎《うと》い当時の雪緒は離れにぽつりと放置されて大いに拗《こじ》らせてしまったけれども、一個人が抱える孤独感などにつき合っていられる状況ではなかっただろうことは想像に難くない。白月を薄情だと責めてすむような問題ではなかった。

祝言をあげた二ヶ月後、雪緒は、白月に恋着している妹狐の鈴音に屋敷を追放された。これに関して白月からの正式な弁明はなかった。離縁後の対応すらも後回しにせざるを得ないほど新たな世の平定に追われていた。妻を気遣う余裕もない白月の隙をついた鈴音の勝利とも言えるだろうか。

(あの頃の私は、本当にまわりが見えていなかったのだなあ)

雪緒は過去の自分の至らなさに、頭が痛くなってきた。

いま、下里《しもさと》の民の暮らしに変化はない。皆、平穏な日々をすごしている。それこそが、次代の白月がうまく対処している証拠《しょうこ》だ。重篤《じゅうとく》の雷王に代わって里の営《いとな》みを守っている。

本来の世の通りに事態が進行するのなら、あと七日ほどで雷王が世を去る。

死去の報が里に巡れば、多少なりともいまの平穏は崩される。おそらく宵丸は雷王が既に危険な状態だと知らされているのだろう。

雪緒の安全を考慮し、下里の見世の再開を禁じたのだ。

(白月様が祝言の延期期間に私を屋城《やしろ》に囲ったのも、その後も頑《かたく》なに上里で生活させたのも、宵丸さんと同じ理由じゃないだろうか。雷王の延命のために薬師の力を借りたい、なんて話は、身の置き所がなかった私を気遣ってのものだ)

無意識に溜め息が漏れた。雪緒はいままで寂しさにばかり囚《とら》われ、目が曇《くも》りすぎていた。

もちろん、その感情が間違いだとは思っていない。

抱いた憂いは本物で、この瞬間も消せずにいる。ただもう少し情勢の変化に関心を持つべきではあった。

それにしても、期限のない外出禁止を命じられるのは厳しい。見世を長期間、放置したくないし、自分の身に起きた諸々《もろもろ》を調べたいという焦りもある。翁が存命のときには見せてもらえなかった神事関連の書物を取りに行きたい。

(私はなんで日渡りをしてしまったのかな)

火渡り祭に関する詳しい情報がほしい。イヌとの邂逅も、謎だ。あれは偶然的な出会いだったのか。いや、その前に——なぜあのとき着用していた着物から鞠《まり》が転がり落ちたのか。

(禁忌に触れたら罰が与えられる。宵丸さんに知られないように一人で動くしかないけれど……、この大妖様の目をごまかせる気がしない)

力なく視線を上げると、宵丸がやはりこちらをじっと見ている。「雪緒はまたなんか、いらんことを考えているなー」とおもしろがっている表情だ。

「奥さん、考え事は終わったか？」

抑揚をつけた声で聞かれて、雪緒は、う、と詰まった。

雪緒がそう呼ばれて心を騒がせていると、宵丸は察している。

「……奥さんは、まだ悩み中です。夫様はちょっとお静かに」

むきになって言い返すと、宵丸は小さく笑った。

そういう優しい顔は困るのでやめてほしいと雪緒は切実に思った。

◎肆・茶話《さわ》の根組《ねぐ》みもこめかしかりし　都度都度に

雪緒《ゆきお》の予想通り、七日後に雷王《らいおう》の死が郷《ごう》全体に伝えられた。

すぐに白月《しろつき》が次代の郷長《おさ》として封じられ、紅椿ヶ里《あかつばきがさと》には狐《きつね》と八手《やつで》の文様が入った白絹の幟《のぼり》が道々に立てられた。尉面《じょうめん》の図が描かれた太鼓も祭具として要所に置かれた。

辻《つじ》ごとには黄金の注連縄《しめなわ》が用意され、そこに果実のごとく大きな鈴の房がくくりつけられた。これを戴天《たいてん》の儀という。

上里《かみさと》の森に設けられた東西南北の鳥居の列には、儀のあいだ、綾取《あやと》りのような赤い糸が渡され、厳重に封鎖される。儀の終了後も、民は許可がない限り他里への移動が禁ぜられる。御館《みたち》を抱く狐一族が四十九日かけて郷を巡り、新たな世の到来を教えるからだ。

日頃《ひごろ》のんびりと宙を泳ぐ精霊たちも、代替わりの前後は特別な行動を取る。普段はめったに出現しない、太古から存在する大型の精霊たちが一挙に押し寄せ、悠々と地や空を渡る。

たとえば、りゅうぐうのつかいに似た星啼文庫《せいていぶんこ》。全身の毛並みが星空を連想させるミシカという美しい鹿《しか》の群れ。青く燃える翅《はね》が見事なグッタラという蝶《ちょう》。体長が里の広さ以上もある巨大すぎるほど巨大な貝王《かいおう》という古代魚。

ミシカも大きいものは、木々の高さをゆうに超える。逆に、小さなものは豆粒ほどしかない。

グッタラも大きいものは十尺を超え、小さなものは花びらほどしかない。

雪緒は空をゆく貝王を、屋敷の広縁から宵丸《よいまる》とともにぼうっと眺めた。

貝王という精霊は、頭部は鯨《くじら》のようだが、胴体は海月《くらげ》に似ている。なにしろ体長が途方もなく大きいので、無数の触手が空全体を覆ってしまっているような状態だ。この触手がまた、透き通った青や赤、黄緑などの鮮やかな色を持っている。ゆるくうねるたびに光と色の洪水が発生し、地表を虹《にじ》の海に変える。

放心する雪緒の目の前を、頭に冠のごとく蓮《はす》の花を咲かせた七色の大鷲《おおわし》の群れが飛んでいった。去ったあとは、豊かな香気があたりに満ちた。

「あれは＊＊＊という精霊だ」

と、隣の宵丸が小声で教えてくれたが、何度聞き返しても正確に名前を理解することができなかった。

次には、宝珠で飾り立てられた茜《あかね》色の象《ぞう》の群れが屋敷の前を横断し、その次には毛が鱗《うろこ》状になった桃色の羊たちが駆けていった。最後に飛び跳ねながらやってきたのは、どう見ても大きなヒトデのお化けとしか思えない星形の精霊の群れだった。それの名も聞いたが、雪緒はやはりうまく聞き取れなかった。

「すごいですすね……」

感嘆の声が知らず漏れた。世の神秘のすべてを結集させたような、凄《すさ》まじい眺めだ。ここは桃源郷か、それとも絢爛《けんらん》たる地獄か。

本来の世では、この時期の雪緒は上里の離れに引きこもっている。であるから、戴天の儀の様を見たことがない。

(白月様は、これほど遠い存在だったのか)

雪緒は息が詰まる思いがした。

隣に並んで座っていた宵丸が、こちらを向いて微笑を見せた。

「そりゃ御館の戴天だものな。おのれの威を見せつけねばならんので、派手にもなる。……御館の力が強ければ強いほど、現れる古《いにしえ》の精霊も増えるんだ」

「どの精霊も、なんて大きいんでしょう」

「力あるものが大きくて当然だ。そうでなければ、力をたくさん抱えこめないだろ」

「なるほど……」

やっと最初の貝王が去ったと思ったら、二匹目が山の向こうから泳いできた。そちらはさらに巨大で、触手は透明ではなく化石の色をしていた。いや、本当にその身は化石になりつつある。そのため、時折ぱらぱらと、雪のような白い粉が降ってくる。触れた瞬間、儚《はかな》く溶ける。

精霊も老いて死ぬのだろうかと、雪緒は思いを馳《は》せた。

化石に変わるほどの年月とは、どのくらいだろう。百年か、千年か、万年か。人にとってはもう、永遠の命だ。

「しっかし目がちかちかするな、こいつら。貧相な戴天になるよりはいいけど。……んや、先の雷王だって悪い御館ではなかったんだがなあ……、十年ほど前から急激に衰えたんだよな」

宵丸が、こてっと甘えるように雪緒の肩に寄りかかってぼやく。

「そうなんですか？」と問い返しながらも、雪緒はひそかに動揺した。

ともにすごすにつれ、少しずつだが宵丸の態度が本来の世の彼に近づき、雪緒に対して遠慮がなくなっている。

「なにかとびきりの禁忌でも犯したんじゃねえのかな。そうと思わなければ不自然なくらいに勢いをなくした。一時、里に精霊がまったく現れなくなったんだ。……って、その頃、雪緒は幼子だったか？　なら、当時の里の不穏さはあんまり覚えていないか」

雪緒は目を伏せた。十年ほど前。

神隠し直後の悲惨な時代だ。精霊の存在どころか、自分の明日さえ見えない状況にいた。

「あの頃は……、私は翁《おきな》のところで、檻《おり》に入れられて暮らしていたので」

かつての暮らしぶりについてをぽろっと漏らしたら、宵丸がぎょっとしたように身を起こした。

「嘘《うそ》だろ？　あの翁がおまえを家畜みたいに檻に入れていたのか？」

「ほんの少しのあいだだけですけど」

「あー。あー……。あ～……」

宵丸が妙な節をつけて呻《うめ》く。雪緒は引いた。

「どんな感情ですか、それ」

「泣くな、泣くな。かわいがってやるから」

「泣いてません!!　あっ、いえ、やっぱり泣いてます。ご覧になって、この涙を……。もう悲しくてたまらないので、しばらく〈くすりや〉にこもらせてもらってもいいですか?」

「おまえって思った以上に逞《たくま》しいよな……」

宵丸が呆《あき》れたように言う。

いまのは本気でせがんだわけではなく、多分に照れ隠しだ。

(宵丸さんがめちゃくちゃ甘やかそうとしてきて、どうしたらいいのか)

雪緒は頭を抱えたい気持ちでいっぱいだった。

基本、やり直しの世の宵丸は駆け引きをしない。率直で、誠実だ。

雪緒の前では恐るべき殺戮《さつりく》の様も見せない。たまにこちらをからかってくるときも、蜂蜜《はちみつ》でも食べたあとなのかというほどに口調が甘く、やわらかい。毎朝、雪緒の髪を丁寧に梳《す》いてくれる。本来の世とは逆に、雪緒のほうが世話をされている。

自分が日を渡った原因を早く突き止めたいのに、宵丸の優しさと献身が木天蓼《またたび》のように雪緒の思考を鈍らせる。疑いようのないほど、雪緒は守られている。――本来の世では得られなかった平穏と安らぎがここにある。当たり前のように慈しまれ、必要とされている。

宵丸に対して愛や恋などの特別な感情は、まだきっと生まれていない。けれど、既に情は芽生えかけている。本来の世でも、多少なりとも抱いていた親しみの延長にあるような感情だ。

雪緒は自分の心がゆれ動くのを感じていた。

もしも本来の世に戻る方法が見つかったら、自分はどうするのだろうか。もしも、戻れないとわかったら、どうするのか。

「またあれこれ悩んでいるな？　人の子は、生き方も頭のなかも、忙《せわ》しないよなあ」

宵丸がおもしろそうに言って、雪緒を見つめる。

「宵丸さん、私に、本当に優しくしないでください。私は不実でしかいられない」

顔を背けて、雪緒は吐き捨てた。

純粋な優しさが、こわい。こういうこわさもあるのかと、雪緒は苦い思いを抱いた。

「いつでも私を捨ててくださってかまいません。私に気を許さないで」

「何度も言うが。おまえ程度の悩みや裏切りなど、俺《おれ》には瑣末《さまつ》なことなんだ。……いや、裏切りはちょっと腹が立つが、こうしてな、おのれの不実さで俺を傷つけてしまうのではと悩むおまえを見るのは、思いのほか悪くない。翁がおまえを愛したのが、納得できる」

宵丸は楽しげな雰囲気を変えない。

雪緒は本気で困惑した。彼と話すときに時折感じるこのもどかしさを、うまく昇華できない。会話はきちんと成立している。雪緒がなにを言いたいのかも彼は正確にわかっている。だというのに、圧倒的に話が噛《か》み合っていないような違和感がある。

表情を変える雪緒を、宵丸はやはり楽しそうに見つめる。――幼い自分を預かった直後の設楽の翁とそっくりの目だと、雪緒はふいに気づく。

「実際、不実だろうがなんだろうが、どうってことがない。極端な話、俺が本気でおまえの不実を煩《わずら》わしく、腹立たしく思うときがきたら、塗り替えてしまえばいいだけだ」

「……塗り替える？　なにを？」

「おまえの魂を」

――歌うようにかろやかに告げられたその言葉を呑《の》みこむのに、時間がかかった。

「祟《たた》って壊す。幻覚を見せる。俺の望むように、おまえの魂を作り替えてしまえばいい。夫たる俺の権利というやつだ。大丈夫。人は、狂ってもかわいい。おまえがおのれを失っても、かわいがってやる」

恐ろしい発言をする宵丸の表情は、やわらかいままだ。

「仮に、俺がおまえを捨てようと思うときが来ても。案ずるなよ。その際には、おまえの正気を潰《つぶ》して、なんの不安も感じぬ状態にしてやる。食ってやってもいい。だから、好きに不実でいればいいし、好きに思い悩め。好きなだけ遊ばせてやる。おまえの、なにもかもを受け入れる。ただしおまえも俺が好きに振る舞うことを知っておけ。もちろん抵抗してもいいが、どうせ結果は変わらん」

雪緒は、これを聞いて泣きたくなった。

こちらの願望や思惑など最終的にはどうでもいい、そう言っている。

目を剥《む》くほど傲慢《ごうまん》な寛容だ。だが、根無し草に等しいいまの雪緒にとって、なんて胸にしみる傲慢さだろう。人ではないもの特有の冴《さ》え切った眼差《まなざ》しで雪緒を見ている。だからこその安心感がある。この凄まじい眺め同様、ちまちまと不安を抱くのがばからしくなってくる。

「……私が、あなたの手の届かない場所へ逃げようとしても、変わりませんか？」

やり直しの世から去ろうとしても、どうってことがないと動じずに断言してくれるのか。

「なんだ、俺から逃げたいのか？　と言ってもな……。おまえが逃亡に成功するのは、そうだな、俺が死ぬときくらいじゃないか？」

宵丸はかけらもゆらがぬ態度で、雪緒の恐れと不安を軽く笑い飛ばした。

❁

三日後。

「宵丸さんと一緒に出掛けたいです」

普段と異なる里の様子にも慣れた雪緒は、そんな言葉で宵丸を誑《たぶら》かした。

彼には悪いが、夫婦らしい時間をすごしたい……などという殊勝な考えでの発言ではない。

（過去に戻った原因を調べたい）

雪緒はそろそろ行動すべきだと焦りを抱いた。

本来の世への帰還は可能なのか。可能だとしたら、その方法はなにか。

調べた末にどんな真実が待ち受けているかは想像もできないが、もやもやしたものを抱えたまま日々をすごすのはもう飽きた。

（ちょっとずつ宵丸さんを懐柔してみせる！）

と、当の宵丸が聞けば大笑いされそうな目標を雪緒は掲げた。

しばらくのあいだは〈くすりや〉の再開は難しいだろう。そこはいったん我慢する。だが散策ついでに火渡り関連の資料を取りに行く程度なら、宵丸も許してくれるのではないか。

それと、べつの角度からも攻めていきたい。

（花ノ竹茶房《かのたけさぼう》の主《あるじ》のイサナ様は、古い妖だけあって物知りだ。お話しできないかな）

火渡りの謎《なぞ》を解く手助けになるかもしれない。個人的に親しい相手ではないが、雪緒の育ての親の設楽《しだら》の翁とは時折札遊びをする仲だったので、うまくいけば会ってもらえるだろう。

翁がこれまでなぜ鬼の話を雪緒の耳に入れまいとしたのか――その謎も、彼と懇意にしていたイサナなら知っているかもしれない。

（茶房へ行って、イサナ様とお会いし、その帰りに見世《みせ》に寄りたい）

その前に、盛り場の甘味屋で手土産《みやげ》を購《あがな》おうか。

「あの……私、花ノ竹茶房に行きたいです。あそこなら比較的安全だし……連れていってくれますか？」

花ノ竹茶房は気軽に行ける茶屋ではない。菓子も茶も一般的なものより値が張る。

宵丸がその程度の値段を渋るとは思えないが、下手《したて》に出ておいて損はないだろう。

そんな計算をして、精一杯優しく微笑《ほほえ》む雪緒を、宵丸は驚いた目で見つめた。

「茶房に？　俺と？」

「はい。宵丸さんと。ゆっくりしたいなあって」

「……ふうん。まあいいけど」

雪緒は心のなかで、よし、と手を叩いた。まずは第一関門突破だ。

半刻《こく》後には、雪緒たちは呼びつけた車を利用して盛り場の甘味屋に来ていた。

雪緒も宵丸も、着用する衣は夏の仕立て。宵丸は金色の蔦《つた》模様が華やかな黒地の薄物に、羽織りを合わせている。雪緒のほうも上衣は黒で、赤と白の大振りな花の柄が入っている。

この着物は、宵丸が用意してくれた。

(宵丸さんって意外と……というのは失礼だけども、洒落《しゃれ》者なんだよね)

平静を装ってはいるが、雪緒は気恥ずかしさを感じているのが表に出ないよう必死だった。

彼が日頃用意してくれる着物は、自分では積極的に選ばない色気のある柄ばかりだ。

……こういうのは似合わないと避けていたのだが、案外いいのかも？　と、うぬぼれてしまうのは、着替えを終えた雪緒を見る宵丸が満足そうな顔をしたせいに違いない。

（宵丸さん自身も、本来の世より目を引く着物を選んでいる……気がする）

元々が端整な顔立ちの怪なので、なんでも似合う。

この男前が夫様かあ、と雪緒は先ほどとはまた種類の異なる羞恥《しゅうち》を感じた。

「これでよくないか？」

どうにも照れが勝ってもぞつく雪緒の横から、宵丸が平台に陳列されている菓子箱のひとつを指差した。

（距離が……近い……）

これもまた新たな羞恥を煽《あお》る。

護衛的な意味もあるのか、安全な店内でも宵丸はひょこひょこと雪緒のあとをついてくる。

本来の世では野蛮《やばん》さに振り切っているような怪だったため、身内にはとことん甘いという予想外の一面に、慣れることができない。

「しかしおまえも律儀だな。客として行くだけなのに、わざわざイサナに手土産を持っていくのか？　……あ、もしかして、式の後に白月が――御館がしていた話を気にしているのか？」

宵丸がどこかそわそわした様子で尋ねた。

式の夜、とつぶやいて、雪緒は合点した。あの凄まじい悪食《あくじき》の話か。

「いえ、それは……。もしお会いできるようなら、大主様《おおぬし》と少しお話もしたいんです」

古老のイサナを、敬意をこめて大主と呼んでいる。

「……話？　なんの？」

「その——私はこれまでずっと翁に守られてきました。世間知らずだったと気づいて、賢者の大主様に知恵を授けてもらえたらなと。……あ、よければその帰りに、少しだけ〈くすりや〉に寄ってもらえたら嬉《うれ》しいです。読みたい書物があるんですよね」

嘘ではない。が、肝心の目的はぼかしている。

宵丸が、きゅっと眉根《まゆね》を寄せた。そのときだ。

「もし。宵丸様ですか」

と、いつの間にか近くに来ていた若い女妖《にょよう》が宵丸に声をかけた。

見知らぬ女妖だ。紅椿ヶ里は大きな里ではなく、戸数も少なめである。薬師という立場柄、雪緒は民らと顔を合わせる機会が多いが、それでも全員を知っているわけではない。

(ずいぶんきれいな方だなあ)

雪緒は羨望《せんぼう》の視線を彼女に送った。

人で言えば二十歳前後の、豊かな緑色の髪の美女だ。

宵丸はふしぎそうに女妖を見ている。知り合いではなさそうだ。

「覚えていらっしゃるかしら。ふた月ほど前に、犀犀谷《さいさいだに》で鬼に襲われかけていた私を宵丸様が助けてくださったのです」

「そんなことがあったか？」

女妖の話に、宵丸が首を傾《かし》げる。

（あぁ、ひゃっほーと鬼退治に夢中になっているとき、助けたんだろうなあ）

雪緒はその光景を脳裏に描いた。

「ええ、あのときはろくにお礼もできず……。ぜひ私の巣にいらしてくださいな」

女妖の熱を帯びた色っぽい眼差しを見て、雪緒は、いわゆるそういう誘惑なのだと理解した。

宵丸も気づいたのだろう、ちらっと雪緒に目を向けてから、「行かない。俺は伴侶《はんりょ》を得たばかりだ」と惜しむ様子もなく断った。

「存じています。ですが一夜を楽しむくらいなら、薬屋さんも文句はないでしょ？　新たな郷の世の始まりですもの、大いに楽しみ浮かれなくては」

にこりと笑って、悪びれずに「夫を貸せ」と要求してきた女妖に、雪緒は怒りよりも先に新鮮な驚きを抱いた。

（夫が変わると、民の私への態度も変わる）

白月が夫だった世では、「雪緒様」と呼ばれることが多かった。離縁後もだ。

宵丸が彼に劣るとは言わないが、御館という立場の怪よりは近づきやすい。ちょっと味見しても面倒なことにはならないし、もし本気になっても、種族によっては重婚も認めている。

女妖は雪緒を取るに足らぬ無力な人間の薬師としか見ておらず、目の前で夫を掠《かす》め取ってでも問題ないと判断した。雪緒が力ある怪だったら、まず彼女は誘いをかけてこなかっただろう。他者の伴侶の略奪は、血で血を洗う争いに発展しかねない。

「おまえがどんなやつかは知らん。が、おまえに時間を使うなら、奥さんと楽しくすごす。自分の奥さんを打ち捨てて遊ぶ夫がどこにいる。……でも雪緒は……こいつ本当……あー……、あー！　ああー！　もう！」

女妖にとっては期待外れで、だが雪緒にとっては満点の誠実な発言……のはずが、なぜか後半は雪緒を責めるような、おかしな呻きに変わっている。意味がわからない。

呆気《あっけ》に取られる女妖を無視して、雪緒の手を握ると、宵丸はさっさと箱菓子の支払いをすませた。甘味屋の前からふたたび車に乗って、花ノ竹茶房へ向かう。

そのあいだの宵丸は、終始無言。

（……。私に腹を立てている……んだよね。なんで。怪って難しい……）

雪緒は悩んだ。女妖に、妻として毅然《きぜん》と立ち向かわなかったのが原因か、と思ったが、なんだか違う気がする。

茶房の部屋を借りるには、「主房《しゅぼう》」と呼ばれるところで受付しなければならない。細い竹筒を組んで建築された平屋だ。そちらへは、カヒヶ池の横を通る。

車にゆられてカヒヶ池が見えてきた頃、むっつりとしたままの宵丸に雪緒は声をかけようとした。しかし、カヒヶ池の手前に佇《たたず》む人影に気がつき、言葉を呑みこんだ。

白月と、もう一人、小柄な者がそこにいる。

雪緒たちを乗せた二輪の車は、指示せずとも彼らの前でとまった。

「イサナと御館が、なんで逢《あ》い引きしてる？　御館は郷巡りの最中じゃないのか。不埒《ふらち》者め」

宵丸は冷たく言いながら、車をおりる雪緒に手を貸してくれた。

赤い長袍《ながぎ》に身を包む白月の隣にいるのは、穏和な表情を浮かべた小柄な老女だ。青色の浴衣《ゆかた》を着たこの女妖が、大主のイサナである。

「おやおや、かわいい新婚さんの訪れだ」

優しく言うイサナに、宵丸が雪緒の手を握ったまま近づいた。

「もー、もー！　最悪だ！　聞けよイサナ、俺の奥さん、ひっでえ！」

えっ⁉　と雪緒はびっくりした。不機嫌の原因は自分なのだろうが、最悪というほどに⁉

「どうしたの、獅子《しし》の子」

「獅子の子って言うな。……俺、弄《もてあそ》ばれたぁ！」

だれに⁉　私に⁉

「茶房でゆっくりしたい～とかって、奥さんに、にこにこしながら誘われたんだ」

「おや」と、イサナが笑みを深める。

「期待するよな、やったぁかわいがってほしいっていう誘いだと期待する俺、おかしくないよな！」

ん⁉　誘い？

（あっ？　あー⁉　私、そういうお誘い……をしたと、宵丸さんに勘違いをさせ……あー‼）

雪緒は叫ぶのをこらえて、片手で頬《ほお》を押さえた。

土産の包みを持っていなければ、顔を覆っている。

そうだった、茶房が特別な逢瀬《おうせ》にも使われるのをすっかり失念していた。宵丸がこんなにぷりぷりしているのも、勘違いによる羞恥をごまかすためではないだろうか。

「新婚さんだぞ。変じゃないよな、御館もそう受け取るだろ！」

勢いよく詰め寄る宵丸に、「ああ、まあ……」と、白月はたじたじになっている。

「で、俺好みに着飾らせた奥さんが、イサナへの手土産がほしいと言い出してさ。律儀な嫁だなーって感心していたら、こいつめ。茶房に行く目的は、イサナとの話し合いだと！　俺の期待と純情！　……雪緒ぉ、俺わかってんだからな。そもそもこの外出、おまえの見世に立ち寄るのが最終的な狙《ねら》いなんだろぉ？　なんなのおまえ、前世は狐か？　夫を誑かすのか？」

話を聞いていたイサナが、おははははっと独特な笑い声を響かせた。

「これはこれは愉快な嫁様だこと！」

「愉快じゃない！　どうしてくれるんだ！」

固まっている白月に寄りかかった宵丸を見て、雪緒は真っ赤になった。

(違います、違うんですよ、不埒な思いで茶房に誘ったわけでは――って、否定するのは宵丸さんに失礼になる!?)

今日の装い、両者とも大人《おとな》っぽくて色気があると思っていたら、こういう……。

「……俺の戴天の儀のときに、おまえたちは、なにをしているんだ」

復活した白月に呆れられ、雪緒はいますぐ消えたくなった。もうなにに恥じらって、なにに傷つけばいいのか。宵丸には誤解されるし、白月には温度のない目で見られるし――。

(今回の世の白月様は、私に執着をしていないし……)

とにかく消えたい。池に飛びこんで頬の熱を冷《さ》ましたい。

「おまけに奥さん、俺がほかの女妖に誘われても『へえー、私の夫ってもてるのねー』みたいな、ぼけっとした顔をするばかりで、えー、もっとこうさぁ、女同士の熾烈《しれつ》な争いになんねえの？　人の子って戦わねえの？」

「俺に聞いてどうする」

「弱そうだし実際弱いだろうから、戦わせるつもりはないけどー」

「離れろ、宵丸。鬱陶《うっとう》しい」

大妖《たいよう》たちの会話を聞いていられなくなり、雪緒は目を逸《そ》らした。その先でイサナが楽しげな顔をしていた。

「仲がよろしいのだねえ」

「いまの話でどうしたらそんな感想が出るんだよ！　……っていうかあ、なんで御館とイサナが逢い引きしているんだ？」

宵丸が雪緒を睨《にら》みながらイサナに尋ねた。

「なに、新たな御館に助言と忠告をなあ。楽土《らくど》に返るも、地獄に参るも、おのれ次第だ。掴《つか》める糸は一本だけだぞ。欲をかくな」

「なにそれ？」

変な顔をする宵丸とは対照的に、白月は「不要な諫言《かんげん》だ」と薄く笑っている。

「おほ、わたしへの土産か。どれ嫁様、お寄越し。……うん、うん、わかっているね。わたしはこの見世の水菓子が好きでね。あなたにも助言をあげよう。わたしと話がしたかったのだろう？」

イサナは、燃え尽きかけている雪緒の手から土産の包みを奪うと、やわらかい眼差しを寄越した。

「隠れ子よ、あなたは翁に隠されていた。そのまま隠れていればよかったものを。手遅れだろうか。いや、まだ、まだ……。隠れる場所がなくなったのなら、いっそ睥睨《へいげい》せよ。獬豸《かいち》は、あなたをこの先も守るだろう。あれはあなたと同じ世の……。まあ、がんばりなさい」

雪緒は、すうっと心が冷えていくのを感じた。池に飛びこむ必要はなくなった。

おそらくイサナは、翁が鬼の話を雪緒から遠ざけていた理由を知っている。

だがはっきりと言わない。言えないのは――振り向かれるからだ。雪緒が認識すれば、『かくれんぼ』に負けて、鬼に捕まってしまう。

「御館に頼みもあってねえ。精霊の群れにまじって、悪い霊も里に入ってきたようだよ。せいぜい退治しておくれ。ではね」

イサナは大笑すると、煙をまき散らして、化けた。大妖たちの身の丈をゆうに超える〈きまいら〉だ。頭部は元のまま、胴体は蛇、鯨の尾びれ。両腕の代わりに、真っ赤な八手のような翼が生えている。

イサナは、呼び止める間も与えずに、どぼんとカヒヶ池に飛びこんだ。

呆気に取られていた宵丸が、うわっと小声でつぶやいた。

「なんか向こうから変な虫が飛んでくる……、悪い霊って、あれかよ！」

木々の合間に目を向ければ、宵丸の言う通り、気味の悪い虫の大群が接近してくるのが見えた。一尺以上ある巨大蛾《が》……なのだが、胴の部分が、人間の面になっている。

「……しかたない。つき合え、宵丸」

そう溜め息をついて、白月が狐姿に変じた。

「俺もかよ、もう……」

宵丸もぼやき、駆け出す白狐を追おうとしたが、ふと雪緒を振り返った。

「ここから動くなよ。見える位置にいろ。いいな」

「あの、宵丸さ――」

彼は、雪緒の口元を片手で覆った。バチンと音がするくらいの強さだった。

(……普通に痛いんですけど⁉)

言葉を遮るにしても、もっと優しくしてほしい。

雪緒が目を吊《つ》り上げてもがもがと文句を言ったとき、口を塞《ふさ》ぐおのれの手の上に宵丸がすばやく口づけた。雪緒はぴたっと動きを止めた。

「……俺はちゃんと、いい子で待つ」

羞恥を隠した不機嫌な顔で囁《ささや》くと、宵丸はすばやく黒獅子に変化し、白狐を追いかけた。

白狐がちろりと振り向いていた気がするが、正確にはわからない。

二頭の獣たちは、踊るように悪霊退治を始めた。

雪緒はどうにもならない気持ちになって、その場に座りこんだ。

白月とふたたび顔を合わせたのは、六月最後の日のことだ。

従者も連れずに彼は一人で瑠璃茉莉《るりまつり》の屋敷に現れた。

白月は「白桜《しろざくら》ヶ里《がさと》が落ちた」と、囲炉裏のある六畳間で、屋敷仕えの女童が用意した酒を口にしながら告げた。

雨夜だった。戸を閉めていても、雨粒が屋根瓦《がわら》を叩く音が聞こえてくる。

室内灯を四隅に置いているので暗くはないはずだ。なのに、身じろぎするのもためらわれるほど空気が重く、淀《よど》んでいるように感じられる。

白月と同じように、酒杯を傾けていた宵丸が眉をひそめ、障子の前に控えていた雪緒にちらりと視線を向けた。雪緒は一瞬戸惑ったが、遅れて意図を察し、慌てた。「妻」に聞かせる話じゃないから退室しろ、ということだろう。

本来の世で、こうした話し合いの場から追い払われた経験はない。そのため当たり前の配慮に気がつかなかった。

至らなさを恥じながら雪緒が腰を上げたとき、白月がふさりと狐尾を振った。

「いや、おまえ様も話を聞いておけ」と、雪緒を引き止める。その行動に宵丸がいぶかしげな表情を白月へ返した。

「なんでこいつに他里の問題を聞かせる必要がある?」

「宵丸を、白桜ヶ里の長に封じるからだ。娶《めと》られた人の子にも関係があるだろ」

白月の宣言に、雪緒も宵丸も動きを止めた。

「なんの冗談だ?」

「悪ふざけをするために、わざわざ俺が来るわけがないだろう。これでも多忙の身だ」

「嘘つけ。この前だって郷巡りの途中でイサナと逢い引きしていたじゃねえか」

「逢い引きじゃない。こら、煙《けむ》に巻こうとするのはよせ――」

雪緒は、宵丸と言い合う白月を、茫然《ぼうぜん》と見つめた。

(白桜ヶ里が落ちた?)

――それはおかしい。

本来の世では、白桜ヶ里の崩壊は雪緒と白月の離縁からしばらく経《た》ったあと――翌年の二月から三月にかけてのはずだ。いまはまだ、その前年の六月。時期が合致しない。

そもそもこのやり直しの世では白桜が落ちる理由がない。

本来の世で、花の舞い散る美観の里と称《たた》えられていた白桜を、民が住めぬほどに穢《けが》したのは、白月の実妹の鈴音《すずね》である。

彼女は白月の妻の座を望んでいた。ところが白月が手を取った相手は、妖力《ようりょく》を持たない人の子の雪緒だった。白月の関心を奪った恋敵《こいがたき》の雪緒を、鈴音はひどく恨んだ。おまけに肝心の白月にも冷たくあしらわれる。思い詰めた鈴音は白桜ヶ里へ向かい、長の蓮堂《れんどう》を殺害した。里を乗っ取り、長に成り代わって白月と対等の立場になれば、さすがに自分を無視できなくなるだろうと考えての凶行だという。

けれども今回の世では、雪緒は白月と結ばれていない。

白月の妻の座は空いたままだ。だからいまの鈴音に雪緒を憎む道理はない。存在すら認知されているかどうかも怪しいところではないだろうか。

この段階で、鈴音が無理に行動を起こして白桜ヶ里を乗っ取るとは思えないが――。

そこまで考えて、雪緒はなにかを見過ごしているような感覚に襲われた。

(変だ)

本来の世で、白月との結婚話が持ち上がったのは、前年の一月。

白月との結婚は桜月、つまり三月の予定だったが、当時の御館である雷王の不調が明らかになり、三ヶ月後の風待月……六月に延期になる。ただし雪緒は、白月の希望で三月に上里に入っている。

いっこうに回復の兆《きざ》しを見せない雷王の状態を憂慮し、それなら存命のうちにと、雪緒たちは六月に正式に結婚する。雷王はその後、世を去っている。

設楽の翁の天昇《てんしょう》は卯花月……四月だが、雪緒が上里入りを果たした時点で事実上の別れとなっている。結婚生活の期間はわずか二ヶ月。八月に離縁した。

その六ヶ月後、年を跨《また》いだ二月に、白月に再婚を申しこまれている。そしてこの二月に鈴音が暗躍し、最終的に白桜ヶ里を落とすのだ。

(……やっぱりなにかを見落としている)

雪緒は片手で口元を押さえた。どうしてか、ぞっとするような心地になりながらも、もう一度丁寧に記憶を辿《たど》る。

――再婚の話を聞かされるのが二月。如月《きさらぎ》。

その如月に鈴音と白月が言い争い、修復できないほど関係が悪化する。決裂の理由は、鈴音が邪魔な雪緒の始末を目論んだためだ。他者をけしかけて犀犀谷で雪緒を襲わせようとした。そのとき白月に追放を言い渡された鈴音は白桜ヶ里へ逃げこみ、長の蓮堂を殺害する。

鈴音が里を乗っ取った後、雪緒は、蓮堂の子の由良《ゆら》に勾引《かどわ》かされる。

だがこの誘拐は雪緒の殺害を防ぎ保護するためだった。

由良ともども宵丸に救出されたのちは、鈴音から身を守る目的で紅椿の上里に移った。が、ひと月すぎたあたりで鼬《いたち》の怪である安曇《あずみ》の裏切りに遭い、雪緒は鬼里《おにざと》に連れ去られる。これも鈴音が張り巡らせた策だ。

このとき雪緒は魔除《よ》けにもなる炒《い》り豆を持っていた。その効果で、すぐには鬼に襲われずにすんだ。偶然ではなく、福は内、鬼は外の節分の月、如月だったので、豆の用意があったのだ。白月が救出に来てくれ、そこら辺でも色々な問題が起きたが、瑞獣《ずいじゅう》たる獬豸の宝珠などのおかげで事なきを得た。それから桜月……三月に桜花祭があり、鈴音と直接対決を――。

（ありえない）

雪緒は、膝《ひざ》の上で強く手を握った。

時系列が合わない。

再度ざっと記憶をなぞる。二月のはじめに白月から再婚話を持ちかけられ、少し経った頃、鈴音の追放が言い渡される。その後雪緒は由良に連れ去られる。救出されたのちは上里に移り、そこでひと月が経過する。

だとするなら当然、鬼里へ連れ去られる原因を作った安曇の裏切りが発生する頃には、次の月、桜月に変わっていなければならない。

なのに節分――まだ如月。二月初旬のまま？

記憶違いなのか。だが雪緒はあのとき確かに、「はやひと月がすぎた、節分の月だ、雪はまだたっぷりと……」などという呑気《のんき》なことを考えている。だから炒り豆や餅《もち》菓子も用意した。

護衛役を請け負ってくれた宵丸もこのとき、餅菓子を食べている。

（どういうこと）

時の流れが狂っている。それを当時の雪緒は、疑問にも思っていない。いや、ほかの者たちもだ。

そんな恐ろしい矛盾が生じていたのに、なぜだれも違和感すら抱いていないのか。

如月、如月、と雪緒は頭のなかで何度も繰り返す。如月だけだろうか。

その前後の月、一月から、少しずつ時間が狂っていたのだとしたら。

一月。日を渡った雪緒が、辿り着いた月。

その、日を渡る原因になったのが、本来の世で催されていた八月の火渡り祭。

――では、前年の八月には、なにがあったか。

各月の流れを辿ったとき、「――なぜ狐一族の不始末を俺が片付けねばならん！」という宵丸の怒声が耳に飛びこんできた。思考を妨げられた雪緒は、目が覚めたような心地で、言い争いをする大妖たちを見やった。

白月は、よく見れば正装をしていた。狐紋がうっすらと施されたつややかな白絹の上衣を着用している。単衣《ひとえ》と袴は蘇芳《すおう》。狐耳の端に、赤と黒の長い房を垂らしている。脇《わき》には、神木たる椰《やし》の枝から作られた〈ちはふちからしばのつるぎ〉が置かれていた。

雪緒は視線を、やり直しの世では失われずにすんでいるつるぎから、端然と座す白月に戻した。元来の妖《あや》しさと相まって、夢のような美しい姿だった。これは魔性の者だ、人外の者で間違いないと雪緒はこの瞬間、納得した。

「その芒《すすき》だか硯《すずり》だかというおまえの妹が白桜を穢したのなら、狐一族のやつが責任を取って長になればいいだろ」

苛立《いらだ》たしげな態度を隠さぬ宵丸の言葉に、雪緒は「芒じゃなくて、鈴音様です」と反射的に名を訂正しながらも、驚いた。

「……鈴音様が、白桜ヶ里を？　どうして？」

今回の世でも鈴音が原因なのか。だが雪緒はなんの邪魔もしていないはずだ。手出しの理由がわからない。

白月が片耳を横に倒した。飾りの房もさらさらと流れた。

「白桜の長の蓮堂が、鈴音に狂った。あれは美しい狐だろう？」

「……鈴音様を恋《こ》い慕うあまりに、蓮堂様は狂われたのですか？」

「そう。いや、前から鈴音が蓮堂にちょっかいをかけてはいたんだ。大事の際にでも手駒《てごま》として使おうと考えていたらしい。ところが、雷王の天昇に俺の戴天の儀が続いて蓮堂に時間を割く余裕がなくなった。鈴音はどうも、執拗《しつよう》に逢瀬を望むあいつを手ひどく退けたようだな」

「んで振られた腹いせに硯を襲ったはいいが、強烈な反撃を食らったってわけか。硯は大妖間近の化け狐だし、蓮堂だって性根は腐っちゃいるが長になれるくらいには妖力がある。ぶつかり合えば、そりゃ激しく火花が散る。最終的に民まで巻きこみ、硯も蓮堂も落ちたんだろ。

はー、下劣な争いだな」

　宵丸がばっさりと斬《き》り捨てた。

「妻も子もいるくせにほかの女に溺《おぼ》れる阿呆《あほう》長なんぞとっとと死ねばいいし、おのれの後始末もできぬ女狐の硯だって自業自得《じごうじとく》じゃねえか」

　硯じゃなくて鈴音様です、と雪緒はふたたび小声で名を訂正した。

「これは厳しい」と、白月が苦笑する。

（私と白月様の結婚がなくても、鈴音様と白桜ヶ里は落ちる運命だったのか）

　むしろ崩壊の時期が早まっている。

「なあ、そういえばさ、どうしておまえの妹はああも雷王に疎《うと》んじられていたんだ？　あいつが白桜の長にちょっかいをかけ始めたのだって、雷王に見放されたからだろ？　だが前は、そうじゃなかったよな?」

宵丸は酒杯をあおり、濡《ぬ》れた唇を指先で拭《ぬぐ》うと、ふしぎそうな顔をした。

「それどころか、白月よりも女狐のほうがよほど雷王に目をかけられていたじゃないか。俺は本音を言うと、御館に選ばれんのはおまえじゃなくてあの女狐だと思っていたぞ」

「えっ⁉」と、雪緒は思わず大声を上げた。彼らの視線が雪緒に集中する。

「す、鈴音様が御館に? 本当ですか?」

「なんでそんなにおまえが驚く……?」と、宵丸は引き気味に雪緒を見ながらも、そう考えた理由を教えてくれた。

「だってあいつのほうが白月よりも御館の素質があるもん」

もん、って。かわいこぶって……という感想は胸にとどめておき、雪緒は真剣な顔をした。

「白月様のほうが尾の数も多いし、それに、残忍さや苛烈《かれつ》さを取り繕うのも上手《じょうず》では? 鈴音様は、比較的素直なご気性の方ではないかと。気に入らぬ者はさくっと皆殺しになさいますよね。でも白月様の場合はじわじわと正気を奪って下僕にもして、有事の際には躊躇《ちゅうちょ》なく捨て駒にしそうというか。残忍さは圧倒的に白月様が上というか。狡猾《こうかつ》さこそが大正義、みたいな」

「おまえ様、俺を前にして、よくそんなに正直に言えるなあ……」

白月は感心半分、呆れ半分の心境を聞かせた。宵丸はというと、

「よくわかってんな奥さん、俺は本当におまえと結婚してよかった。最高だ」

そうはしゃぎ、がばりと雪緒に飛びついた。狐耳をぎゅうんと前のめりにさせた白月が、無言で宵丸に酒杯を投げつける。宵丸は笑顔でさっと避《よ》け、雪緒から離れた。

「……通常は、男よりも女のほうが、身に抱えられる妖力が大きいんだ」

白月がこちらを睨みながら嫌そうに説明した。

雪緒は集中して聞いた。「妖力の器の強度」に関しては、本来の世でも知らなかった話だ。

「確かに鈴音のほうが御館にふさわしいと思われていた。人の目にはおぞましく映るだろうあの奔放さと非道ぶりは、怪が好み、憧《あこが》れる類《たぐ》いのものだ。だがあいつ、どうやら調子に乗りすぎて、雷王の怒りに触れたようだな」

「雷王様の……？　鈴音様はなにをなさったんですか？」

「さあ」

白月は素っ気なく答えた。詳しい事情は本当に知らないのか、言う気がないだけなのか、その表情からは読み取れない。

「もう硯も蓮堂もどうでもいいや」

宵丸が話に飽きた顔をして、胡座《あぐら》をかいた。

「なんにせよ狐一族が始末をつける問題だろ。俺は妻を得たばかりで忙しい。穢れた里の長の座なんぞ押しつけるんじゃねえ」

「ずいぶんと入れこんでいるな」

白月は明らかに皮肉とわかる口調で言った。

「うん。雪緒は変で不安定だし、かわいいんだ。やらねえぞ」

「ばかか」

いっそう冷たく返す白月に、雪緒は目を向けた。

白月もちょうどこちらを向いていて、視線がぶつかったが、すぐに逸らされる。

「俺の親切がわからないか？　おまえが長にならねば、そこの、人の子が犠牲《ぎせい》になるぞ」

あん？　と宵丸が柄悪く眉を上げる。白月の言う人の子とはもちろん雪緒のことだ。

「どういう意味だ？」

「その女を天神《てんじん》として白桜ヶ里の浄化に当たらせろ、という話が古老どものあいだであがっている」

白月が冷淡に放ったその言葉に、雪緒は驚いた。まさかここで「天神」という言葉を聞くとは思わなかった。

亡者が辿り着く黄泉《よみ》、そこに通じる森を常闇《とこやみ》と呼ぶ。また、常闇の手前に現れる、あの世とこの世の境界のような黄昏《たそがれ》の場を、朱闇辻《あかやみのつじ》という。

天神とは、その辻《つじ》を守る役目を担った者をさす。

あれは五月のこと。穢れた地に成り果てた白桜ヶ里の内部に辻が出現した。里へ偵察に向かった白月は、自らを天神と称して浄化を急いだ。

天神、と雪緒は口のなかで飴玉《あめだま》のようにその言葉を転がした。

「天神って、祟り神と表裏一体《ひょうりいったい》の存在でもありませんでしたっけ……。実際は、怪や妖《あやかし》が担う役目ではないんですよね？」

雪緒の独白めいた問いに、白月が眉を上げる。

（この話は、本来の世で白月様から聞いたはず）

いや――違う。

雪緒は時系列の矛盾に気づいたときのような、不気味な違和感をふたたび抱いた。

『天神とは辻を守る役目だ』という部分は確かに白月が教えてくれた。が、祟り神と表裏一体であるという説明までは聞いていない。なら、雪緒自身がもとから知っていたことになる。だがそのとき雪緒はこう考えなかったか。「どこかで聞いたことがなかったか」と。

（書物で調べたわけでもない。だれに教えてもらったわけでもない。いま、私がはじめて口にしたのでは？）

雪緒は、ふ、と息を詰める。

『私』？

（本来の世の『私』は、二度目の過去を生きるこの『私』から聞いたということ？）

そんな面妖《めんよう》な――この『いま』が、本来の世につながっているはずがない。

けれども。次元の異なる世が歪《ゆが》みを起こして、蜃気楼《しんきろう》のように、一部の記憶が曖昧《あいまい》な形で共有されているのだとしたら。そして、その歪みを生んだ原因こそが、『火渡り』なのではないか。

これと同じ理屈で、時の流れにも影響が生じたとは考えられないか。

青ざめる雪緒に気づいた宵丸が、むっと白月を睨む。

「なんでわざわざ俺の奥さんを天神にしなきゃなんないんだ。白桜にも天神がいるだろ」

「白桜ヶ里は落ちたんだぞ。当然そこに据えられていた天神も腐り果てている」

「……なら、この里にいる天神を送ればいいだろ」

「紅椿ヶ里には、いまはいないんだ」

「……はあ?」

二人の重苦しい会話に、雪緒は「あの」と強引に割りこんだ。

「――天神とは、なんですか」

険のある顔で黙りこむ二人に、雪緒は恐れを隠して言い募る。

「怪や妖がなるものではなく、人がなるものが天神……なのに、『祟り神』と表裏一体でもあるのですよね？　どの里にも必ず、『天神』が存在するのですか？」

「……そうだ。大抵は天神を置く」

白月が目を伏せ、耳の飾りをいじりながら答えた。

「天神とは、わかりやすく言えば、贄《にえ》だ」

贄。

「堕落《だらく》した妖怪《ようかい》を祀《まつ》り、祭神へ変えるための、生きた道具。それが天神だ。これは身に人の血が流れる者でなくてはつとまらない。なぜなら『祀り』という習わしは、人が生み出したものだからだ」

『祀り』の部分に関しては、本来の世の月不見月に白月から聞いている。だがそのときであっても、いまみたいに率直に『道具』という表現は使っていなかった。人形――『ヒトガタ』を代わりに立てる場合もあるという婉曲《えんきょく》な言い方でごまかしていた。

(私が傷つかないように、あえて言葉を濁してくれていたのか)

だが、縁を結んでいないいまの雪緒を、白月が気遣う義理はない。

「かつて人は、怨霊《おんりょう》と化した人を祀り上げ、おのれを守護する神に変えていたという。だから祟り神……『神』の起源は、人にあるのだとも」

どこか熱に浮かされた口調で話していた白月は、そこでふっと我に返り、しゃべりすぎたというように顔をしかめた。

宵丸がちらりと彼を見て、口を開く。

「ばからしい。天神だなんて言い方は、聞こえをよくするための後付けだ。怪は単に『天人《てんじん》』としか思っていねえ。怪の穢れを清めてくれる、天からの贈り物。それが人だ」

「天神、ではなく天人……」

「つまり人の胎のなかに――雪緒、おまえの胎内に、白桜ヶ里の穢れ、そこの民らの怨念を移して封じこめるって話だぞ。人の身体《からだ》は、高性能の浄化装置だ。なんでかって――人には生死の巡りがある。水の流れのように、あっという間に成長して老いるその命は、不浄をも時の果てに押し流してくれる」

「ああ、なるほど……そうですか」

「そうですかって、おまえなあ」

宵丸に怒られた。

雪緒は、習慣のように微笑を作りながらも、身のなかの臓腑《ぞうふ》すべてを吐き出したい気持ちになった。心臓も腸も肺もなにもかも。それを必死にこらえていた。

かつて白月は、雪緒を天神にしたがっていた。

ただしそれは、雪緒があんまり再婚に応じないから、寿命を引き延ばすための苦肉の策なのだという話だった。

(でもやっぱり、その理由のみではなかった)

辻では白月自身も天神の真似《まね》事をしていた。が、根本的に彼は『人』ではないので、真似事の領域を出ない。白桜ヶ里の崩壊をぎりぎりのところで阻止し浄化するために、そう振る舞っていただけだ。

べつの立場になって、はじめて見える光景がある。

過去をやり直す機会がなければ知らずに終わっていただろう真実の一端に、雪緒は触れた。

「だから、雪緒を守りたいのであれば、白桜ヶ里の長になれと言っているんだ」

白月が雪緒から目を逸らし、宵丸を諭《さと》そうとする。

「おまえが長となれば、妻の雪緒を天神に据えずにすむだろうが」

雪緒はきっちりと白月の胸のうちを読み取った。雪緒をだしにして、無理やりにでも宵丸を長にする気だ。

——あいかわらず、誑かすのがうまい。

以前から白月は宵丸を白桜の長にしたがっていた。なんだかんだ言って宵丸は白月の陣営側の怪で、なおかつ大妖と呼ばれるほどの力量を備えている。荒くれ者には違いなくとも、根底には冷静な思考とまっとうな信念がある。とくに好きでもなかった雪緒を妻として迎え入れたあたりにも理性の片鱗《へんりん》が垣間《かいま》見える。だからといって情を持たぬわけでもない。

宵丸は、経験さえ積めばよき長になるだろう。そう思わせるものがある。

「……俺が長になったところで、面《つら》の皮が厚い上里の爺どもは、うるさく騒ぐのをやめねえだろうが。むしろ、長の妻なら責任を取って贄となれ、ぐらい言うだろ」

宵丸は抵抗を続けたが、明らかに勢いをなくしている。

「だろうな。だが、長になり、賢く立ち回れば守ることもできる。ならねば、間違いなく雪緒は取り上げられると断言する。この女は、貴重な純血の人だ。貴重ゆえに、御館のいるこの里で生かさせてきたんだ」

白月は怜悧《れいり》な眼差しを宵丸に向ける。

「いかようにも使い道がある。それを上里の古老たちが見逃《みのが》すと思うのか」

「やめろ、俺の妻を道具扱いするな」

白月に怒りを見せた宵丸の、その一言で、雪緒の腹は決まった。よい怪なのだ。それを知っている。乱暴だし、雪緒を騙《だま》して攫《さら》おうとしたこともあるけれども、決定的にひどい真似はしない。最後の最後で情が勝つような、甘い怪だ。

「宵丸さん」

雪緒が呼びかけると、宵丸は寄せられた眉根に拒絶を表し、そっぽを向いた。彼に代わって、白月がこちらを見た。

「あなたは自由でいてください」

雪緒は、清々《すがすが》しさと厭《いと》わしさの両方を抱えて、望みを口にした。

「私は自由なあなたがいい」

「なにを……」

「離縁しましょう」

慣れている。もう既に一度、離縁を経験している。

雪緒は目を伏せた。そのとき二人がどういう顔をしていたか、雪緒は知らない。

――だから、こうなる。

離縁をしないからこうなるのだと、雪緒は血に濡れた獣の生首に縋《すが》りつき、嗚咽《おえつ》が漏れぬよう歯を食いしばった。

✽

七月。初旬。

宵丸は、雪緒の反対を顧《かえり》みず、白桜ヶ里の長の役目を受け入れた。こちらは御館の戴天と区別して大戴《だいたい》と呼ぶ。そして治める里への渡座を、鳥が卵を守る姿に重ねて就巣の礼と称する。

神輿《みこし》の準備のため、紅椿の上里へ移る必要があったが、宵丸は任を拝すると決めたのち、雪緒を屋敷に閉じこめようとした。

厳重な囲い……指先が触れただけでバチッと火花が散るくらいの濃厚な妖力をしみこませた四ツ目垣が、一夜のうちに宵丸の屋敷の周囲に設けられていた。垣の外へ出られないばかりか、宵丸の許可のない者も敷地内には入りこめない仕様になっている。

「宵丸さん、考え直してください」

上里から手配された使者とともに、すげなく屋敷を出て垣の境を通過しようとする宵丸の袖《そで》を掴み、雪緒は訴えた。

雪緒を見下ろす宵丸が、面倒そうに眉をひそめる。叱《しか》られても袖を放すものかという雪緒の覚悟が伝わったのか、彼は使者に「先に行っていろ」と手を振った。

「どうしても里長になるのなら、私も一緒に白桜ヶ里へ行きます。なぜ私を置いていこうとするんですか」

「雪緒うるせえ……。妖力を持たぬおまえがともに来ても、できることはない」

「私は薬師です！　護法を使えます、浄化の法もいくつか知っています。きっと役に立ちます」

「……いまの白桜は荒れに荒れて、むせ返るほどに瘴気《しょうき》もすごいんだ。人の子の身体じゃ耐えられん」

もどかしさの石塊が喉につかえて、言葉の迸《ほとばし》りを許さない。

耐えられる。一度、強烈な瘴気に耐えた経験がある。

（あなた、穢れた地に私を置いていったことがあるんですよ）

なぜ今回も、あのときのような気軽さで同行を認めてくれないのか。なぜこんなにも親切に——自分の自由と引き換えにしてまで雪緒を危機から遠ざけようとする。

宵丸の袖を掴む手に、雪緒は力を入れた。彼の表情が宥《なだ》めるようなものに変わる。

「白桜ヶ里で起きている問題を収束できたら、ちゃんとおまえも呼んでやるから、おとなしくここで待っていろよ」

「嫌です」

「嫌って言うな、もう……。いいか、知った顔のやつであろうとみだりに食い物をもらうんじゃないぞ。いつの間にか妙な誓いを結ばされるかもしれぬから、気軽に話もするな。それから」

「宵丸さん、お願いです、私と離縁しましょう。いまならまだ間に合います」

宵丸の言葉を遮って雪緒は懇願した。

「私はもう一番つらいことを知っています。大抵の不幸は耐えられますし、人という種族ですので、危機だって日常的に感じていた。贄……天人として呪縛《じゅばく》されても、そのくらいの苦行なら乗り越えられます。きっと簡単には死にません。ですからお願い、私を手放して」

道標の恋がゆらいだ、育て親も失った。本来の世に戻るすべも掴めていない。思えば、自分という存在は、頭から足の先まで朧雲《おぼろぐも》に覆われているかのように正体が不確かだ。

本当の親さえわからず、本当の名前さえわからず、本当の故郷さえわからず、もう二度と地を踏むこともできない。

そんな頼りない命でも、ちゃんと生きている。苦しくても、生きてきた。いまも。

「信じてください、私は大丈夫です」

「俺の嫁になった娘が、大抵の不幸に耐える必要はない。もう引け」

宵丸が鉄壁の意思を見せて、雪緒を押し戻そうとする。

「どうして、離縁してくれないんですか！」

焦燥感が膨れ上がり、雪緒は苛立ちを爆発させた。

「おまえ、そんなに俺と別れたいのかよ」

宵丸が拗《す》ねた表情を浮かべた。こちらの真剣さが微塵《みじん》も伝わっていないかのような、どこかゆるいその反応に、ますます心が尖《とが》る。

「そんな話はしていません。第一、あなたは私を好きなわけじゃない。結婚も、ちょっと風変わりな興味深い人の子だから手元に置いてもよいかと考えてくださっただけですよね？　いくら『人の保護』という理由があったって——吹けば飛ぶ程度の思い入れしかない私のために、大妖のあなたが自由を犠牲にするわけがない。許容できる範囲を超えているはずです」

本来の世では蓮堂の子である鵺《ぬえ》の由良が、白月らの後押しもあって白桜の長に封ぜられる予定だった。だが、やり直しの世では、彼の生死すら不明だ。

安否を調べたくとも宵丸が埒《らち》もない講釈を垂れては邪魔をし、雪緒の外出を止める。ほかの怪との接触も禁じられたせいで、白桜が具体的にどれほど危険な状態なのかも判断できずにいる。肝心の火渡り関連の事情さえろくに調べられていないのだ。

目隠しされたような現在の状況が恐ろしくてならない。

このやり直しの世は、いったいどこに辿り着こうとしているのだろう？

自分が間違った道を進んでいるような不安感、そんな不穏な薄闇《うすやみ》が絶えず雪緒のなかにある。どこへ向かえばこの薄闇を振り切れるのか。

しつこく袖に縋る雪緒を、宵丸が困惑の目で見下ろす。

「そりゃ最初は、おまえに思い入れなんかなかったけど。……だが、なんだろうな？　雪緒は俺に対して変に気安いし、図々しいし、そのくせ不安定じゃないか。その上いかにもわけありだろ。俺が世話してやらねば、おまえはあっという間に襤褸《ぼろ》切れみたいになって死ぬんだ」

「そういう話をしているわけじゃないって、さっきも言ったじゃないですか！」

「人の子は怪よりも情緒が死んでいるのか？　そういう話をしてるんだろうが！」

宵丸が焦《じ》れたように噛みつく。

「だいたい、俺にだってよくわからん。なんで俺はおまえを世話してやらねばと思うんだ？」

それを私に聞くのか、と雪緒は勢いで言い返そうとして、口を噤《つぐ》んだ。

(待ってよ、だめ)

なぜそんなに熱を帯びた目で——恋するような眼差しで雪緒を見つめるのだろう。いったいいつから。

「離縁はしない」

宵丸はきっぱりと言った。

「白桜ヶ里を平定したら、必ず雪緒を迎えに来る。俺を信じて待ってろ。……おまえのことは御館に頼んでいる。あれが後ろ盾になれば、そうそうおまえに手を出すやつはいないはずだ」

「私のことはいいんです！　お願いですから、行かないで」

必死に頼みこむと、宵丸はちょっと笑って、雪緒の頬の輪郭を指先で撫《な》でた。

雪緒はその指から逃げて、宵丸を睨み上げた。ここで言い負かされたらもう手が届かなくなる。不吉な予感は増すばかりだった。

「んもう、しつこいなあ。少しのあいだ、我慢しろよ」

「宵丸さん！」

「で、戻ってきたときには、今度こそおまえを抱かせてくれ」

遅れて言葉の意味を理解し、頬を燃やす雪緒に、宵丸は意地悪く唇の端を吊り上げた。つやを乗せた視線をひとつ残して身を翻《ひるがえ》し、四ツ目垣の境を越える。

やられた、と地団駄を踏むも、後の祭りだ。まんまと置き去りにされてしまった。

――その夜は、してやられた悔しさと不安で眠れなかった。

思えば毎夜、宵丸のおかしな武勇伝を聞いたり他愛《たわい》ない雑談を楽しんだりしながら眠りについていた。あの明るい声が消えただけで、がらんどうのなかにいるような気持ちになった。

（一人はこわいと言ったのに！　……私がおとなしくあなたの帰りを待つ貞淑な妻と思ったら大間違いですよ！）

翌日、雪緒は四ツ目垣を撤去すべく様々な方法を試した。

できるかできないか、ではない。やるのだ。

ぎらつく七月の太陽の下、そんな脳筋思考で垣と格闘していたら、その無謀な行動がどうやら上里にまで届き、白月の耳にも入ったらしい。

瑠璃茉莉の屋敷に軟禁されてから、五日目。昼の刻。

残念だが物理攻撃は無効、なら次は護法の札で四ツ目垣を溶かしてみようと目論む雪緒のもとに、白月がやってきた。

戴天の儀の郷巡りの途中だからだろう、白月は堅苦しくも豪華な装束を着用していた。

大事な儀を疎《おろそ》かにして大丈夫なのかと雪緒は頭の片隅で案じたが、休憩時にふらっと来ているのかもしれなかった。

「垣を壊そうとするな。これはおまえを外敵から守る盾でもあるんだぞ」

目の前まで来た白月に開口一番《かいこういちばん》叱られ、雪緒は眉間《みけん》に皺《しわ》を寄せた。

白月様、と本来の世の感覚のまま呼びそうになって、一度口を閉じる。今回の世の彼とは、気安く名を呼べる間柄ではない。

「御館様」と、慎重に雪緒はこうべを垂れた。

「ようこそおいでくださいました。ですがいま、屋敷の主様は不在で、威光神鳴るがごとき郷主様をお迎えするには空虚にすぎる有様なのです。……なので、上里に入った宵丸さんを呼び戻していただいてもいいでしょうか？」

　暗に宵丸を返してほしいと責めれば、白月が妖しく金色の目を細める。獣らしく縦長の瞳孔《どうこう》になっている。

「礼儀も落ち着きもない嫁様だな。宵丸の躾《しつけ》がなっていないのか」

「躾《しつ》けていただけるほどの時間をすごせませんでした」

　雪緒は、上げた視線をふたたび地面に落とし、強気に答えた。手のひらが汗ばんでいる。今日は曇天《どんてん》で、空気が重い。が、全身が緊張に覆われる理由は、湿度の高い空気のせいばかりではない。

　恋する相手、恋していた相手と向き合えば、平静ではいられなくなる。

（でもこの白月様は、私の白月様とは違う）

　べつの世界線の白月だ。同一でありながらも重ならない存在。そうであるべき存在。

「……はしたなくも口出しさせてもらいますが、御館様なら寛大な心で聞いてくださると信じます。宵丸さんが白桜ヶ里の頂に立つよりも、私が天神として祀られるのが一番望ましい形ではないでしょうか」

　雪緒は感情的にならないよう注意して、胸中の思いをぶつけた。

　すると白月が唇の端を歪めて鼻を鳴らし、雪緒の横をすり抜けた。休ませろ、と短く言い捨てて、屋敷の広縁に向かい、そこに断りなく腰を下ろす。

呆気に取られた雪緒はしばらくその場に立ち尽くしたが、やがて重い足取りでそちらに近づいた。雪緒が白月から少し離れた位置に座ると、待ち構えていたように、屋敷仕えの女童が冷茶を運んでくる。

「――俺は。俺が、選ばれるものだと思っていた」

突然そう切り出した白月の意図が読めず、雪緒は返答に窮《きゅう》した。なんの話か。

「設楽の翁は、おまえ様を溺愛《できあい》していた。その事実は上里のだれもが知るところだった。なら、天昇の際には、最《もっと》も力ある怪におまえ様を預けるだろうと。だが蓋《ふた》を開けてみれば、宵丸が夫の席についていた。皆もふいをつかれたろうが、最も驚いたのが俺に違いないよ」

雪緒はとっさに伸ばしかけた手を引っこめて、白月の硬い横顔を見つめた。

蝉《せみ》の鳴く声が、耳鳴りのように脳内に響く。木々の葉は日差しで光り、剥き出しの地面も、砂金をまぶしたようにちらちらと輝いている。沈黙は、夏を強調させていた。

「でも、ですが、それは」

「おまえ様、選択を誤ったぞ」

白月がこちらに顔を傾けて、気怠《けだる》げに笑う。

「なぜ俺を選ばなかった？　正しき糸を掴んでいれば、宵丸が白桜ヶ里に封ぜられるような事態は起こらなかっただろう」

「――一時的には平穏であっても！　白桜はべつの事情でやはり穢れたかもしれません。そして私も、天神になっていたかもしれません」

雪緒は衝動的に反発した。だが、乾いた唇を開いて言葉を吐き出すのが、ひどく億劫《おっくう》だった。

白月はかつて雪緒を天神に――天人に望んだ。元の世、いまの世、どちらとも白月の思惑は一貫している。なぜ宵丸の定めばかりがここまで狂う。

――答えは当然、私と深く関わったからだと、心のなかの魔物が笑っていた。

「そうだな。おまえ様が俺の妻になっていても、やはり天神の座に押し上げようとしたかもしれぬ」

白月はあっさりと認めた。やわらかそうな狐耳の毛が、夏風にかすかにゆれていた。

「それなら……！」

「だっておまえ様なら、見事にこなすだろ」

雪緒は、怒りを呑みこんだ。

「設楽の翁に見こまれ、禁術を受け継いだ人の子が、つまらぬところでやられるものか」

……そっちか。雪緒の運と能力に信を置いているのではなく、賢者の翁の判断を信用していると。

都合のいい勘違いをしかけた自分を、雪緒は大いに恥じた。

この白月は、雪緒とは顔見知り程度でしかない。雪緒のことはせいぜい使い道が多岐にわたる翁の付属品といった認識だろう。翁が判断の基準になるのは当然の話だ。

「翁は。神階《しんかい》が上がる妖怪だ」

「神階……？」

「確約されてはいないが、妖から神への昇格を意味する。段階もある。翁は既に御名が神書の『書紀《しょき》』に浮き出ている。『志多羅神《しだらのかみ》』として生まれ変わり、郷という狭き境界を越えて、広く長く太く祀られるんだ」

「……それは、名誉なことなのですか？」

名もとくに変わっていないように聞こえるが、それまでとなにが違うのだろう。

「すべての世を、大きな一枚の白布とするなら。そこに、おのれの名が刻まれる。これほどの誉《ほま》れが、ほかにあろうか。世を見晴るかすこの瑶台《ようだい》に手の届く者は稀《まれ》だ」

雪緒は困惑し、つまり「歴史に名を残す」というような感じなのだろうか、と自分なりに解釈した。

「人という種族の者には馴染《なじ》めぬ感覚なのかなあ。俺たちのような化生《けしょう》はな、人と違って、一度滅びて輪転すると、かつての魂は完全に消されるんだ。……人も同じと思うか？　いいや、似て非なる。人は積んだ徳を、転生後にも上乗せできる。皿に山盛りにした饅頭《まんじゅう》みたいにな。ところが化生が積む徳は、その生限りだ。おまけに、堕《お》ちやすい。不老、あるいは長寿の種の宿命だ。ああ、不老と不死は違うぞ。……そこら辺はともかく、定められた通りに天昇を果たせる者などめったにいない。生まれ方が、そもそも人とは違う」

「……どんなふうに？」

「親の腹から生まれる怪もいるが、そうした者は寿命も気性も、まあ生き様も人に近い。が、俺たちは——俺は、太古の化け狐が日食時の暗闇に置き忘れた、おのれの影のひとかけら。ほんの、ひとかけらだぞ。救いのない、おどみのなかから予期せず……だれも知らずに、気づかずに生じた」

白月が嘲笑《あざわら》うように語り、尾を一度振った。

明るく輝く昼とは正反対の暗々とした内容に、雪緒は息苦しくなった。

「鈴音は、血だ。守護神が握る錫《しゃく》の遊輪のごとく玲瓏《れいろう》な音を持つ血族をと、その意思をもって化け狐が滴《したた》らせた血から生じた。俺のように、朧ではない」

憎悪があふれるような声だった。それ以上に、強烈な妬《ねた》みが隠されている気がした。白月を構成する核の一端にはじめて触れたのではないかと雪緒は感じた。

「それにだ、『北方の武神』を親とする宵丸の生まれの高らかなことといったら……。鈴音も宵丸も、こうまで俺と違うものかと——いや、こんなくだらん話はどうでもいい」

白月は赤く沈んだ瞳《ひとみ》を隠すように瞼《まぶた》を伏せて、かぶりを振った。ふたたび上がった双眸《そうぼう》は、元の金色に戻っている。

「宵丸はああ見えて、『祓《はら》え』の得意な大妖だ。白桜ヶ里の蓮堂をおろして、あいつを長に据えるのはどうかという話が何度も議論されていた」

彼は、用意されたお茶に手をつけることなく縁側から腰を上げた。雪緒を振り返って、酷薄な気配をつやっぽい襦袢《じゅばん》のように薄くまとい、笑う。

「これも定めなら。無闇《むやみ》に抗《あらが》わず、ここにいろ、雪緒」

❁

宵丸が白桜ヶ里へ入ったのは白月の来訪から半月後のことだ。数度屋敷に文が届いたり、花などが送られてきたりした。

けれどもひと月、ふた月がすぎる頃には、そうしたささやかな気遣いすらも届かなくなった。雪緒はあいかわらず紅椿ヶ里の瑠璃茉莉の屋敷に軟禁状態で、いくら要求しても世情を知る機会を与えてはもらえなかった。

ただ、時折人目を盗んで会いに来てくれる物売りの棗《なつめ》が、「残念だが、隣里の平定は思うように進んでいないようだね。実のところ、あちらの元長と揉《も》めた御館の妹御の生死も不明なんだよ」と、不自由を強いられる雪緒を哀れんでか、重要な情報を恵みの雨のようにぽたぽたと落としてくれた。

現在の白桜は、落ちたと警戒されつつも、朱闇辻を招いた本来の世ほどには穢れていないらしい。生き残りの民もそれなりの数がいるという。が、幸いであるはずのその違いが、宵丸にとっては逆に災いした。民は余所者の長を受け入れず、反抗的で、絶えず諍《いさか》いが発生しているのだとか。

「ま、雪緒さんが気を揉《も》んでもしかたないよ。気楽にすごしておいで。また来るからさ」

と、棗は慰めを口にして帰っていった。

——そうして、いつものように憂鬱《ゆううつ》の色にそまった、ある夜。風がひゅうひゅうと夜泣きしていた日のことだ。

宵丸の妖力で作られていた四ツ目垣が、なんの前触れもなく急に消滅した。

妖力のない雪緒は異変に気づかずにいたのだが、傍らに控えていた屋敷仕えの女童が顔色を変えて立ち上がった。

「雪緒様、逃げましょう」

寡黙すぎるほど寡黙な女童の、普段は見せない焦りと怯《おび》えに、雪緒は驚いた。

「なに……？」

「説明する暇はありません。このまま裏の土間から外へ向かいます」

強い力で手を引かれて、慌ただしく部屋を飛び出し、狭い廊を突き進む。そして居間を突っ切り、外へと通じる土間へ出ようとしたときだ。

土間につながる障子に手をかけた女童が、そこで急に動きを止めた。

土間から、ガシャンという什具《じゅうぐ》の類いが割れる音や、どちゃりと濡れた重い荷物でも落としたかのような音が聞こえてきた。

猪《いのしし》か山犬でも入りこんだのかと雪緒は一瞬疑ったが、女童がひゅっと喉を鳴らしたことで、その考えはすぐに捨てた。声を上げてはならない、土間にいるモノにこちらの存在を気づかれてはならないのだと正確に悟った。

だが。

女童が、は、とか弱く息を吐いた。瞬きするあいだに、障子からうねった棒のようなものが突き出ていて、それが女童の腹にもぶすりと刺さっていた。なにが起きているのかわからず、女童の腹から障子へと、茫然《ぼうぜん》と視線を動かせば、そこに黒い人影が映っていた。

女童を貫いていた棒が――何度目かの瞬きののちにそれが神剣の〈ちはふちからしばのつるぎ〉であると気づいた――乱暴に引き抜かれる。その荒っぽい動きに合わせて、障子紙も派手な音を立てて裂け、勢いよく引き倒れた。先に倒れ伏した女童にかぶさるように。

割れた框《かまち》の破片が、雪緒の足元に転がってきた。

雪緒はその場にへたりこみ、ゆるゆると視線を上げた。闇に沈む土間を背に、不穏な黒い人影が立っていた。

なぜか土間の囲炉裏に火がついていて、ぐつぐつとなにかが煮込まれている。囲炉裏のもたらすわずかなあかりが、闇に目が慣れてきた雪緒に影の正体をじわじわと教えた。

「……由良さん？」

雪緒が無意識にこぼした問いかけに、黒い影はぴくりと身をゆらした。

「長殿の嫁御は、俺をご存じか」

間違いない。皮肉な調子でそう返答したのは、本来の世では雪緒をよく気にかけてくれたまっすぐな心根の怪、由良だ。

しかし、闇のなかで見る彼の目は濁った輝きを放ち、恨みに満ちていた。

（どうして由良さんが、ここに——？）

粗雑に扱えぬはずのつるぎも、なぜ彼が手にしているのだろう。以前に白月が屋敷に来たときに持っていたもので、そのまま宵丸に預けていったはずだ。少しでも里の浄化の助けになるようにと。

「なあ、腹が減らないか？」

いきなり脈絡のない話をされて、雪緒はますます混乱した。

どうなっている。なぜ由良は、女童を殺したの。

友好的な彼しか知らなかったから、どうしてもこの状況が呑みこめなかった。ましてや、由良が雪緒を害そうとしているだなんて、信じられるわけがない。

「俺は腹が減った。いいものがあるから、ともに食おう」

由良は快活にそう言うと、乱暴な手つきで雪緒の腕を掴んだ。ほとんど引きずるように、雪緒を、闇の重なる土間の板敷きのほうへ連れていく。

囲炉裏のある板敷きの向こう側は一段低くなっていて、隅には竃《かまど》や調理台などが置かれている。雪緒は、竃の手前に、なにか大きなものが転がっていることに気づいた。ごろっとした一抱えもある塊だ。その下に黒い水が広がっている。そこは闇が深くて、深すぎて、雪緒の目にはかろうじて輪郭しか映らなかった。

由良は、荷を扱うように淡々と、板敷きから雪緒を引きずり落とした。受け身を取れず土間の剥き出しの地面に手をつくことになったが、痛みを感じる余裕などなかった。雪緒は這《は》うように塊に近づいて、手を伸ばした。下に血溜まりを作るほど濡れた毛並み。獣の生首。黒い獣の――なんの獣の？

どかっと音を立てて由良が板敷きの端に腰を下ろした。

「狐の女がな」

と、彼は抑揚のない声で語り始める。

「狐の女が、俺の父を殺した。俺の父は下種《げす》だが、それでも親は親だ。兄弟たちは、仇《かたき》を取ろうと女を襲った。が、女は狡猾で、強かった。捕らえた兄弟の四肢を、無情にも虫の翅を毟《むし》るがごとく引きちぎりやがった。それればかりか、皮袋にうってつけだと、臓腑を抉《えぐ》り出し、なにかを胎に詰めようとした。だから、生き残った俺たちは、仇を討つために鬼を頼った」

「鬼――」

「鬼とは、強いな。それにあいつらは、仲間として受け入れた者を決して裏切らぬ。見事に、ああ、女を封じてくれた。女の兄に唆《そそのか》され、お奇麗な顔で我らの里を支配しようとする傲慢な大妖の首もまた、見事に」

――知らず頬を流れるものがあった。雪緒は海のなかでもがくような、おぼつかぬ状態で塊に縋りついた。大きな生首。獣の。黒い獣の。けれど土間に沈む闇はとても深く、果てしなく深く、その塊の正体を明らかにしない。

「脂の乗った腹部の肉は、狩った鬼たちに食らう権利があるが。嫁御にも少しはお裾《すそ》分《わ》けしてやらねばと思ってな。嫁御にだって夫の肉をしゃぶる権利があるだろ。ついでに目玉も煮込んでいるところだ」

由良の視線が、囲炉裏の鍋《なべ》に向かう。

雪緒は、嘔吐《えず》いた。目眩《めまい》も治まらない。視界が歪む。

頬を伝う涙が、顎《あご》の先からいくつも滴り落ちた。それにしてもうるさい。先ほどから耳元で獣のように荒く息を吐いているのはだれなのか。耳障りだ。そう憤った直後に、それは自分だと頭の片隅でぼんやりと悟った。ああ自分が分裂する、心の魔物の影がより濃くなる。

「でもこれっぽっちじゃ、やはり腹は膨れないよな。安心しろ、いまは白い獣を狩っている最中だ。鬼に怖《お》じ気づいたのか、白い獣は反撃すらせずひたすら逃げの一手、やあ女々しいことだ！　が、そろそろ罠《わな》にかかる頃だろう。いくら複数の尾を持つ妖狐《ようこ》であろうとも、あれだけの数の鬼が束になって襲えば、なあ？　……うん、どうした嫁御。こわいか。参ったな、おまえが俺になにかをしたわけでもないが――我らの恨みを思い知るがいい」

由良は熱のこもった声で言うと、こちらに視線を戻した。

雪緒と目が合った瞬間、彼はわずかに驚きを見せた。

「おまえは……」

じりじりした。手首が、痛む。痛い。耐え難いほど痛い！

雪緒はそっと手首を押さえた。

気がつけば、そこに飾り紐《ひも》の入れ墨が浮かんでおり、淡く発光していた。

火渡り祭の炎の門でイヌが吹きかけてきた煙の紐だ。ふしぎなことに、雪緒の目にしか映らない。前はもっと鮮やかな赤だったはずだが、橙《だいだい》色に変わっている気がする。

土間の暗さのせいで明度が変化し、橙色のように見えているのかもしれない。

「なあ嫁御、もしかして、昔に俺と会ったことが――」

戸惑いを覗《のぞ》かせて腰を上げる由良を見つめながら、雪緒は入れ墨の飾り紐に指をかけた。

(離縁しようとあんなにお願いしましたのに)

そう頼んだでしょう、なのにちっとも聞いてくれなかった。

私なんかのために、自由を捨てるから。天神になっても後悔しないと思ったのに、一人で行ってしまうから！

雪緒は、きつく絞るように涙を振り落とし、歯を食いしばった。

ああ嫌だ、まったく嫌になってしまう。こんな血まみれの現《うつつ》は受け入れられない。情をくれた者が、信じていた者に殺されるなんて、どんな皮肉だ。

どうしてこうなる。

どうして、本来の世よりも惨《むご》さがいや増す流れになる。

(どこで私は間違ったの。どの選択が、こんなに深い暗闇を手招きしたの)

無理にでも宵丸についていけばよかったのか。その前に、宵丸の大戴自体を阻止すればよかったのか。もっと宵丸に心を開いていればよかったのか。それとも白月に考えを変えてもらうよう働きかけるべきだったのか。

そもそもが、宵丸と結婚すべきではなかったのか。

(あなた、私に恋したでしょう)

だからなのか。恋が、破滅を呼んだのか。

(戻りたい)

これは現じゃない、いますぐ戻らねば。こんな悲劇はなかったことにせねばならない。ぐずぐずせずに早く戻らないと。あなたの恋も夢に返そう、私の後悔も恐怖も情もなにもかも時間の墓に埋めてしまおう。全部消すから、だれか。

(助けて)

雪緒は入れ墨の飾り紐を引きちぎるように、そこに爪を立てた。

◎伍・夫様にかかりても　火山様かしまし

「――だから、見合いをな」

雪緒《ゆきお》は悪夢でも見ているような心地で、その言葉を聞いた。

懐かしく、恋しくてたまらないはずの育て親の声が、いまは寒気しか感じさせない。

「俺《おれ》は、あと月を三つ跨《また》いだら天昇《てんしょう》するだろう？　そうなればおまえは里で一人っきりになる」

――翁《おきな》。

雪緒の育て親。設楽《しだら》の翁。もう二度と会えぬはずの彼が、雪緒の前で、むむっと難しい顔をしながら話を続けている。

いや、二度目は、あった。だが、三度目が起きるだなんて、想像すらしていなかった。

(だれか)

嘘《うそ》だと言って。これは現《うつつ》ではないと言って。

なぜ――またこの地点に戻る！

「う、あ、あ……」

雪緒は両手で顔を覆い、抱え切れなかった感情を涙とともに垂れ流した。

翁が仰天してこちらを見つめ、手を伸ばす。

「雪緒!? ど、どうした! えっ、そんなに見合いが嫌なのか!?」

自分よりも小さな手が、雪緒の頭を抱きしめる。雪緒はその華奢《きゃしゃ》な身体《からだ》にしがみつき、悲鳴のような泣き声を上げた。黒い淀《よど》みが体内で渦《うず》を巻き、胸骨を痛めつけ、薄い皮膚を突き破ろうとしている。

「助けて、翁、息、息ができない……」

「な、なにをだ、雪緒! ああ、どうしたんだ、なぜいきなりそんなに泣く!? 俺はまだいなくならないぞ、ほら、ほら、なにもこわくないからな。深呼吸だ。口を開け、うんうん、そう……もう大丈夫だぞ、雪緒」

大丈夫、と繰り返す翁に縋《すが》る腕に力をこめ、雪緒は慟哭《どうこく》した。だれのために泣いているのか、ただ自分を哀れんでいるにすぎないのか、もうよくわからなかった。

❁

——三たびの世では、宵丸《よいまる》を婿に選ばなかった。

だからと言って、白月《しろつき》の手を取るつもりもない。

二度目の世を体験したからこそ、白月がもたらす恐怖に耐えられる自信がなかった。

ふたたび『見合い相手の選択』という地点に引き寄せられた事実を、すぐには冷静に受け入れられない。頭も心も色々なものを押しこまれた。いつ破裂してもふしぎはないほど雪緒は追い詰められている。ただひたすら「翁がいい、翁以外はいらない」とだけ訴えた。

翁は、怯《おび》えも震えも止まらぬ雪緒を見て、勝手に決断してしまった。

「そうか。窶《やつ》れるほどに俺を失うのがこわいのか。なら、おまえの夫には、俺に気性の似た穏やかなやつがいいだろう。人という種に対しても甘く、対等に接してくれるような……それなら、この者がよい」

違う、ほかの者は求めていない、翁がいいのだと主張し続けた報いなのか。

——次の見合い相手は、半神の沙霧《さぎり》に変わっていた。


「僕を選ぶなんて、さすがは設楽の方。見る目がおありだ」

ふいの夜だった。眠りにつく直前の。

雪緒が死に物狂いで「沙霧に見合い話を持ちかけるのは待ってほしい」と頼んだので、その勢いに押されてか、渋々ながらも翁は数日の猶予をくれていた。まだ沙霧には見合い話が伝わっていないはずだった。

だというのに、彼は金と赤の糸で鳳凰《ほうおう》の図が施された豪奢《ごうしゃ》な袍《ほう》に身を包み、赤い牛が引く車に乗って雪緒を迎えに来た。翁も彼の訪れに気づいて寝室から飛び出してきたが、追い払うでも咎《とが》めるでもなく、ただすまなそうに雪緒を見た。

沙霧が半神であるという事実を、雪緒はこの瞬間まで重く捉《とら》えてはいなかった。

彼に嫁がせよう、と翁が決断した時点で、神たる沙霧の目は雪緒を捉えたのだ。

雪の色をした長い髪を軽く手で払いながら、沙霧が妖艶《ようえん》な女のように蕩《とろ》けた目をして微笑《ほほえ》む。

「雪緒さん、この里で僕ほど人を愛する者はいませんよ。あなたはよい夫を選んだから、安心するといい」

「ま……待ってください、夫って」

急いで「誤解がある」と訴えたが、雪緒の抵抗など痛くも痒《かゆ》くもないのだろう。沙霧は微笑みを絶やさずに雪緒の手を掴《つか》んだ。

「あなたは純血の人で、なおかつ珍《めずら》かな異界の子でもある。僕の妻にふさわしい。だって僕の片親も人ですのでね」

「待って、お願いです、沙霧様。話を聞いてください」

だが有無を言わせず連れていかれそうになり、雪緒は助けを求めて翁を振り向いた。

前回よりも結婚の時期が早まっている。それも、なんの覚悟も準備もできぬ状態で迎えが来るとは。――どうしてこうなる。

「大丈夫だぞ、雪緒。沙霧は決しておまえをないがしろにしないし、悲しませもしないだろう。これの愛は深いからなあ」

翁が寂しそうにしながらも、雪緒に小さく手を振った。止めてはくれないのだとわかって、雪緒は頭の奥がきんと痛んだ。あんなに翁がいい、翁以外はいらないと言ったのに――。

「当たり前です。僕は不埒《ふらち》な妖《あやかし》どもとは違うんで。さあ、行きましょうか」

沙霧に腕を引っ張られ、縁側に出される。

足の裏に触れる板敷きの表面は夜気で冷たくなっており、雪緒は全身がぞわりとした。

「ど、どこに。だめです、私はまだ」

「雪緒さん」

雪緒は背中に刃《やいば》の先を突きつけられたような恐怖を覚えた。抗《あらが》う気力がごっそりと削られる。

「僕はね、あなたを大事に大事に囲いますよ。腐れ狐《ぎつね》も愚劣な獅子《しし》も近づかせない」

甘やかすような声音なのに、なぜこうも寒気が走るのだろう。

「それと、あなたには惨《むご》い話となるでしょうが、ええ、設楽の方もね、天昇まではまだ少し間がありますがね、これきりですよ。今後会うことはできません。……あれ、なぜ驚くんです？ だってそうでしょう、あなたがいま最《もっと》も執着しているのは設楽の方ですから。ねえ、そんなに呆《ほう》けていないで。言っている意味がわかるか。僕の隣に並ぶ者が、僕以外を重んじるな」

――最初の世の白月よりも、次の世の宵丸よりも、『人でなし』と称賛するにふさわしい発言に思えた。

「時間、時間をどうか、ください」

「僕以外に時間を使うのか。正気か？」

沙霧は、頑是《がんぜ》ない子どもでも見るような、憐《あわ》れみの目を雪緒に向ける。

「僕の妻になると、いますぐ自覚しろ。……ねえ、ちゃんと聞いていないと、あとで困るのは雪緒さんなんですよ。不義理はあなた自身のために、せぬほうがいい」

「どうして……沙霧様ほどの方が、私を娶《めと》ることに否を唱えないのですか」

雪緒はふしぎでならなかった。

なんらかの打算を腹に抱えていただろう白月、人の子の保護を重んじた宵丸。彼らが雪緒を手元に置こうとした理由に関してはそれなりに納得がいったが、沙霧の心は読み解けない。大《たい》妖《よう》たちよりも交流がなく、その性情をほとんど知らないこともあって、なおさら雪緒を困惑させていた。

「僕は基本的に、怪《かい》など塵芥《ちりあくた》に等しい価値なき泥塑《でいそ》と思っていますが。設楽の方に関しては認めているんですよ。あれは天昇で大いに格を上げる。藩《はん》で輿《こし》に担がれ、祀《まつ》られ、神社に封ぜられるのでね。触る神、志多羅神《しだらのかみ》として、こう、ね」

そこでなぜか沙霧は、おもしろそうに独特の強弱をつけて手拍子を打った。ウテ、ウテ、シタラウテ。

藩とは、外つ国である。

この十六夜郷《いざよいごう》を含めた、すべての郷の果てには天を貫く連峰《れんぽう》があり、それらを越えた先にべつの世が存在するという。こちらの世とは完全に分かたれている『異世界』だ。もしかしたら雪緒の故郷かもしれぬ世だが、そちらは、知るすべも行くすべもない。

「まあ、世の仕組みなど一個の人にすぎぬ雪緒さんが気にする話でもないので、忘れなさい。ともかくも、神化する古老が愛《いと》おしんだ子が妻となるなら僕に否やはないですよ。ええ、僕の徳もうんと積まれることでしょう」

沙霧は、事態を呑《の》みこめず目を白黒させる雪緒に微笑みかけながら、抗えない優雅さでまた手を引いた。雪緒は草履《ぞうり》に足を入れることも許されなかった。裸足《はだし》のまま雪の積もる一月の庭に出され、金で飾りつけられた赤い牛がひく車に乗せられる。

ぎしりと、巨人の歯ぎしりみたいな不穏な音を立てて車輪が回った。

そこからの出来事は、奇怪千万《きかいせんばん》。

前簾《まえすだれ》は開けられていたので、外の景色《けしき》がよく見えた。

立ち並ぶ木々がすべて金色にそめ上げられていた。冬の気配も消え失せ、春のようなあたたかさを感じた。野花は銀に輝き、道に転がる小石でさえも宝石に変わっている。

少し進むと、赤瑪瑙《めのう》で作られた鳥居が幾重にも連なる道が見えてきた。牛車《ぎっしゃ》は、その鳥居をくぐった。やがてバァンバァンという、花火に似た、腹に響く重い音が聞こえ始める。

雪緒は音の発生源を探るべくおそるおそる顔を上げたが、次の瞬間にはその浅はかな行動を本気で後悔した。

十五尺ほども高さのある鳥居をゆうに超える人外の者が、そこにいた。「大仏」のような顔《かお》貌《かたち》の異形で、全身が青銅色をしていた。彼らは鳥居の外側にずらりと行儀よく並び立ち、薄く開いた無情の目でこちらを見下ろしている。

雪緒は自分が鳥籠《とりかご》のなかの鳥に変わったような気持ちがした。その鳥籠を、遙《はる》かに大きな存在が覗《のぞ》きこんでいる……。

しかし「大仏」ってなんだっただろう、と脳裏に湧《わ》いた不可解な言葉に首を捻《ひね》ったのも一瞬で、そんな瑣末《さまつ》な疑念はすぐさま意識の外へと追いやられてしまう。大仏たちが手を鳴らしている。先ほどのバァンバァンという音の正体は、これだった。彼らが手を打つたびに七色の光が四方に散り、宙で花火に変化する。そしてヒュウと落下する。

地面に衝突した光の粒は、輝く蛙《かえる》の群れとなってあちこちに飛び跳ねていった。

（なにこれ）

雪緒と目が合った大仏が、いきなり滝のごとく滂沱《ぼうだ》した。いや、それは本物の滝となんら変わりなかった。流れ落ちる水のなかに青や紫色の鮭《さけ》が泳いでいる。またべつの大仏は土砂崩れでも起こしたかのような勢いで嘔吐《おうと》した。いや、これも本物の土砂と言ってよかった。見たこともない、ふしぎな形の生き物たちが土砂とともにこぼれ落ちてきた。双頭の鯨《くじら》であったり、翅《はね》のある海老《えび》であったりした。またべつの大仏はどこか女性的な印象のある優美な手で印を作りながら、歌をうたった。ナ、ナァバ、ナーガー、ナー、ナ。またある大仏たちは向き合って激しく交わり始めた。交合の振動で飛び散る汗が虹《にじ》色の雁《がん》の群れに変わり、空を渡った。

雪緒は自分がなにを目にしているのか、理解できなかった。ここは華美な地獄か、不吉な極楽か。

いつの間にか、ゆっくりと進む牛車の左右を、綺羅星《きらぼし》のような行列が歩いていた。菩薩《ぼさつ》のような恰好《かっこう》をした者たちだった。頭上には宝冠、上半身には条帛《じょうはく》、腕には流れるような天衣、下半身には裳《も》。胸や手首には豪奢な飾りをつけている。戟《げき》を持つ者もいた。およそ人の嫁入りではなかった。妖の婚姻でもなかった。

行列の者は、雪緒が目を向けた瞬間、一斉にこちらを振り向いた。

射竦《いすく》められた雪緒は、ひっと喉《のど》を鳴らした。慌てて視線を逸《そ》らせば、彼らもまた何事もなかったように顔の位置を正面に戻す。雪緒は自身の激しい心臓の音を意識しながら、そっと帳《とばり》をくぐるようにもう一度行列のほうをうかがった。

すると行列の雅《みやび》やかな者たちも、ぐねりと、それはもうぐねりぬめりと、蛇のごとくありえない角度に身体や首をねじって雪緒のほうをうかがい見た。雪緒は、鼓動がとまるのではないかというほど驚いた。

「こらこら。よその者に目移りするなんて、はしたないお嫁様ですね」

横から手が伸びてきて、雪緒の目元を覆う。アッハハハと笑う声が周囲から響いた。

「何度言い聞かせてもあなたはほかに心を寄せるなあ。僕は大変だ」

沙霧は手を下ろすと、いまから説教でもするかのように雪緒と視線を合わせた。

「いまの雪緒さんは、まだ僕らの領域をじっくりと見ぬほうがいい。発狂しますよ」

「……え」

「といってもこのあたりはまだ浅い神域ですので、薄目で見る程度なら、平気でしょう。ああそんな不安そうな顔をしないで。もうよいというまで僕が守りますのでね。百年くらいすごせば慣れますよ」

「ここは、いったい」

「僕のような半神が暮らす『庭』です。里のなかにあって、里ではない。……気を抜くと、すぐに楽土《らくど》に足をひっかけてしまうんですよね」

雪緒は、くらくらしてきた。これは人が足を踏み入れていい領域ではない。

「沙霧様、すみません。私、帰ります。帰らせて」

心からの懇願は、嘲《あざけ》るような微笑で退けられた。

「帰るって、どこに？　今後は、僕の住処《すみか》があなたの帰る場所になるんですよ」

――祝言《しゅうげん》を、九十九ヶ月続けるのだと聞いたときは、なんの冗談かと思った。

雪緒は、数ヶ月目にして、このままずごせば心が崩壊すると本気で怯えた。

沙霧の住処がある『庭』の異様さは、以前に迷いこんだ朱闇辻《あかやみのつじ》の比ではない。むしろ数ヶ月もよく耐えたと雪緒は自分の図太さをほめたいくらいだった。

こちらで降る雨の雫《しずく》は真珠のように大粒で、すべて目玉がついている。至るところに付着しては目玉の花を咲かせ、瞬く間に枯れる。

道々に立ち並ぶ極彩色の木々は、朝が来るたび枝の先から人面魚を生み落とす。その幹には、人間みたいな耳を持つ巨大な茸《たけ》が生えていて、ひとりでにぽろりと落ちては列を組み、念仏を唱えながら踊り出す。屋根より高いしゃれこうべが、蛙のようにぴょんぴょん飛び跳ねながらそこらをうろつく。時には相撲《すもう》を取る。これらの骸《むくろ》も極彩色。

畑までもが極彩色で、光背《こうはい》を持つ桃色の蟹《かに》や馬の頭が収穫物よろしく生えている。そう、ごろんと頭部だけが――見ているだけで、正気を失いそうになる。

ある意味、この凄絶《せいぜつ》な毎日のおかげで、前回の世の悲劇に心を潰《つぶ》されずにすんでいる。

夫の沙霧には、決して不実なところはない。雪緒に対していつも恭しく、親切だ。「早くこの庭に慣れてくださいね」と、怯える雪緒を優しくあやしてくれる。

二人が暮らす屋敷だけは、雪緒の精神を慮《おもんぱか》ってか、ごく普通の外観だった。これで屋敷までもが常識外れの構造をしていたら、雪緒はもっと早い段階で狂人と化していただろう。

ずっと庭に居続けたら、きっともう元には戻れなくなる。なぜ日渡りを繰り返しているのか、という肝心の問題さえ瑣末なことに思えてくるに違いなかった。

懸命に頼みこんで一度だけ、庭の外に——里に出してもらったことがある。もちろん単独での外出ではなく沙霧とともにだ。

「僕って本当に寛容な夫では？　普通ね、神嫁をほいほいと歩かせはしませんよ。雪緒さん、僕に感謝なさい」

少し怒っている様子の沙霧と輦輿《れんよ》に乗せられながら、雪緒は空の頂にある満月を見やった。黒子が引く輿は、紅椿《あかつばき》の上里《かみさと》を包む護杖《ごじょう》の森、その東を占める鳥居の列の内部を進んでいる。

「しかし、嫁取りをしたのに挨拶《あいさつ》ひとつないのもね。白月くらいには言っておきましょうか」

沙霧は、閉じた扇を口に当てると、隣に座る雪緒に笑いかけた。

返答を避けるための笑みを返してから、御館《みたち》の雷王《らいおう》ではなくなぜ白月に挨拶をするのかと雪緒は疑念を抱いた。だが、聞けぬ空気だ。沙霧は物腰もやわらかく穏やかだが、親しみやすい男ではない。

「雪緒さん、あなたね、そんな捕食された野兎《のうさぎ》のように怯えた顔で僕を見ないでくれます？」

「……すみません。まだ、その——夢でも見ているような心地で」

夢は夢でも、悪夢に近い。

なにもかもが贅沢《ぜいたく》を極めている。金色の輿も、着せられた真紅《しんく》の大袖《おおそで》も、髪を飾る簪《かんざし》も。

「見るもの全部が華やかで、生活が一気に変わったものですから――」

苦心して雪緒が言い訳をひねり出すと、その心情もお見通しというような、いじめっ子の表情を向けられる。

「ええ、戸惑うでしょうね。早く慣れてほしいという思いに嘘はありませんが、めまぐるしい日々をすごせば、苦痛も苦悩も遠ざかる。悪いことばかりではないでしょう？」

――沙霧は、どこまで見えているのだろう？

ふたたび過去に戻った雪緒をすぐに迎えに来たのは、まさか、前の世で味わった悲しみに溺《おぼ》れさせぬための救済目的でもあったのだろうか。

「……沙霧様は、慈悲深いのですね」

「半神ですので、そりゃ。って、なんですか、いきなり」

沙霧が苦笑して、扇をゆらす。

「正式に迎え入れた以上、僕、あなたを愛します。僕の懐に入れれば、安全だ」

「愛っ……、はい、ええ、ありがとうございます……」

「そこはあなた、私も愛すると答えるところなのだが、雪緒さんは奥ゆかしいしなあ」

沙霧が照れたように扇をわずかに開いて、口元を隠す。

「ただ、しばらくは里も騒がしくなりそうです。僕は木霊《こだま》の半神なので、ゆれる地を鎮めるためにそばを離れることもたびたびあるでしょう。雷王の瘴気の影響が地にも出始めて、草木を枯らしている。蘇生《そせい》させねばなりません。僕の不在のあいだが少々、気になるが——おや、こちらから出向くまでもなかったかな。狐野郎のお出ましですよ」

沙霧が瞳《ひとみ》に宿った懸念を消して、前方を見やった。雪緒も倣《なら》ってそちらを向けば、提灯《ちょうちん》を持つ眷属《けんぞく》を背後に従えた白月の姿があった。鳥居の半ばに佇《たたず》む狐様たちの姿は幻想的でもあり、仄暗《ほのぐら》い不気味さも感じさせた。

雪緒たちを乗せた輿が、彼らの前で停《と》まる。

輿からおりたほうがいいだろうかと身じろぎする雪緒を、沙霧が視線で止める。跪《ひざまず》くのは自分たちではないのだと、沙霧の双眸《そうぼう》が語っている。

「こんな夜更けに、仰々しい輿で来るとは」と、白月が迷惑そうに言う。

「一度はおまえに僕の嫁を見せておこうかと思いましてね」

「嫁」

白月の視線が、雪緒を貫く。彼は一瞬、眉《まゆ》をひそめた。

「設楽の翁の娘か……。木霊野郎に嫁ぐなんて、狂気の沙汰《さた》では？」

「ははは、おもしろいことを言う、この狐野郎！　どうだ、僕の妻は」

沙霧が扇の先で雪緒の髪の一房を軽く持ち上げて、挑戦的な笑みを見せた。

「この世に落ちてきた孤独な子、僕が髪の先まで丁寧に愛そう。安心しなさい、狐野郎と違って僕は、あなたが称《たた》えてくれた通り、とても慈悲深い。とても。狐野郎とは違って」

強調する沙霧に引くべきか、止めるべきなのか。

声を出そうとしたら、沙霧に軽く睨《にら》まれた。

「雪緒さん、僕はあなたを見せるためだけに連れてきたんです。わかれよ、狐に話しかけていいとも認めていないし、僕以外を見ていいとも許可していないんだが」

雪緒は目を見開き――ばっと下を向いた。

「……純血の人が、おまえと暮らして耐えられるとは思えないが」

白月が窘《たしな》めるように言った。

「あっはは！　狂ってしまうと言いたいんですか？　それがなんだ？　僕はどんな雪緒さんでも求めますよ、狐のように恐怖で支配などしない！　愛で支配するんだ」

だから狂うんだろうが、と白月は吐き捨てた。


ある夜――夜といっても空の色は渦巻き模様の真緑だ――沙霧が珍しく外出した。なんでも急な用事ができたとか。

白月に会ったときに言っていた、地の鎮護に向かったのかもしれない。

めったにないこの機会を無駄にせず屋敷を出るべきなのだろうが、雪緒はしばらく躊躇《ちゅうちょ》した。

外の異様さを思えば当然の躊躇だ。

だいいち、どこを目指せば庭の領域を越えられるのか。ここは人の知恵や努力程度で突破できるような場所ではない。

（沙霧様の慈悲はありがたかったけれど、ここに居続けるのは色々な意味で無理だ）

外と内を隔てる障子を睨みつけていると、突然そこに影が映った。沙霧が帰ってきたのかと驚いたが、違った。

「――そこにいるのか」

向こう側から声をかけられ、雪緒は息を止めた。

自分に問いかけられていると考えていいのか。

「なあ、そこにいるんだろう、答えてくれよ」

悲哀のこもった声に、雪緒は口を開きかけたが、慌てて手で押さえた。聞いた覚えのない男の声だ。答えたら、きっと障子が開けられてしまう。

「頼む、助けておくれ。身体が戻らないんだ。このままだと、私は天昇もできない。それどころか、世の異物として輪廻《りんね》の外側を漂流するはめになる。まだ悪神や耶陀羅神《やだらのかみ》になるほうがましだ。ああ、嫌だ、イヌにはなりたくない……」

イヌ？

雪緒は男の声に集中した。イヌとは、日渡りのときに出会ったイヌのことだろうか。

この男はだれなのだろう。

「頼む、許す、と言ってくれ。おまえの許しがあれば、私はイヌにならずにすむ」

外からバンと障子を叩《たた》かれ、雪緒は身を仰け反らせた。

「おまえの影を奪った報いはもうじゅうぶんに受けた。おのれの過《あやま》ちに気づき、やり直そうとして、日を渡ったのだよ。何度も何度も――だが、繰り返すたび、歪《ゆが》みが激しくなる」

男は意味のわからない嘆きばかりを聞かせた。

「お願いだ、神隠しの子。許すと一言、私におくれ」

これは――間違いなく、雪緒に語りかけている。

雪緒が神隠しの子だと知っている。

(だれなの？　なぜ私の許しが必要？　影ってなんのこと。日を渡ったって、本当に？)

一気に重要な情報を頭に注がれて処理し切れない。

「ああ、白月はなにをやっているんだ。痴《し》れ者め、所詮《しょせん》は泥濘《でいねい》の生まれか。なぜおまえを娶らぬ、なぜ私を祀ってくれぬのだ！　――頼む、私の名を呼び、許すと一言！」

いったい、あなたはだれ！

「私の名、どこにいった。思い出せない。呼んでおくれ、神隠しの子は私を知っているだろう？　我が子の楓《かえで》も、おまえを気にかけていたではないか。恩を返せ、さあ!!」

我が子の楓。その言葉で雪緒は男の正体を知った。

(雷王様だ)

白月の前に郷を治めていた御館。天昇したはずの大妖が、なぜここに？

雷王も、日渡りをしていた？

「呼んでくれ、許してくれ、開けてくれ。開けろ開けろ開けろ」

障子ががたがたとゆれた。桟《さん》が歪む。亀裂が入る。障子紙が破け、蛸《たこ》の足のようなぬるつく太い触手が入りこんでくる。

「許さぬと言うなら、食わせてくれよ」

こちら側に侵入を果たした蛸足の吸盤が唇に化けてそう告げた。直後、固まる雪緒に触手が伸びてくる。

触手の先端が雪緒に触れそうになったとき、破れた障子の向こうにいる雷王の身体に、なにかが飛びかかった。障子が派手に吹き飛び、外の様子が雪緒の目に映る。

白くて大きなもふもふが、触手部分を含めたら二十尺以上もありそうな巨大な蛸に噛《か》みついていた。

白月様、と雪緒は口のなかでつぶやいた。

白狐姿の白月が、雷王の蛸足に噛みついた勢いのままその巨躯《きょく》をぶん投げた。と思いきや、目を怒らせてこちらを振り向く。雪緒は反射的にびくっとした。

白狐が一瞬で目の前まで迫り、おたつく雪緒までも襟《えり》を咥《くわ》えて上方に放り投げ——うまい具合に自分の背に乗せる。そして駆け出した。雪緒は振り落とされぬように、慌てて白狐の背にしがみついた。

今回の世でも、雪緒はほとんど白月と関わっていない。上里の鳥居の内部で一度、顔を合わせたきりだ。

白月はしばらく走り続けて沙霧の屋敷から距離を取ったあと、極彩色の巨木の影に雪緒をおろした。息の整わぬうちに人の姿に変化する。狐耳の生えた、優しげな顔立ちの……雪緒の恋する男。

「……無事か?」

静かに気遣われ、雪緒はぽかんとしてから、何度もうなずいた。

それ以上は反応を返せない。茫然《ぼうぜん》と白月を見上げるうちに、いくつもの疑問が泡のように心のなかで弾《はじ》けた。雷王もだが、どうして白月が庭に現れたのだろう。どうして雪緒を助けたのだろう。この白月は本物なのだろうか?

「おまえ様なあ……まったく、なぜよりによって沙霧を結婚相手に選んだんだ? 設楽の翁が決めたのか? もっとほかにいるだろうに」

白月は深い溜《た》め息を落とした。

いきなりそこを責められて、説明のつかない後ろめたさが雪緒の心を占拠した。

「あの――私、なにが起きているのか、さっぱりわからなくて」

雪緒がやっとの思いで口を開くと、白月は渋面を見せた。

「……先ほど襲いかかってきた、あの化け物の正体はわかっているか？」

「雷王様ですよね？」

雪緒の確認に、また白月は溜め息をつく。だが視線は油断なく周囲に向けられていた。

「そうだ。雷王は、とある事情で天罰の対象になった。近々堕《お》ちるだろうと思いきや、いきなり姿をくらませたんだ。俺は雷王を追ってここに来た」

「は……？」

雪緒は急いで考えた。今回の世では、なにせ沙霧との結婚が急すぎたものだから、雷王の死去の時期にもなっていないはずだ。五月に突入したばかり。雷王の死は六月。

（……!?　いや待って。なんで今回は雷王様が失踪《しっそう》しているの!?）

疑問を抱いて、まさかと雪緒は青ざめる。

雪緒と沙霧の結婚が原因なのか。雷王が口にしていた不可解な話とも関わりがあるということか。ただ正気を欠いて支離滅裂《しりめつれつ》な発言をしていたわけじゃなく、本当に――。

「雷王様は、私を狙《ねら》っていたんですか？」

白月は、雪緒の問いに答えなかった。

答えぬことが、答えだった。

「どうして？」

「――沙霧とちぎれば、神嫁となったおまえも不可侵の存在になってしまう。人ではなくなる。

そうなったら、雷王の犯した過ちはもう取り返しがつかなくなる」

雪緒は、焦《じ》れったい思いで首を横に振った。

そうじゃない。一番知りたいのは、なぜ死の間際にいる雷王が人の子にすぎぬ雪緒をわざわざ探しに来るのか、という点だ。それに、老いたゆえの死ではなく、天罰対象になっているとはどういう意味だろう。それが事実なのだとしても、雪緒となんの関係があるのか。御館であった雷王とは親交を結んでもいないのに。

「俺こそおまえ様に聞きたいことが山ほど——いや、詳しい話はあとだ。ひとまずここを離れねば。大妖といえども俺は神名を持たぬ。不運なことにいまは月不見月で、月の名を持つ俺とは相性がよくない。おかげでまともに妖力《ようりょく》を操れず、神の庭に忍びこむだけでも激しく消耗する。……沙霧め、化け物に成り果てた雷王が庭へ向かったと警告を発してやったというのに、肝心なときにいないとは——」

恨み言を吐き出していた白月が、目を見張った。

身構えるより早く、白月の肩に大きな塊が落ちてきた。

虚《うつ》ろな目をした、光背を持つ極彩色の馬の頭部だった。畑に生えていたものだ。実際の馬の頭部よりも小振りだが、それなりの大きさはある。

巨木の枝からぼとぼとと、毛虫のように新たな頭が降ってきて、白月の腕や足に噛みついた。

「妖ごときが、我らの庭に入りこんだ」

雪緒のそばに転がった馬の頭部のひとつが、目をぐるぐるさせながら呪《のろ》いの言葉を吐いた。

「妖ごときが、沙霧の妻と姦通《かんつう》した」

「妖ごときが」

白月の腕に噛みついていた馬の頭部が極彩色から真っ赤に変わった。怒りの色だった。天罰、天罰、と咆哮《ほうこう》し、血走っている目玉から溶岩のようなどろりとした赤い涙を流した。口角は、泡のような唾液《だえき》で濡《ぬ》れていた。

「雪緒、走れ!!」

馬の頭部を振り落とそうともがきながらも、白月が険しい眼差《まなざ》しを雪緒に向けた。

「逃げろ、早く!」

その叫びと同時に、白月の腕が、馬の頭部に食いちぎられた。

飛び散る血を見て雪緒は、は、と中途半端に息を吸った。急に呼吸の仕方を忘れてしまったような気がした。

「ぐ……っ、早く行け!!」

白月が呻《うめ》き、血を吐いた。雪緒はぼうっとその姿を眺めた。圧倒的に強者の白月が敗北するわけがないという信頼があったから、悪趣味な芝居でも見せられているとしか思えない。

「なにをしている、動け!!」

叩きのめすような勢いで怒鳴られ、雪緒は呼吸を思い出し、むせた。

地面に転がっていた馬の頭のひとつがごろっと起き上がる。火山のように耳から火花を散らし、天罰、と吠《ほ》えて、棒立ちの雪緒にも噛みつこうとした。

ぱっと動けぬ雪緒の腕に、白月の尾が巻きつく。

彼のほうに身体を引き寄せられ、雪緒はたたらを踏んだ。庇《かば》われたのだと状況を把握した瞬間、いつの間にか忍び寄っていた光背を持つ大型の蟹――これも畑に生えていたものだ――が、その太い鋏《はさみ》でじょきりと白月の足首を切断した。

倒れかけた白月に雪緒はとっさに腕を伸ばし、身を支えた。

「白月様……!!」

うまく操れないという妖力を、白月は気力で練り上げ、鎌鼬《かまいたち》を生み出した。一時、光背を持つ恐るべきモノたちを後退させるのに成功する。しかし消滅させたわけではない。すぐに追い詰められるのはわかり切っていた。

白月が無事なほうの手で雪緒の肩を掴み、汗と血に汚れた顔を上げた。生死の危機にある状況にそぐわぬ穏やかな表情を浮かべていた。

「人の子――あのな、おまえ様は、俺を結婚相手に選ぶと思っていたぞ」

「――どうして」

「だって雪緒……小さい頃《ころ》は、あんなに俺に懐いていたじゃないか」

「あ……」

幼い頃、雪緒は迷子になった。凍《い》てつく夜に迎えに来てくれたのは、白月だけだった。だが雪緒だけが一方的に特別な記憶として大事に抱えているのだと思いこんでいた。

(白月様も特別な夜だったのですか)

歓喜は一瞬で、瞬く間に心は冷たい雨に晒《さら》される。

その特別は、どんな特別なのだろう。本気で特別に感じてくれているのだとしても、きっといままで通り損得が絡んでいるのではないだろうか。

だが、ひとつ前の世でも、白月に同じような話をされた気がする。

「俺のうぬぼれだったか」

「白月様——いいえ、そんな話はあとにしましょう、早く逃げないと」

「雪緒はもう、幼子であった頃のように、俺を追ってはくれないのか。俺を一番輝く星のように見るのは、やめたのか」

白月が、困ったように微笑んだ。

次の瞬間、彼はふたたび白狐に変じて雪緒を無理やり背に乗せ、駆け出した。

だが、片腕と片足を失った状態で、なおかつ雪緒を騎乗させているために、いつもの速度を出せないでいる。いや、手足を欠損しても疾駆できるのは妖であればこそと称賛すべきか。

「追ってきてる……!」

馬の頭部が、ドタドタと音を立てながら下駄のように地を蹴《け》って迫ってきた。戦慄《せんりつ》しながら雪緒が振り返れば、馬の頭が大きく飛び上がって、白狐の尾に噛みついていた。もふもふした白いその尾が無惨に引きちぎられる瞬間を雪緒は目にした。

馬の頭の攻撃に耐え切れず、白狐が勢いよく横倒しになった。背に乗っていた雪緒の身も地に放《ほう》り出される。

雪緒が痛みを噛み殺して白狐に這《は》い寄れば、彼はふたたび人の姿に変じた。脇腹《わき》を馬の頭部に食いつかれながら。

地面に横たわる白月の身体の下に、あっという間に血溜まりが生まれる。

「ああ、くそ。神の庭のモノには、さすがに敵《かな》わないか……」

「白月様、立って！　囲まれてしまう！」

雪緒は白月に食らいついている馬の頭部を引き剥《は》がそうとした。だが掴む前に、白月が咳《せ》きこみながら雪緒を燃える目で睨み据えた。

「逃げろ、できる限り。――頼むから、おまえが食われる姿を、俺に見せるな！」

悲痛な望みに、雪緒は背を打たれた気になった。

ふいに、じり、と手首が熱くなる。そこに目をやれば、あの飾り紐《ひも》の入れ墨があった。黄色に変わっていた。

雪緒は視線を上げた。

白月の腸があばら骨ごと馬の頭部に食い破られるのを見た瞬間、衝動的に入れ墨の飾り紐を引きちぎろうと、手首に爪を立てていた。

✿

雪緒はその言葉を聞いた瞬間、嘔吐した。

「――だから、見合いをな」

仰天する設楽の翁の声を振り切って、転がる勢いで見世《みせ》を飛び出し、裸足のまま力いっぱい走る。

どこに行くつもりなのか、雪緒自身にもわからなかった。べつにどこでもよかった。あふれる涙のせいで前方がよく見えなかったが、それでも足は止まらない。走って、走り続けて、そうして雪緒はいつの間にか上里の外れにある崖《がけ》まで辿《たど》り着き、足を滑らせて落下した。地に転がり、動きが止まったあとで、不運にも太腿《ふともも》に低木の枝が突き刺さっているのに気づく。意識すると、そこを中心にして激痛が広がった。身体の全部が、痛かった。

雪緒は大きく喘《あえ》いだ。吐き出す息も痛みにそまっていた。

死なずにはすんでいるものの、立ち上がることすらできず、雪緒はまただらだらと涙を垂れ流した。

ややして、広がる血の匂《にお》いにつられたのか、怪ではない、野性の山犬が暗がりから出現した。目が爛々《らんらん》としていた。

じり、と急に手首が熱くなる。そこを見れば、例の飾り紐があった。緑色に変わっていた。

山犬が牙《きば》を剥《む》き出しにした瞬間、雪緒はとっさに入れ墨の飾り紐を引きちぎっていた。

「だから、見合いを……雪緒？」

雪緒は、ただ静かに泣いた。

――それから、二度試した。

頑としてだれとも見合いをせず独《ひと》り身を貫けば、経過は前回までと違っても、最終的にはやはり白桜《しろざくら》ヶ《が》里《さと》が穢《けが》される道を辿ることになった。なおかつ雪緒は上里の古老たちの企《たくら》みで天神《てんじん》として召された。だが白月が強固に反対し、古老たちと真っ向からぶつかるはめになった。そして古老側についた宵丸と殺し合うという、目も当てられぬ悲惨な結末を迎えた。

（だめだ）

次は、豊家の――〈とみへ〉の大鷲《おおわし》の怪に嫁いだ。

とみへは、鳥ノ三重《とりのみえ》、の意だ。つまり鳥の……鷺の三兄弟に嫁いだわけだが、雪緒がその事実を知ったのは輿入れ当日のことだった。

個性の強い彼らの主張はそれぞれ異なっていて、雪緒を食おうとしたり、あるいは雷王に捧《ささ》げようとしたり、あるいはほかの兄弟を出し抜いて独り占めを目論んだりした。彼らの諍《いさか》いは四方八方に飛び火し、白桜ヶ里のみならず紅椿ヶ里までもが落ちかけた。

白月は雪緒をよその里へ避難させようとしたが、山越えの途中で三兄弟の罠《わな》にかかり、両目を潰された。最後に白月は、逃げろと言った。その声に押されて、雪緒はふらふらと木々の奥へ入りこんだ。

少し進んだあたりで川の音が聞こえた。どこか夢見心地の状態でそちらへ足を向ければ、苔《こけ》生《む》した倒木が多く見られる起伏の多い場所に出て、清らかな小川を発見した。

(戻る場所は、必ず『見合い候補を選ぶ場面』になる。そこが私の人生の『分岐点』ということか)

雪緒は、川で赤くそまった手を洗いながらぼんやりと考えた。白く澄んだ水のなかに、血の赤が流れていく。これは自分の血ではない。最後まで雪緒を庇ってくれた白月の血だ。

なぜ、という言葉が脳裏をよぎる。なぜ。白月は最初の世でも雪緒を天神に……生贄《いけにえ》にしたがっていたはずだ。なのになぜ、やり直しを重ねていくうちに、雪緒を守る側へ変わっていくのか。その事実を認めるのが、こわくてならない。

（だめだ、そんなの……今更）

雪緒は必死に手を洗った。ふいに、じり、と手首が熱くなった。例の飾り紐の入れ墨がそこにあった。前回は青で、今回は藍《あい》色になっている。変化は色だけではない。ずいぶんと紐が細くなってきている。

だれに説明されずとも雪緒は気づいていた。『分岐点』に戻れるのは、おそらくあと一、二回が限界だろう。

「あー……」

雪緒は手を川に浸したまま、空を仰いで間の抜けた声を上げた。知らないあいだに目尻《めじり》から熱いものがあふれていた。しばらくは、気がおかしくなるほどその場で泣きじゃくったが、背をさすってくれる者も寄り添ってくれる者もいなかった。

（私はどうしてこんなことになっているのだろう）

色々な出来事がめまぐるしく起きて、小さな人の子にはとてもついていけない。

贄《にえ》になれ、天神になれ、長《おさ》になれ、嫁になれ。いつも、なにかになれ、と要求されている気がする。窒息《ちっそく》しそうな気分だ。暗く冷たい土のなかに埋められたかのようだった。

（……どうして『見合い候補を選ぶ場面』が分岐点になるのか）

雪緒はかぶりを振り、考える。思考を止めたら、それはもう雪緒にとって、生きるのをやめるのと同義だ。

どうして、という問いに対する答えは難なく思いついた。

見合い相手を選ぶこと、つまりそれは翁の加護が今後失《う》せることを意味する。この点に関しては、いままでだって繰り返し痛感してきた。翁の天昇後は危険が増加していると。

しかし、雪緒がそう自覚するよりもっと事態は切迫していたようだ。

(だれの手を取るかで、こんなに未来が変わる。でもどんなに望んだって、翁の天昇は止められない。私はなにかを絶対に選択させられる)

本来の世では素通りして見えていなかった景色がある。

雷王の死に自分が関わっている可能性、白月の生まれ、沙霧の生きる庭、宵丸の情の深さ。時の流れのズレ。天神の真実。人という種の重要性。

きっと雪緒が見逃《みのが》しているだけで、まだほかにも隠されているものがあるに違いなかった。

(また、白月様の手を取れば)

いいのだろうか――しかしその考えは、すぐに捨てた。確証はないが、白月に嫁ぐ選択は最も危険なように思える。白月に対する感情云々《うんぬん》の問題ではない。おそらく、本来の世と似た行動を取れば、それが本物に成り代わる。そんな予感がある。

でも、と雪緒は悩んだ。果たして自分は本来の世への帰還を望んでいるのだろうか。

数度世をやり直しているが、心身ともに余裕がなくてまともに日渡りの原因を探せていない状況だ。いや、忙《せわ》しないと理由をつけて、逃げの態勢を取っているだけではないのか。

じり、と手首が痛む。何度も体験したので、もうわかっている。こうして手首が熱くなり、飾り紐が目に見えるようになるのは、決まって雪緒が生死の危機に直面したときだ。

飾り紐を眺めるうちに、背後にだれかの足音が迫ってきた。白月が追いついたのではない。

雪緒は、すん、と鼻をすすったあと、入れ墨の飾り紐に爪を立て、引きちぎった。

❁

「――おまえは正気か？　私のそばにいたいだと？」

相手から本気で狂人を見る目を向けられた雪緒は、「うん、どう考えても正気ではありませんよね……」と心のなかでのみ返事をした。

熟慮の末、次に雪緒が選んだのは、白月――の妹狐である鈴音《すずね》だった。

「おそばに置いてください」

雪緒は分岐点に戻った直後、上里の屋城《やしろ》に正面から乗りこんだ。そして、離れの近くにある大岩の上で微睡《まどろ》んでいた鈴音をつかまえて、そう訴えた。

蛇足だが、ここへは設楽の翁も同行している。見合い話の途中で「鈴音様に仕えたい」と宣言した雪緒の正気を彼もまた疑い、ここまでくっついてきたのだ。

狐姿で寝そべっていた鈴音は、人の形を取ると、「は?」と言って、大岩の上から雪緒を見下ろした。

美しい狐だと雪緒は内心で感嘆する。双子のように面差《おもざ》しが白月によく似ている。いかにも残忍な冷たい金色の瞳。耳と尾はどちらも銀灰色。長い銀の髪の一部をみずらのように輪にし、そこに大振りの花を飾っている。袖は鮮やかな紅だ。桃の花咲くかぐわしい桃源郷から舞い降りた仙女のようにたおやかな姿だが、中身は正反対。戦神のごとしである。

雪緒は一歩、彼女のほうへ近づいた。

「あなたの顔は私の好みです」

「は?　顔?」

「あなたにお仕えしたいです。もふもふも好みです」

「なに?　もふ……?」

「私は案外、役に立ちます。鈴音様は殺戮《さつりく》好きな方ですので、身に瘴気《しょうき》も溜まりやすいでしょう?　薬師の私をそばに置いておくと、なにかと便利ですよ。護法の札作りも得意です」

「私を化かそうとしているのか?」

鈴音は不審げに雪緒を見やって、上体を起こした。これほど戸惑う彼女を見るのははじめてだ。

雪緒は弱音を吐きそうになる自分を叱咤《しった》し、できる限り自信ありげに映るよう微笑んだ。

——雪緒にとって、美貌《びぼう》を誇るこの鈴音という女妖《にょよう》は複雑な位置を占めている。本来の世では恋敵《こいがたき》と見なされ、何度も恐ろしい目に遭わされた。間接的に殺されそうにもなった。憎まれてもいるし、憎んでもいる。とてもわかり合える相手ではない。

だが、一から百まで憎悪の対象だったわけでもない。

本来の世で、雪緒は白月と離縁する少し前に、彼女から銀の簪をもらったことがある。子狐用の夜食を作っていたときに、散策の途中か、鈴音がふらっと厨《くりや》に現れた。そして皿に盛られたお稲荷《いなり》さんやつまみをもぐもぐと食い尽くしていったのだ。その礼に簪をもらった。真珠《たま》がゆれる、美しい簪だった。

たぶんこの夜の一幕は白月だって知らない。雪緒も、だれにも打ち明けたことがない。

特別な日に使おうと思って、結局しまいこんだままだ。一度だけでも髪にさせばよかった。

もしも本来の世に戻れたら——きっと、つけよう。

「いやいやいや待て！　やあすまぬな鈴音。俺の雪緒はあれだ、ちょっと寝ぼけているんだ！　ははは、この寝ぼすけさんめ！」

我に返った設楽の翁が引きつった笑顔を見せて、雪緒を下がらせようとした。鈴音が雪緒たちを交互に見つめ、銀灰色の狐耳をぎゅんっと後ろに倒す。

「寝ぼけてません。私、鈴音様の下僕になりたいです。志願に来ました」

雪緒がはきはきと宣言すると、設楽の翁がぐわっと目を剥いた。

悲惨な世の繰り返しに憔悴《しょうすい》して破れかぶれになったわけではないし、狂ってもいない。

鈴音を選んだのは、こういう理由だ。

白桜ヶ里を崩壊させた彼女のもとに潜りこんでその原因を取り除けば、悲劇を阻止できる確率が上がる。紅椿の上里に秘されている禁書の類《たぐ》いにも目を通す機会が得られるかもしれない。それに上里は守りも強い。鈴音のお気に入りになれば、自分の身の安全も保証される。そして──白月の元気な姿も、目にできる。

上里の屋城は情報の宝庫だ、鈴音や彼女の取り巻きを懐柔できれば、日渡りの原因だって突き止められるかもしれない。調べた結果、このやり直しの世で生きる道を選択するかもしれない。

鈴音は雷雲巻き起こす酷薄非情の女妖だが、一部の怪には熱狂的に慕われている。狐一族は身内や、それと定めた者には甘いという特徴がある。鈴音もまた例外ではない。

「私のそばにいたいだと？　乱心したのか？」

ようやく正常に思考が回転し始めたらしく、鈴音がまじまじと雪緒を見つめる。

「なんなら妾《めかけ》の一人にでもいかがですか」

ご希望がありましたらなんでもどうぞ、と雪緒が自分を精一杯売りこむと、翁が「天昇やめたくなってきた」と真顔でつぶやいた。

単なる軽口のつもりはない。

ない。


（鈴音様の寵愛《ちょうあい》を得る必要がある）

狐一族は兄妹婚も当たり前、異なる種族でも受け入れるし、性別だって大半の妖怪は気にしない。

やり直しの世でたくさんの惨劇を体験してきたのだ、異様なる神の庭でも暮らした。泣いて泣いて泣いて、泣き尽くした。もう妾になるくらいなんだというのか。雪緒はそんな心境だった。

「私が複数の妾を囲っているような言い方はよせ。正式な伴侶《はんりょ》もいないというに」

狐耳をぴんと斜め上に立てて鈴音が不満を見せると、放心していた翁が急に怒り出した。

「違う。気にするのはそこじゃないぞ。俺のかわいい雪緒を、なぜ妾や下僕なんかにせねばならんのだ！」

鈴音は非常に変な表情を作り、考えこんだ。雪緒は、左右にゆれる彼女の尾を見つめた。

「……私の顔が美しいから、ずっとそばで眺めていたいという意味なのか？」

とびきり顔立ちの整った怪だからこそ許される発言だ。

容姿の善《よ》し悪《あ》しは無関係なのだが、なにが鈴音の琴線《きんせん》に触れるかはわからない。些細《ささい》なことであろうと可能性は増やすべき。そんな心づもりで雪緒は彼女の容姿を好ましいと伝えている。

だから、この問いにも、否定も肯定もせず、微笑んでおく。

「そういえば、設楽は近く天昇するのだったな。それで私に保護を求めに来たのか」

鈴音が酷薄そうに唇を歪めて、自分の髪を指でくるくると弄《もてあそ》ぶ。

「神隠しの子か……。確かに私は強いし、おまえごときの守護など造作もないことだ。しかし、この顔が好きというなら、なぜ似た容姿の白月を選ばず、私のもとへ来た？　まあなんでもいいが、私は優しい怪ではないぞ」

「大丈夫です。鈴音様はまったくもって優しく見えないので、そこは勘違いしていません」

迷いのない雪緒の返事に、翁が「やめなさい」と慌てる。

「そばにいさせてください。手始めに、この場で鈴音様を悩ませる瘴気を祓《はら》ってみせます。……岩の上で頻繁に微睡んでいるのも、瘴気のせいでしょう？」

雪緒は確信していた。薬師がそこを見誤るわけがない。

人の子の奮闘がおもしろかったのか、鈴音は獰猛《どうもう》な獣のように目を眇《すが》めた。

「いいだろう。おいで人の子。私がおまえをもらってやる」

両手で口元を覆った翁が、「嘘だろ？　この展開だけは考えたことがなかった……」と、涙目でつぶやいた。

❀

鈴音に身を預けることが決定してからの数日、雪緒の周囲は一気に騒がしくなった。

話があっという間に里に広がって、「設楽の翁の娘が鈴音様に嫁ぐのか!?」と、民をおののかせた。それに翁を筆頭として、常連客の棗《なつめ》からなにから、たくさんの知り合いに「早まるな、考え直せ」と諭《さと》されるはめにもなった。

が、鈴音は皆の慌てふためく様が愉快だったのか、気前良く雪緒に華やかな打ち掛けを贈ってきた。布地に色とりどりの花が咲き乱れる上等の着物だ。これを身にまとって嫁いでこいという意味だろう。

(……鈴音様って案外、茶目っ気があるんだなあ)

勇《いさ》んで会いに行ったはいいが、きっとすげなく追い返されるだろうと覚悟していたので、こうもトントン拍子に話が進んだことに、雪緒が一番驚いている。

里唯一の薬師を手元に置くのも悪くないと、鈴音は計算したのかもしれない。賢者たる設楽の翁の養女である事実も、彼女の不利にはならない。

(宵丸さんが教えてくれた「人の保護」も関係してくるのかな)

鈴音の胸のうちは把握し切れないが、一時の気まぐれだろうと敵対せずにすむのはありがたい。翁との別れに苦しみながらも、雪緒は静かに約束の日を待った。繰り返しの世は、少しずつ雪緒の心を麻痺《まひ》させていた。

――桜月の某日。

てっきり洒落《しゃれ》をきかせて、『嫁入り』っぽく輿でも迎えに寄越すのではないかと疑っていたら、鈴音自身がにやにやしながら大虎《おおとら》に乗って雪緒の見世の前に現れた。しかも男雛《おびな》のように凛々《りり》しく髪を結い上げ、鶴《つる》の図が入った派手やかな赤い袍を着用している。

鈴音の背後には真っ赤な蛇《へび》の目傘《めがさ》をさした眷属の狐たちまでがいて、雪緒が美しい主《あるじ》の手を取るのをお澄まし顔で待っていた。

「喜べ。私が直々に来てやった」

縞《しま》模様のはっきりした大虎の背の上で、鈴音が楽しげに胸を張った。

「……わあ、嬉《うれ》しい……」

このお狐様ってこういう性格だったのか、と遠くを見る雪緒の髪に、いったん地におりた鈴音がぶすっと簪を突き刺した。見覚えのある、真珠のついた銀の簪だった。

「やる。これは太古の雪虫が化石になった、めったに手に入らぬ宝だぞ」

「真珠じゃなかったんですか！　……そんな大事な物を、私にくださるのですか？」

お揃《そろ》いの祝いの衣を着ている狐たちの手で、鈴音が騎乗しているのとはべつの大虎の背に雪緒は押し上げられた。

「私がつまらぬ物を差し出すと思うのか？　妾を飾り立てる甲斐性《かいしょう》くらいはあるぞ」

「……鈴音様、妾設定を本気でおもしろがっていますね」

あはっ、と鈴音が声を上げて笑った。

逆に雪緒はおののいた。

「なんだ、正妻でないと不満か？　臓腑《ぞうふ》を齧《かじ》るぞ」

「もう妾でけっこうです。……鈴音様ってこんなに明るく笑う方だったんですね。てっきり化かし合いをするときか敵を嬲《なぶ》るときくらいしか笑ったりしないと思っていました」

「雪緒は度胸のある人の子よな。私に対してそうもずけずけと物を言う不遜《ふそん》な弱者はおらぬ」

笑みを消した鈴音に、雪緒はじろじろと見られた。

「弱者って。生まれながらの絶対女王ですか、もう。……それにしても眷属の方々を集めた行列とか、打ち掛けとか……大げさじゃありません？」

雪緒は軽く袖を上げた。

この衣装は仰々しいぶん重みがあり、動きも制限されるので、大虎の背に跨がることができない。手綱もないため鞍《くら》の前輪に手を置いて重心を取ると、横座りに近いような体勢になる。険しい山道を疾駆しているわけではないので落下の心配はないが、せめて輿にしてくれたらと苦々しく思わずにはいられなかった。普通に座っているほうが楽だろうし、庇《ひさし》があれば人目も遮断できる。

「亜狐《あこ》を我が一門に迎え入れるのだから、見窄《みすぼ》らしい真似《まね》などするものか」

「あこ。……えっ、私、狐扱いされてますか」

狐一族に追従する人の子なので亜の者……弱小な存在だがおまえも狐の仲間にしてやる、といった鈴音なりの情の表れだろうか。

「立派なお狐様になれるよう励みます――いえ、待ってください。煌《きら》びやかな行列を引き連れてきたその本心は？」

騙《だま》されないぞと口角を下げて見つめ返せば、鈴音は「くくく」と喉を鳴らして笑った。

「いやいや、そんなの――決まっているだろう。やったぞ、亜狐。白月のあの、唖然《あぜん》とした顔を見られただけで、おまえを迎える価値があるというものだ」

性癖が歪みすぎではないか、と雪緒は本気で引いた。

「……失礼ながら鈴音様は、白月様を慕っているのではないのですか？」

しかしいまの、「相手を出し抜けて気分爽快《そうかい》、最高だ」とでもいうような悪い顔は、どう見ても恋着している相手に向けるものではない。

「慕っているとも。だってこの世で私に釣り合うのは、白月くらいじゃないか」

謙遜《けんそん》することも卑下することもなくおのれを誇る姿に、雪緒は感心した。

あくまでも主体は自分なのだ。白月に釣り合うのは、と相手を中心に置いた考え方はしない。

――それに、彼女の言葉に隠されているのは、そうした自信だけではない。

鈴音の指示に従って、行列が動き出す。

雪緒の見世は下里《しもさと》に設けられた盛り場の端にある。盛り場を通らずに上里へ行けるが、行列はするすると民のたむろする方角へ進む。

昼の刻《こく》、盛り場は多少の賑《にぎ》わいが見られる。

見世の立ち並ぶ通りの中央を、堂々と渡る華美な行列に、行き交う民が足を止めて驚愕《きょうがく》の目を向ける。見世のなかからわざわざ飛び出してくる者もいた。皆一様に雪緒と鈴音を茫然と見ていたが、行列の狐たちがパンと柏手《かしわで》を打つと、はっと表情をあらためて、拍子を取るようにダンと足を地に下ろした。「うつくしや、ゆいや、ゆいや」と民が祝いの声を出す。そのなかに鼬の安曇《あずみ》の姿があった。たい焼きをくれた豹《ひょう》の怪の姿もあった。物売りの棗もいた。

「……あの、いまから不躾《ぶしつけ》な発言をしますが、許してくれますか？」

「おまえの無礼さに慣れてきた。言ってみろ」

「鈴音様は、白月様よりもご自分のほうが……怪として格上だと確信しておられますか？」

雪緒は、どう言い換えても無礼な問いであることは隠せないと腹をくくり、直截《ちょくせつ》に言った。

鈴音は目を丸くしたが、次の瞬間、大笑いした。

「おかしな亜狐。そんな当たり前のこと、どうして聞く？」

「――」

雪緒は息を呑んだ。

やはり無自覚ではなかった。自分は白月以上に強い怪だと鈴音は確信している。

「そうか、人の子には妖力が見えぬのだったか。……まあ、いまは白月のほうが妖力も上よな。先に生まれたのが白月だもの、私の成長が遅いのも道理だろう？　それに、妖力の高い者ほど熟すのも時間がかかる。だからいまだに私は四尾しか得られていない」

「……そういうものなのですか？」

「そういうものだ」

どうやら無知ゆえの無礼な疑問だったと、鈴音は寛容に受け止めてくれたようだ。

「だが遠い世で、私はきっと白月を超えるぞ」

自分のすごさを微塵《みじん》も疑っていない声音だった。

鈴音は、雪緒は淡い恐れと羨望《せんぼう》、強い嫌悪をこめて見つめ返した。鈴音の、白月と酷似《こくじ》した冬の月のような色合いの瞳を、雪緒が向ける感情を丸呑みし、その冷たい色の瞳を熱で溶かしたようにとろんとさせた。人の恐怖をうまそうに平らげている。

「……尾の数が白月様よりも増える？」

「増える」

「九尾とかに……でしょうか？」

「いや、狐尾は、最大九十九まで増える。月を覆うほどの巨躯にもなる」

本当かなあ、からかわれているのかなあ、と雪緒は半信半疑《はんしんはんぎ》になった。鈴音は意地悪くにやにやしている。……意地悪いけれど、この表情は嫌いじゃない。

「それでは――鈴音様はいずれ、白月様を婿取りしたいとお思いですか？」

雪緒は本命ともいうべきその問いを、多大な葛藤《かっとう》の末、投げかけた。

本来の世でも、幾度かのやり直しの世でも、白月は鈴音と添い遂げる気はないと明言していたが、今回の世でも同様の決断を下すとは言い切れない。

妬《ねた》みをひそませた不安を抱く自分の身勝手さが、雪緒はつくづく悲しくなる。

白月への恋はもう恐怖という杭《くい》に貫かれて砕け散った。そのはずだったのに、どうしていつまでも心を掻《か》き乱されるのだろう？

白月がどの世でも圧倒的に自己愛しかない姿だけを見せてくれていたら、眠れぬほど悩まずにすんだ。なのに、現実は逆だ。世を繰り返すたび白月は雪緒を健気《けなげ》に庇うようになる。本当にあのお狐様の心の内は読めない。

恋ってこんなに苦しいものなのだろうか。失ってもなお、心に新たな傷を与えるのか。

深みにはまって表情を暗くする雪緒を見て、鈴音はなにか誤解したらしい。小馬鹿《こばか》にするような、それでいていくばくかの親しみもこもっているような薄い笑みを雪緒に向けた。

「ん？　なんだ、私が婿取りすればおまえをそのうち捨てるとでも恐れているのか？　……いや、おまえは弱者だが、希少な人の子だ。軽はずみに放り出すことはない」

一応は人の子の保護についてが頭にあるのだろうか。

雪緒はちょっとふしぎに思った。

今回の世での鈴音は、本来の世の彼女と比べて、そこまで白月に執着しているようには見えない。色恋は無関係で、白月の妖狐《ようこ》としての力量に惹《ひ》かれているだけ、という割り切った雰囲気を漂わせている。

(もしかすると本来の世で鈴音様があぁも苛烈《かれつ》な言動を見せたのは、白月様が自分ではなくて私を選んだからじゃないだろうか)

矜持《きょうじ》を傷つけられたことが、白月への激しい執心につながった。

それさえなければ、狂うくらいの恋には化けなかったように感じられる。

なら、鈴音を選んだこの道は、正解なのだろうか。

❀

雪緒たちの行列は盛り場で民に歓迎されながら上里に入った。

鈴音は書院造《しょいんづくり》を思わせる入母屋造《いりもやづくり》の一棟の前で行列を止めると、困惑する雪緒を大虎の背からおろして、その屋敷に足を踏み入れた。

「このお屋敷には、療養中の御館様がおられるのではありませんか?」

雪緒は不吉な予感がした。

「なんでそれを知っている?」

鈴音が振り向き、「ああ、薬師だったな。以前に設楽の者とこちらへ来たことがあるのか」と納得した。雷王の居場所を知っていたのは白月と結婚した最初の世での記憶と照らし合わせてのことだが、その真相を鈴音に伝えられるわけもない。

「あの、休まれているのに許可なくお屋敷に上がるのはまずいんじゃ……」

鈴音をなんとか思いとどまらせようとしたが、彼女は素知らぬ顔で薄暗い廊を進む。

やがて奥まった位置にある襖《ふすま》の前で立ち止まった。大蛇と松の木が描かれた黄金の襖で、その向こうに雷王がいるのは明白だった。

妖力のない雪緒でも感じ取れるほどの瘴気が廊に漏れ出ている。

御館の間のそばにだれも控えていないのは、このせいだろう。

鈴音は袖を払うと、まるで武官のように力強い動きでその場に膝《ひざ》を落とした。すると後列の眷属らもざっと倣う。雪緒はあたふたとし、鈴音の横に正座した。

「聞け、死に損ない！　妖狐の鈴音が妾を得たぞ！」

襖に向かって鈴音が声を張り上げた。

「!?　なにを言うんですか鈴音様！」

雪緒はわなわなと身を震わせた。覇王だ、覇王がここにいる。

「人の子だ。設楽の者の娘だぞ！　雪緒という、たおやかでかわいい人の子が、この鈴音に縋ったのだ、あはは!!」

えっ私のことをたおやかって思ってくれていた!?

雪緒はちょっぴり喜んだ……違う、胸を高鳴らせてどうする！

「羨《うらや》め、妬め、祟《たた》れ！　この鈴音を退けようとしたおまえが悪い！」

本当にこのお狐様、暴言がすぎないか。というより――妙な言い回しだ。彼らのあいだに確執があるとは聞いたが、なぜ雪緒を利用して雷王を煽《あお》るのだろう。

沙霧の世で起きた、思い出したくもないあの惨劇が雪緒の脳裏をよぎった。

いったい自分は彼らにどんな役割を与えられているのだろうか。当人の雪緒がまったく知らないのもふしぎな話だ。

「ふふ、あはは！　毎日部屋の前で、娘との睦言《むつごと》でも聞かせてやろうか！」

鈴音が嗜虐《しぎゃく》的に笑ったとき、廊の果てから複数の足音が聞こえた。

険しい顔の白月と、側近の楓や古老たちがやってくる。白月は、雪緒に視線を向けていた。

「おや白月じゃないの」

と、鈴音がわざとらしく言って、雪緒の腕を取り、立ち上がった。ごろごろと懐く猫のように、鈴音が雪緒にすり寄る。……見せつけている。

「ここでなにをしている。こちらの部屋へは来るなと申しつけていたはずだ」

白月の視線が雪緒から鈴音に移動した。

「なに、妾を得た報告に来たまで」

「妾――ばかな」

「白月ったら。おまえもそんな顔をするのね！」

「この大事な時期に、浅はかな戯《たわむ》れに興じるのか」

「だって人の子に健気に迫られたら、ねえ。戯れのひとつでも試したくなるじゃないの。ねえ、どう白月。私の亜狐は愛らしいでしょう？　……ふは、愉快でたまらぬ！　ああ白月、だめよ。この子はあげぬ。雷王にもあげぬ。鈴音のものなのよ。人の子がそう選んだの」

「鈴音」と、白月が怒気を見せて呼ぶ。

「気分がいい！　亜狐、おまえをかわいがってやるからね。いつかは子も生《な》そうか。こんなに愉快なら、番《つがい》にしてやってもよい！」

鈴音がひいひいと笑う。

雪緒は——白月の顔を見ることができなかった。

✿

鈴音は、上里に屋敷を持っている。

白月たちの屋敷でともに暮らしているのでは、と考えていたのだが、厳密に言うと違うらしい。長屋門と玉垣で区切られた上里の核ともいうべき一画の近くに屋敷があるのだという。彼女のように外廓《がいかく》付近に屋敷を設ける怪も一定数、存在する。

ただ最近は、白月も詰めている棟の一室を借りてそこで寝泊まりすることが大半なのだと聞いた。雷王の不調がもたらす変事に備えてのことなのだとか。

しかし雪緒は、外廓にある鈴音の屋敷に軟禁状態で、上里内部の様子も、なんなら下里の状況すらも把握できずにいる。この不自由な生活はまったく想定外だった。

気まぐれな鈴音のことだから、数日で雪緒に興味をなくして放置するだろうと高をくくっていたのだ。読みが大きく外れてしまった。おかげで、今回の世でも火渡り関連の秘密を調べられないでいる。——やり直しの世では調べてはならないことだと、高みからの大きな〈意思〉に圧力をかけられているのではないか。雪緒は最近そう思い始めている。

「あの、日中は下里の〈くすりや〉に戻って仕事をしてもいいでしょうか？」

ある朝、寝起きの悪い鈴音に怯えながらも、雪緒は頼みこんだ。鈴音の朝は遅く、もう昼餉も間近というような時間に起きてくる。

障子を開け放った部屋で、眷属の狐たちに髪を梳《す》かせてうつらうつらしていた鈴音が、長い睫毛《まつげ》に彩られた瞼《まぶた》を薄く開き、雪緒に視線を流した。日に輝く白い頬《ほお》に、雪緒は見惚《みほ》れた。

「だめだ」

だめかあ。

端的に断られ、雪緒は眉を下げた。鈴音は逆にひょいと眉を上げる。

「たとえ守りの強固な上里であろうとも、おまえのように無知で無力な弱者を一匹ではうろうろさせられぬ。それが下里なら、なおさら」

流れるような罵倒《ばとう》に、雪緒は平たい目をした。

一匹って。虫扱いではなくて、亜狐扱いされているのだと信じたい。それに人が彼ら怪に比べて脆弱《ぜいじゃく》なのも否定はできないので、罵倒というよりは真実を口にしただけだろう。と、これもそう信じたい。

「祈祷《きとう》を繰り返してはいるが、御館の具合がよろしくない。上里の怪どももつられたか、気をあらぶらせているんだ。襲われたくなければ、おとなしく私に従っておけ」

鈴音が淡々とした口調で諭す。

彼女の言う御館とは、白月ではなくて雷王のことだ。

(雷王の死去は、六月)

鈴音のもとに来てから日は流れ、いまは四月。本来の世だと、白月との正式な結婚は延期中だが雪緒自身は上里入りを果たしている時期に当たる。手を取る相手が鈴音に変更されただけで、ほかはある意味、本来の世をなぞっているような状況だ。

「……鈴音様の今日のご予定は？　よければ護法の煙を焚《た》きましょうか」

雪緒は、鈴音の機嫌をうかがいながら提案した。

本来の世では、彼女が紅椿ヶ里から追放されて隣里の長たる蓮堂《れんどう》と親密になるのは、翌年のことになる。

関係を深めるのが翌年というだけで、蓮堂とはもっと前から接触していたはずだ。おそらく雷王の死期が近づいたあたり……つまり、この四月前後が怪しいと雪緒は踏んでいる。その証《しょう》拠《こ》にやり直しの世では、鈴音に切り捨てられたと知って蓮堂が憤り、早い段階で白桜ヶ里が荒れる。鈴音の暗躍の原因となる白月と雪緒の結婚話自体がないため、便利な駒《こま》のひとつにすぎないだろう蓮堂を重宝せずともよくなるのだ。

彼女の意識は当然のこと、郷全体に影響を及ぼす雷王の容態の変化に向かう。

(今回の世で、鈴音様がどう動くかはわからない)

そこで雪緒はなるべく鈴音と行動をともにできるよう、働きかけることにした。蓮堂への接触をなくせば、白桜ヶ里の崩壊も未然に阻止できる。

「おまえは、まことに物怖《ものお》じせぬな」

髪を整えさせていた眷属の狐たちを片手で下がらせて、鈴音がこちらに向き直る。

雪緒は、退室する眷属らを見送りながら、そういえばどのやり直しの世でも、子狐の千速《ちはや》たちとほとんど関わっていないと気づいた。

彼らは白月の手下だ。他者の懐に入った雪緒と縁が切れるのもしかたのない話ではあった。

「……散策につき合え」

鈴音が立ち上がった。今日は薄緑に淡い黄色の大袖で、春らしさを感じさせる装いだ。『妾』認定されている雪緒も、彼女のように豪奢な衣を着用している。はじめは胸が華やいだが、動きにくいのが難点だ。……行動の制限が狙いなのかもしれない。

輿を使ってその辺を巡るつもりかと思ったら、鈴音は銀灰色の狐姿に変化した。

「えっ……え、えっ、まさか⁉」と震える雪緒の腹部に頭突きし、その勢いのままどすっとこちらの身を自分の背に乗せる。そして、ととと、と軽い足取りで走り出す。気位の高い鈴音が騎乗させてくれたことにも驚いたし、乗せ方がいつぞやの宵丸そっくりなことにもおののいたし、かなりの速度が出ているにも拘らず振動がほとんどないことにも感動した。

彼女が目指したのは、犀犀谷《さいさいだに》だ。隣里たる白桜との境に当たる深い谷。本来の世でも宵丸に連れていってもらった覚えがある。またこのときに白月が鈴音を追放する。

この時期、谷も春爛漫《らんまん》の様相。山の斜面に密生する木々も言わずもがなの桜色だ。

鈴音は桜木ばかりが生え揃った小高い場所で足を止めた。その背からおりた雪緒は、銀灰狐の頭部にひらひらと舞い落ちた花弁を優しく払った。世はまこと花盛りという頃合いなので、どこもかしこも夢のように花弁が降り注ぐ。地の果てまでも、初々しく頬をそめた娘のごとく薄紅色。ざあっと一雨くれば、それで花はすべて散りそうだった。

「花の似合うお狐様ですね」

雪緒は見惚れながらつぶやいた。人の姿に戻った鈴音が、ふんと高慢な顔をする。

「私に似合わぬ花などあるのか？」

美女でなければ許されない発言だ……と雪緒はしみじみした。鈴音は、地面から新芽のように突き出ている大岩に乗り、そこにごろりと寝そべった。雪緒も端のほうにおそるおそる腰掛けた。

「……桜餅《もち》でも作って持ってくればよかったですね」

　降り注ぐ花弁を見ながら雪緒がこぼすと、鈴音が微妙な表情を浮かべて「色気より食い気か」と答えた。

「だがおまえの作る飯はうまいな」

「本当ですか、ははは、嬉しいです」

　雪緒が照れ笑いを返すと、「調子に乗るなよ、引き裂くぞ」と叱られた。心模様の変化が激しすぎないだろうか、このお狐様。

「鈴音様、私の作るご飯、好きですもんね。でも薬湯をお出しすると逃げるのはどうかと思います。鈴音様は……少々血の気が多いというか……獣狩りをしすぎ……ですので、定期的に身を清めないとだめですよ」

　屋敷に入ったばかりの頃の鈴音は、雪緒がそばをうろつくのを鬱陶《うっとう》しがっていた。が、ある夜になんとなくお稲荷さんを作ってみたら、その日以降、鈴音の態度があからさまに軟化した。お狐様は、油揚の前には無力な業の深い怪だ。

「まったくおまえは図々しい。そろそろ首を捩《ね》じ切るぞ」

「言うことが血みどろすぎません？」

　本当になんなのか、このお狐様。雪緒が驚愕の目で見ると、鈴音もまた異界の生物を捕まえたような目をこちらに向けていた。

「わからん亜狐だ。おまえはほかの女どものように白月に恋慕していると思っていたが、なぜこうも私のそばにいたがるのか」

鈴音が、すうっと目を細めた。返答を誤れば即座に噛みつかれるだろうと雪緒は身構えた。

「まあ私はこの通り目を見張るほど美しいから。独占したがる弱者の気持ちはわかる。だが、おまえの場合は、なんらかの目的をもって私に引っついているように見える」

ところどころ発言がおかしいが、それにしたって鋭い……。

「設楽の者ではない、もっと大きなモノの加護があるようにも見えるな……、いや、なにか妙な縁の鎖が絡みついている」

よくよく見定めようとでもしたのか、鈴音がわずかにこちらへ身を乗り出した。

「洗いざらい話せ。話さねば、四肢を噛みちぎる」

「ですから物騒……、いえ、私はただ……最善の道を選びたいだけです」

こうとしか答えられない。火渡りの話は禁忌に触れる。その結果、なにが起こるかわからない。わからないことは、恐怖につながる。

「最善の道？　なんてつまらない考えだ」

罵《ののし》る鈴音の視線は、それでも雪緒から剥がれない。

「よきものばかりで道を埋め尽くしたいということだろ？　なんの執着も穢れも恨みもない、なだらかな極楽世界のような道。それがどれほど血肉をゆるがしてくれる？」

「恨みや穢れは、ないほうがいいのでは……？」

雪緒が戸惑いを浮かべて反論すると、鈴音は鼻白んだ。

「ばかな。強い恨み、のたうち回るほどの穢れ、視野を震わせる恐怖。血を踊らせるのはそういう激しい思いじゃないか。だから私は他者を嬲るのが好きだ」

「ああ、はい……ものすごく納得しました……」

「穢れた死よりもおぞましいのは、美しい死だ。そんなもの、簡単に忘却の沼に沈む。いらぬわ。私はすべてを焦土に変えるほど恨み抜き、血反吐《へど》をまき散らして呪い死ぬ道を選ぶ」

雪緒は、力一杯頬を張られたような気持ちになった。

「――それは、その強さは、人の器には大きすぎます。人には持てぬ信念です」

だから逃げた。

そうだ、雪緒は逃げたのだ。恐怖から、恋の淀みと穢れから、痛みから。

「確かに」と鈴音は笑った。

「妖怪どもは死に至るまでの道が長い。退屈が続けば心躍るものを求めるのも道理。……いいことを教えてやろうか。人はなにかにつけ恋をするだろ。だが我らはめったに恋も愛も抱かぬ」

「……根本的に、恋や愛を抱くことができないという意味でしょうか？」

違うと首を振ると、鈴音は大岩の上でうつ伏せになり、頬杖《ほおづえ》をついた。視線は雪緒に向いている。長い尾がふさふさとゆれていたので、雪緒は彼女の近くに座り直し、ついそれを掴んだ。次の瞬間、雪緒の手からするっと逃げた尾に顔をはたかれた。

「そうではない。単に、邪魔だから、したがらない」

「邪魔……」

あんまりな結論に雪緒は肩を落とした。

ふさっと鈴音の尾が雪緒の膝に乗る。もしかして慰めてくれているのかと嬉しくなり、そのつややかな毛並みの尾を雪緒はそっと撫でてみた。すると腹立たしげにまた顔をはたかれた。

……このお狐様はなにがしたいのだろう？

「邪魔も邪魔。たとえば、執着や恨みの類いならよく抱く。が、恋や愛はだめだ。とくに異種……人が相手なら」

「なぜです？」

「だって怪は、人に恋をすれば激しく狂う。ひとたび執着を越えたら、もう。平気で額突《ぬかづ》き、おのれのすべてで愛を乞《こ》う」

思いがけない返答に、雪緒は狐尾を鷲掴《わしづか》みにしようと目論んでいた手を止めた。

「人は生涯《しょうがい》において幾度でも恋をうたう。寄り添う相手をくるくると変え、見定めようとする。それは短命種の本能だ。限られた時間のなかで多くの恋をし、より優れた血族を増やそうとする。だが長命種の怪は慌てる必要がない。じっくりと、相手を判断する余裕がある。その結果として、ひとつの恋で長く満足できる。もちろん短命の怪はべつだが」

「ひとつの恋で満足することは、怪にとって不都合なのですか？」

「当然だ。……短命種の人ですら、おのれが生きた痕跡《こんせき》を必死に残そうとあがくだろう？　なら、我らのような長命種、あるいは不老の怪は、よりその欲求が強くなるとは思わないか。それに、怪は人と転生の仕方が違うんだ。なのに恋などしては……おのれの名を天にも書き記したいというその大望すら抛《なげう》つのを厭《いと》わなくなる。優先順位が書き変わる。移り気な人なんかのために」

鈴音は憎々しげに言うと、雪緒の膝を狐尾で叩いた。

怪が……白月が、そこまでの情熱を持つとはとても思えない。名を天に書き記す、というのも雪緒には呑みこみがたい話だった。

人の世でたとえるなら、偉人となり後世まで語り継がれたい、などの意味になるのだろうか。

……これと似た話を白月ともした気がする。確か、一度目のやり直しの世ではなかったか。

（――なんか、いつの世でなにが起きたか、だんだんとわからなくなってきた）

夢だったのか、いつの現だったのか、その境界がなくなりそうで、こわい。

「だが大抵、怪と人の異種婚は破綻《はたん》する」

「……どうして？」

「怪は恋や愛を敬遠しがちだ。身を燃やす感情を抱いたとしても、まずもって自覚が遅い。そして自覚したあとには、もうとっくに人の心は離れている。それまでにたっぷりと抱かされた恐怖で怪を嫌悪する。……力ある我らは、最初は恐怖でもって他者を支配するからな。異種間の意識の齟齬《そご》はたやすく埋められるものではない」

ぐっと雪緒は呻きかけた。おっしゃる通りのことが自分の身に起きている。

「……なら、怪同士の婚姻は？」

「なんだ、やはりおまえ、私と白月が結婚して捨てられることを恐れているのか？　ふん、同族だとどうしたって、恋よりも執着や支配欲のほうが上回るな……我らは本能的に力を示したがる種だ」

今度は、鈴音はぱしぱしと雪緒の腕を尾ではたく。

「おまえは神隠しの子だろ。……元の世へ、戻りたくはないのか？」

突然の問いかけに、雪緒は目を瞬かせる。この場合の「元の世」とは「現の世」ではなく、異界の生まれ故郷のことだろう。

「戻るすべがありません」

「あったら、帰りたいか？」

鈴音は身を起こし、片膝を立てて座った。

「おまえは、自分がだれかに大事ななにかを奪われた気はしないか」

曖昧《あいまい》な言い方に、雪緒は困惑する。だれかに、なにかを？　……いったいなにを？

このとき、ふと脳裏に沙霧と結婚した世で聞いた雷王の言葉が蘇《よみがえ》った。「影を奪った報いは受けた」と。雪緒は無意識に、自分の身体を見下ろした。大岩の上に座っているので見えにくいが、自分の影はちゃんとある。それにほっとする。

いや、「影」というのはなにかの暗喩《あんゆ》的な言い回しなのか。そういえば、影の話をべつの者にもされなかっただろうか。いつか訪れた、朱《あか》い闇《やみ》の辻《つじ》で……。

「――あの、鈴音様。いま、雷王様は」

思い出したついでに容態に変化はあるのか、と雪緒は尋ねようとした。が、最後まで言い切る前に、言葉を止めてしまう。

鈴音がふいに警戒の眼差しを後方に向けた。

つられて雪緒もそちらを見やれば、花咲く木々の奥から人影が出現した。その正体を知って、雪緒はたいそう驚いた。本来の世――七夕《たなばた》祭で会った、由良《ゆら》の兄弟だ。

「……なんだ、おまえか」と、途端に鈴音が興味をなくした素振りで顔を背ける。

(この時点で、鈴音様は蓮堂様の御子と顔見知りなの?)

雪緒は焦った。彼とも交流があるのなら、親の蓮堂ともとっくに顔を合わせているに違いない。なら、彼らを接触させまいとする雪緒の奮闘は、逆の効果を生みかねない。

「あなたの気配を近くに感じたので。……しかし、なぜこの頃は父に会いに来られぬ？」

由良の兄弟が、まるで鈴音の不義理を咎めるかのような言い方をした。だがきっと言葉通りの意味ではないだろう。

「飽きた」と、鈴音が突《つ》っ慳貪《けんどん》に答える。

「私も妾を得たので、蓮堂にかまけている暇はないんだ」

えっここで私を引き合いに出す!? と雪緒は愕然《がくぜん》とした。由良の兄弟の視線がこちらを向く。

「勝手がすぎる。我が父の堕落《だらく》を止めてくれるという話ではなかったか?」

「じゅうぶん止めてきただろうに。弱った雷王に取って代わろうなどと、身のほど知らずの浅ましい野望を抱いて我らが里の侵略を目論む蓮堂を、私が幾度宥《なだ》めたと思っている。十年近くも私の美しさは役に立ってきたろう?」

雪緒は胸の高鳴りを悟られないよう息をひそめた。ここへ来て、新たな情報が手に入った。やはり鈴音を選ぶ道は正解だったのかもしれない。いままでの世よりも貴重な情報が得られそうだ。

「我らとて犠牲《ぎせい》は払っている! あなたから預かった不気味なものを、ずっと守っているじゃないか——」

「うるさい。去れ」

急に鈴音が不機嫌になり、由良の兄弟を睨みつけた。

由良の兄弟は、怒りを瞳に浮かべると、「父が癇癪《かんしゃく》を起こす前に、顔を見せに来てほしい」と抑えた口調で一言告げ、去っていった。

その後は雪緒がどんなに話を差し向けても、鈴音は興味が失せたように生返事しかしなかった。

来たときよりも時間をかけて鈴音の屋敷へ戻る。

(蓮堂様やその御子の由良さんたちが、鈴音様たちに――紅椿ヶ里を呪わないように、贈り物を用意しようか)

雪緒は頭のなかで算段をした。

二度目の世の過ちを繰り返してはならない。かといって蓮堂と不実な関係を鈴音に続けさせるのも間違っている。贈り物でまずは彼の心を宥め、健全な友好関係に戻したい。

鈴音が蓮堂の子になにを預けたのかは気になるが……それよりも彼らと敵対せぬよう今後の動きを決めるのが先だ。彼らを気遣う文《ふみ》などを、鈴音の名で送るのもいい。

うまくやろう、と雪緒は心に誓った。

屋敷に戻る途中、崖の上に白狐姿の白月を見た。

その白狐も、雪緒たちを凍えた目で見下ろしていた。

❀

夕刻のこと。

雪緒は土間の調理場で、背中に美貌のお狐様を張りつけながら薬草を刻んでいた。

この屋敷は土間に囲炉裏が設けられていない。座敷のほうにある。

「……なぜ雪緒が雷王なんかのために薬作りをせねばならん」

背中にくっついている鈴音が、ぶんぶんと怒りにまかせて尾を振り、恨み言を落とす。

「薬師ですので……。あ、毛が鍋《なべ》に入るので、しっぽ様はおとなしくさせて」

「は？　驕《おご》るなよ。噛む」

鈴音が不満をぶつけてくるのは、白月の側近である楓から急遽《きゅうきょ》、薬湯と瘴気祓えの札作りを頼まれたためだ。床に臥《ふ》す雷王の瘴気を浴びて、調子を崩す怪が増え始めた。

上里にも最低限の薬を煎《せん》じられる者はいるが、『薬師』と名乗れるほどの知識はない。

このあたりは元の世と同じ流れだったので、雪緒は楓の頼みを快く引き受けた。一度経験しているから手間取ることもない。

「私の食事よりも雷王が大事か。とんだ妾だ。噛む」

「鈴音様が拗《す》ねていらっしゃるのは、今夜お出しすると約束していたお稲荷さんを食べられなくなったからですよね」

ものすごく、雪緒のご飯は愛されている。でも背に張りつかれるのは邪魔だ……。

「図々しい。腹を裂くぞ、亜狐」

「お狐様、すぐ私を殺そうとする……」

「雷王などどうせくたばるんだから、放っておけばいいのに」

「めったなことを言っちゃだめですよ！　……私が薬作りを引き受けたのは、鈴音様を思えばこそです。ここで御館様への献身を見せれば、鈴音様の評価が里でも上がるでしょう？」

背中の鈴音が、ずしっと雪緒の肩に体重をかけた。邪魔すぎる。

「小賢《こざか》しいことを。ほめないぞ」

「素直に喜ばないお狐様……。正直なのはふわふわゆれるしっぽ様だけですか」

ぺちっと後頭部を叩かれた。

「明日、花ノ竹茶房《かのたけさぼう》に行く。着物屋にも寄る。つき合え」

「はーい」

なるほど、ご褒美。

「早く終わらせろ。外の湯の泉に入る。髪を洗え」

「あと少しお待ちくださいね」

お狐様が噛むぞ千切るぞとうるさく脅してくるので、雪緒はお稲荷さんも同時進行で作ることにした。そのせいで、倍の時間がかかったが、鈴音の機嫌が少し上向きになったのでよしとする。

仕上げたお稲荷さんの包みを鈴音に持たせて調理場から追い出し……部屋でゆっくりと召し

上がってと笑顔で送り出し、薬の仕上げに取りかかる。部屋に貼《は》れる護符も多めに作ろう。こちらは愛用の煙管《きせる》で煙を生み、文字に変えて札に刻みつける。

「こんなものかなあ」

完成品を手早く小分けにし、布に包んだのち、それらを持って土間を出る。鈴音の屋敷は上里の中心を占める屋城の一画の外にある。

(お屋城の門まで、届けに行くか)

既に夜が両腕を広げて上里を包んでいた。

雪緒は包みを抱え直すと、煌々《こうこう》と輝く月を見上げて歩いた。

月に集中していたので、前方から他者がやってきていたのに気づかなかった。

ぶつかりかけて、驚いたところを抱きとめられる。

「――白月様?」

夜に溶けこむ藍色の衣のお狐様が、雪緒を見下ろしていた。鈴音とよく似た顔立ちの、未来の御館様。

「……いくら上里のうちであっても、夜の一人歩きは感心しない」

白月は、狐耳を前に倒した。

「すみません……。御館様方に、薬と札を届けに来ました」

「薬? ああ、楓に頼まれていたやつか。……そうか、悪い」

「いいえ。足りないようなら、またお声をかけてくださいね」

白月に包みを渡すと、彼は歯を見せるようにしていびつな笑みを作った。

「鈴音がよく許したな。あれは嫉妬《しっと》深く、癇癪持ちだろ」

「……かわいい方ですよ」

鈴音は高慢だが、つき合いやすい。彼女が一部の怪に慕われるのもうなずける。

「――へえ。ずいぶん親密に」

「いえ、弱者な亜狐扱いですので……」

亜狐、と白月がつぶやき、首を傾《かし》げた。距離が近すぎることに今更ながら気づき、雪緒は一歩下がった。白月は、ちろりと雪緒を見た。

「あれに入れこめば、身を滅ぼすぞ。我が妹ながら、恐るべき怪だ」

「――はい、それはもう。ですが……やっぱり、かわいい方なんです」

どうして、本来の世でもこうならなかったのかと心から悔やむほどに。こういう道もあったのかと、嘆きたくなるほどに。

「人はほだされやすくて困る……。あれの兄としては、人の子の扱いにも懸念したくなる。鈴音が恐ろしいなら、逃がしてやろうか」

雪緒は考える前に首を横に振った。白月の提案の意図がわからない。

（私が恋した狐様の心なんて、理解できた試しがない）

なにか意味があるのだろうが、いまの雪緒にはやるべきことがある。

「心配なさらないで。鈴音様は、私をかわいがってくださる。こわいけど、こわくないんです」

白月は、雪緒を見下すように黄金の瞳を冷たく光らせた。

そこで、彼とは別れた。

✽

——どうしてこうなったのか。

(うまくいっていたはずなのに)

雪緒は震える足を動かしながら、燃やされて黒煙を噴き上げる崩れかけの屋敷のなかを走った。

鈴音との生活は、予想以上に快適だったのだ。ああ見えて鈴音は懐に入れた者に甘い。六月に雷王が世を去り、上里がいくらか落ち着いたのち、彼女は雪緒の頼みを聞き入れて、禁書を封じている御堂に案内してくれた。

けれども書物の閲覧を邪魔したのが、白月だった。

この世での白月は常に殺気立っていた。たまに顔を合わせる雪緒にも辛辣《しんらつ》だったし、鈴音にも容赦がなかった。そのため、鈴音と白月の関係が極端に悪化した。

数日前に御堂の前で鉢合わせしたときも、彼らは険悪な応酬を繰り広げた。

「人間の女の小間使いにでもなったか、鈴音」

「御館様は口が悪いこと。……郷巡りの途中ではないの？　こうも頻繁に抜け出して、天罰でも下ったらどうするのよ」

「郷巡りなど形だけのものだ──それより、立ち入りを禁じたはずの場をうろつくのはどういう了見だ。おとなしく隣里の男でも愛《め》でていろ」

「──白月、私を侮辱するのか」

「少しはその驕りを控えろ、女狐が」

──もはや彼ら兄妹は、恋や執着を語るどころの話ではなかった。両者の諍いは眷属、ならびに里の勢力の分裂へとつながった。

「鈴音様が手下を煽って里を牛耳《ぎゅうじ》る気だ」

「白月様が暴君のように、意に添わぬ眷属を始末しようとしている」

どちらの勢力に与《くみ》するか。白月は今代の御館。四尾の鈴音は、いずれ彼を超える大妖。玉石混淆《ぎょくせきこんこう》の野心と義心が入り乱れ、あっという間に、関わるものすべてを火だるまにするような争いが始まった。

鈴音は……雪緒を、たびたび利用しながらも、その一方できっと情を砕いてくれていた。

遠い未来に、力関係が逆転するのだとしても、現時点ではやはり白月が強者だ。火花を散らした末、鈴音は追いこまれた。その上、余計な不運も重なった。白桜の蓮堂が、なにを思ったか白月を討とうと紅椿ヶ里に乗りこんできた。それも、不正に踊る白月の粛清《しゅくせい》を誓った鈴音の意に賛同する、という空穂の正義を掲げてだ。

(蓮堂様が鈴音様に仇《あだ》なさぬよう、礼を尽くしたのに、それが逆効果になった)

鈴音に恋着はしなくなったが、今度は野望を秘めた同志だと仲間意識を持たれた。計算外だった。

挑発された白月側は、むろん激しく牙を剥く。御館の威信にかけて鈴音たちの討伐に本腰を入れ始めた。あとは――どこまでも奈落の様《さま》。狐一族は身内の裏切りを許さない。兄妹であろうと、殺し合いも辞さない。

白月側との衝突の最中、鈴音は劣勢を悟り、死を意識したのだろう。ある夜、雪緒をひそかに大虎に乗せ、里の外へ逃がそうとした。

「蓮堂の子、由良に会え。あいつにこれを差し出して、鈴音が預けたものを返せ、と言うんだ」

鈴音はそう囁《ささや》くと、狐紋の入った櫛《くし》を雪緒に握らせた。

文や貴重な薬草類を由良たちに定期的に送り続けたので、今回の世では彼らとは対立していない。だから雪緒が身を寄せても問題ないと鈴音は考えたようだ。

「白月に捕まるな。あいつはおまえを狩ろうと躍起になっている」

「私を？　……鈴音様を誘《おび》き寄せる餌にするつもりでしょうか」

「さあな。なんであれ、逃げ切れ。おまえは私の番《つがい》のようなものだ」

番。妾ではなくて？

「格上げされてしまいました……」

雪緒はふいに、声を上げて泣きたくなった。

本当に、どうして元の世ではこう……。

「おしゃべりはここまでだ。さっさと行かねば、噛む」

「また噛もうとしてる……。鈴音様も、ともに行きましょう？」

「後で行く。……亜狐、だれにも食われるなよ」

「鈴音様、待って。私と一緒でなければ――」

懇願に耳を貸してはもらえなかった。鈴音は、雪緒を乗せた大虎をすばやく追い払った。

大虎は、雪緒が指示せずとも迷うことなく白桜の上里を目指した。

――しかし、誤算だった。

保護を頼む余地もないほど白桜はとうに荒らされていた。

紅椿に押しかけた蓮堂が討たれた反動だろう、こちらの里の守護が消え、血に餓《う》えた若い鬼やら理性のない化け物やらがそこらをうろついていた。

『長』とは、存在するだけでいくらかの護法の役割を果たす。

（どこへ行けば――）

大虎は、雪緒を崩壊寸前の、とある屋敷の前でおろすと、近づいてきた若い鬼に飛びかかった。雪緒はその隙《すき》に屋敷のなかへ忍びこんだ。

――荒らされた廊を走り、その末に見つけたのは、血まみれになった鵺《ぬえ》の生首だった。もはや命の火は消えているはずなのに、鵺の首は、雪緒が触れると涙を流した。その一粒が、爪《つめ》程度の小さな鹿《しか》に変化し、逃げ出した。

雪緒はとっさに小さな鹿を追った。追った先の中庭で、瑞獣《ずいじゅう》の獬豸《かいち》を見た。

獬豸はその小さな鹿をぱくりと食べると、雪緒に近づいた。

「あなたはいつも、神出鬼没《しんしゅつきぼつ》だ」

そしていつも助けてくれる。

雪緒は、おとなしく寄り添う獬豸の身体を撫でた。手首がふいに、じり、と熱くなった。そこに浮かんでいる入れ墨の飾り紐は、紫の色に変わっていた。

「ねえ……私、どこへ行けばいいの？」

その問いに、獬豸は答えてくれない。

ただ静謐《せいひつ》を守り、雪緒を慰めるのみだ。

（また私は、失敗した）

今度こそはと、信じていたのに。

なのにどうしてこうなる。

だれも救われない結果になると知っていたら、鈴音の情なんてはじめから受け取らなかった。

悪党は、どこまでも悪党一偏であってほしかった。

これではとても憎めやしない。

雪緒はもう泣く資格もないように思えた。

強く奥歯を噛みしめたあと、入れ墨の飾り紐を毟り取るように、手首を強く引っ掻いた。

◎陸・月の子生《な》せよ

「――だから、見合いをな」

その言葉を聞いた雪緒《ゆきお》は、泣きも笑いもせず、幕を下ろすように目を伏せた。

見合い相手を決めるのは数日待ってほしいと設楽《しだら》の翁《おきな》に頼んだあと、雪緒は首に毛皮を巻いて、ふらりと見世《みせ》の周辺を散策した。

いまは一月。雪積もる真冬の頃《ころ》。吐き出す息も白ければ、空も地も白い。

雪道を踏みしめる革靴が、ぎゅっぎゅっと音を立てる。

(自死すれば全部解決するのかなあ)

どの選択肢が正解なのか、もうわからない。ただ、親しい者たちの無惨な死に様を見るのは、これ以上耐えられそうになかった。

雪緒は厚地の羽織りの前をかき寄せると、無心になってずんずんと歩いた。周辺の散策のつもりが、いつしか日が傾き、薄闇《うすやみ》が漂い始めた。冬の夕暮れの訪れは早い。やがて青白い半透明の月が空に浮かぶ。そう朧《おぼろ》げで光も弱くては、道標《みちしるべ》にもならない。

空ばかり見て進んでいたので、雪緒はいま自分が里のどこら辺にいるのか把握できなくなっていた。それでもいいような気がした。

とりとめもなく考える。

鈴音《すずね》からなにかを預かっているという由良《ゆら》に、会いに行ってみようか？

いっそ伊万里《いまり》のいる梅嵐ヶ里《うめあらしがさと》へ向かおうか？

それともほかの里の長《おさ》を頼ってみるか？

このままだれも頼らず、どこかに身を隠そうか？

――鬼里《おにざと》へ行こうか？


（三雲《みくも》）


雪緒は一度、足を止めた。半透明の月を見上げてまた歩き出す。休まずに歩き続けたので喉《のど》も渇いていたし、足も疲労で重くなっていた。それでも倒れるまで歩かねばと思った。

闇の色が深まり始めた頃、木々のあいだにいっそう濃い影を見た。それが次第に輪郭をはっきりさせる。

面をつけた鬼がいた。毛皮のついた紫色の羽織りに薄黄色の袴《はかま》、背には長刀。彼らの正装のひとつであろうざんばら髪の鬘《かつら》は、装着されていなかった。どこかで見た覚えのある鬼だった。

青髪の――そうだ、鬼の嫁入り行列に参加していた青鬼様だ、と雪緒は気づいた。

「もし」と、雪緒は白い息を吐き、声をかけた。

「そこの鬼様――」

三雲のもとに連れていってくれませんか。

ここで私を食べてくれませんか。

どちらを願おうとしたのかは、自分でも判然としない。

なんにせよ、雪緒のささやかな願いは叶《かな》わなかった。青鬼は、急にさっと身を翻《ひるがえ》して去ってしまった。

追おうとする雪緒の腕を、だれかが背後から強い力で掴んだ。ひどく驚く一方で、安堵《あんど》のようなあきらめのような、複雑な色合いの感情が胸を占拠した。

振り返る前に、ふさっと白い尾が雪緒の足に巻きつく。と同時に、後ろから抱きつかれた。濃密な血の臭《にお》いも漂ってくる。焦げ臭さも感じた。それから興奮し切った荒々しい気配も。

「──鬼だけはだめだ。認めぬ」という血の臭気をまとった、乾いた声が雪緒を窘《たしな》めた。

白月《しろつき》様、と雪緒は前を向いたままつぶやいた。

「宵丸《よいまる》たちが相手なら、一時のことと思って目こぼししてやった。なにしろおまえ様は人だもの、多少の浮気心は許してやらないと。だがな、鬼はだめだろう……。俺《おれ》がどれほど三雲を憎んでいるのか、わかっていないのか」

腰に回った白月の腕に、きゅ、と力がこもる。一瞬息が詰まった。

「白月様。どうして、ここに？」

「おまえ様を捜しに来たんだ」

喉元をくすぐるような優しい返事をされた。

「どうして、血の臭いがするんでしょう？」

尋ねないほうがいいとわかっているのに、雪緒は口に出していた。心の戸が歪《ゆが》んでしまっているのかもしれなかった。

「たくさん殺してきたからだ」

また優しい声を返された。

「だれを殺してきたんでしょう？」

「上里《かみさと》の、いつもいつも俺にうるさくまとわりつく古老たちに、欲で腹がはち切れそうになっている隣里の長に、おのれの弱さを責任転嫁するばかりのその子どもらに、傲《おご》り高ぶる妹に、ああそれから――まだ聞きたいか？」

「……どうして、殺してきたんでしょう？」

「うん。弄《もてあそ》ばれたからだ」

「だれに、でしょう」

「おまえ様に。――つかまえた」

白月が笑った。

「雪緒は、あやかしの俺より誑《たぶら》かすのが上手《じょうず》だな。宵丸とずいぶん仲良く夫婦ごっこをしていたじゃないか。楽しかったか？　沙霧《さぎり》や鳥どもの手から助けてやっても、おまえはちっとも俺のもとへ来やしない。挙げ句に――鈴音！　なんだおまえ、あれは！　妾《めかけ》？　伴侶《はんりょ》？　ばからしい……、関心もなかった女狐《めぎつね》が、いまや三雲と同等に呪《のろ》わしくてたまらない。よくも見せつけてくれたな。ああいや、そうだった！　おまえはこの顔が好きなんだったな。前からやけに鈴音を気にしていたもんなあ。でも鈴音は、まあいい。あれはもうおらぬ者。あとは腐れ鬼のみだ。ほら、こわがれよ雪緒。祟《たた》る勢いで俺をこわがれ」

情熱的な告白のようにも聞こえたし、呪いのようにも聞こえた。

「――白月様も、日を渡っているんですね」

雪緒は小さな声で尋ねた。それに白月は答えず、ぺしぺしと尾で雪緒の足を叩《たた》いた。

――なんとなく、そうではないかと疑っていた。

宵丸に嫁いだ世ではまだ気づいていなかった。

けれども次の、沙霧の世で雪緒はわずかに違和感を抱いた。

神の庭に現れた白月は、自分を結婚相手に選んでくれると思っていたといった話を雪緒に聞かせている。

そのときに雪緒は、前の世……つまり宵丸の世でも同じような言葉を白月から言われた気がする、と考えた。

それに、最初の宵丸の世以降、白月は雪緒が危機に陥るたび助けに来てくれた。雪緒には救助までの流れが、白月の心境の変化を表しているように思えてならなかった。宵丸のような強者に預けても雪緒は死にかける。半神の沙霧の場合であっても悲劇は止められない。さりとて守り手がいなければ瞬く間に死ぬか、怪《かい》たちにいいように利用される。大鷲《おおわし》の世でも雪緒を助けようと動いた。――――世を越えるたび、雪緒への執着が増しているように思える。

顕著なのは、前の世、鈴音に侍《はべ》る道を選んだときだ。露骨に白月は殺気立ち、果ては泥沼の殺し合いにまで発展した。それまでの世の経験が、ついに理性をすり潰《つぶ》すほどの執着に化けたのではないか。

（でも、まさか……）

雪緒の胸に、否定の声が広がる。白月が我を忘れるほど自分に執着するわけがない。そんな都合のいい話、あるわけが……。

いままで何度欺《あざむ》かれてきたことか。期待するだけ無駄なのだとよくわかっているはずだ。

「俺は日を渡って過去の景色《けしき》を塗り替えようとしたのではないぞ。ただ、知りたい景色があったんだ」

白月が、雪緒を背後から抱きかかえたまま、ふと冷静な声を聞かせた。

「知りたい景色……？　なにを見ておきたいと思ったんですか？」

「奪われたものの在処《ありか》を」

雪緒は、その言葉が、ちりっと意識に引っかかった。奪われたもの……。だれから、なにを、だれに？

「それなのに、なぜおまえ様までが日を遡《さかのぼ》っている……？　この雪緒でなければ俺以外を選ぶわけがない。なんだ、おまえ様、そんなに俺が嫌になったか？　俺から逃げようとしたのか。無駄とは思わなかったのか？」

「――待ってください」

雪緒は目を見張り、強引にくるっと体勢を入れ替えた。白月と向き合う形だ。

いまの白月の話し振りだと、彼にも雪緒がなぜ日渡りをしたのか、原因がわかっていないように聞こえる。雪緒は、世の繰り返しは白月が関係していると疑っていたのだ。鈴音に侍った世で、禁書を調べようとするたび雪緒の邪魔をしてきた。なにより、思い返せば日渡りのきっかけは、白月が贈ってきた着物の図柄の鞠《まり》にある。

だが、白月が意図した術ではないのなら、いったい……。

互いの持つ情報をすり合わせて判断したいのに、白月を見上げた瞬間、言葉が喉につかえてしまった。

彼は、全身血まみれだった。

怯《おび》えた雪緒に気づいてか、白月がにんまりした。

「だが雪緒、いくら過去の図を書き換えようとしても無駄だ。景色を塗り替えれば、世の歯が噛《か》み合わなくなる、その歪みが滅びを招く。どれほどよりよい道を選ぼうと、手出しをした時点で歪みは非業の死を呼び寄せるんだ。そして歪みの原因のおまえ様が消えれば、自動的にその世自体が消滅する」

雪緒は、唖然《あぜん》とした。

「……消滅？」

「そうだ。べつの道を辿《たど》ってもすべてなかったことになり、本来の世に戻る。おまえ様がどうあがいても現《うつつ》の世は変わらない。これは幻の世と同じだ」

幻。あの日々が？　流した涙も苦悩も……関わった者たちの情も？

「日渡りの司であるイヌは、人の狂う様が好きでたまらぬから、いたずらに過去の世へ旅立たせる。過去に戻った大抵の者は傍観者でいられずに、手出しをする――俺は、俺を選ばぬ雪緒などいらぬ。宵丸とともに、その世とともに、心中してしまえと思っていたんだ。どうせいずれは現の世に戻る、そこでおのれの愚かさを噛みしめろと」

「それなら、なぜ白月様は」

「だが普通は、一度切りのはずだ。なのにどうして雪緒は何度も世を繰り返す？　なぜ俺までも道連れになっている？　なぜ、おまえは……！　いつまでも俺から目を逸《そ》らす!!」

白月が牙《きば》を剥《む》くように叫び、雪緒の両腕をきつく掴んだ。

「なぜそうもあがいて世を繰り返すんだ。俺を選べば、とっくに現の世と重なったろうに。こうまでも俺を辱めやがって、本当に……」

憎悪を吐き出す白月に、雪緒は震えながら、どうしてと問いかけた。

「どうして、無駄とわかっていたのに、私を何度も助けてくださったのですか」

いくら過去の世の図を書き換えても本来の世に影響しないというなら、雪緒を助ける必要などまったくないはずだ。現《げん》に宵丸の世のときは、雪緒を見捨てている。脅すかのように、しなくてもいい天神《てんじん》の話までしている。

「どうして、三雲だけはだめなんですか」

ここで雪緒が三雲のもとへ行っても、やはり現に影響は生じないのに。

白月は答えない。憎悪が凝り固まった目で雪緒を見下ろしている。

雪緒は、涙をこらえて言った。

「鈴音様が、私のご飯を美味《おい》しいって。……どういう意味か、わかりますか」

美味しいはずがない、そう思っていた。七夕祭《たなばた》後、雪緒は怪たちを心底恐怖し、嫌悪するようになっていたのだから。

それが、世を繰り返すうちにまた美味しいと言われるようになっていた。鈴音がわざわざ嘘《うそ》をつくわけがない。雪緒を気遣う理由もない。

(何度も、私を助けたりなんかするから)

宵丸にも沙霧にも鈴音にも、情をたくさんもらった。怪の理屈、考え方にもたくさん触れた。大好きな翁とも会えた。そのおかげで、またほだされてしまったのかもしれない。

だが、息絶えた恋心も同じように熱が戻るわけがなかった。

白月への恐怖は心にこびりついたまま――恐怖しないほうがおかしい。

嫌悪もある――抱いて当然の思いだ。

身勝手で傲慢《ごうまん》だし平気で殺し合う――力ある者の宿命だ。

それから――人でなし。確かに、人にあらざるものだ。

彼ら怪にどんな感情を向けようが、それは人の自由。けれども彼らはそんな人の思惑など知ったことではない。どの世でも怪たちは一貫して激しく、荒っぽく、傲慢だった。

執着を超える恋でもしない限りは、彼らは変わらない。

「す、好きになんか、もうなりません。白月様なんか……」

雪緒はそう拒絶しておきながら、吐き出した自分の言葉に胸を突き破られたかのような心地になった。それでも胸の痛みから目を逸らして頑《かたく》なに「嫌い」と紡ぐ。期待なんてするものか、もうだめだ。嫌いだ。嫌いになったはずだ。怪の在《あ》り方を理解しかけただけで、白月個人を受け入れられるかはべつの問題だ。でも、もしも。

もしも、白月がここで雪緒に星をひとつ渡してくれたら。輝く星――恋を。

「雪緒の飯がまずかったことなど一度もないが」

白月が狐耳を倒し、どこかひたむきな表情で言った。

雪緒はぽかんと彼を見た。

その言葉を咀嚼《そしゃく》した瞬間、怒りとも悲しみともつかぬ感情が胸の底から噴き上がってきた。

「嘘つき！」

雪緒は叫んだ。白月にはっきりと恐怖した日から調理したものがまずくなっていたのは間違いない。宵丸の反応がその証拠《しょうこ》だ。

「嘘じゃない。俺が、手首を落とせと言った日から、雪緒の作るものは味が変わった。苦みが増した。俺がそうさせたのだとわかれば、これほどうまい食事があるものか」

「し――信じられない!!」

雪緒は唇を戦慄《せんりつ》かせた。

（もう嫌！）

どこまでもひどい狐様だ。これを、本当に嬉《うれ》しげに言っている。

ところが次の瞬間、白月はぎらつく眼差《まなざ》しを寄越す。

「なのに、またうまくなったって？　どうしてだ、俺だけが変えられる味だろう。そうであるべきなのに」

雪緒は、頭を掻《か》き毟《むし》って喚《わめ》きたくなった。

「大妖《たいよう》の俺が、目を向けたんだ。そして雪緒は俺の手を取った。ならもう、おまえにどんな道がある？　自由に遊ばせてやった。らしくなく、怪とは思えぬほどに俺は寛容でいてやった！――恋が壊れた？　好きでなくなった？　だから、なんだ！　勝手にしろよ、だが今度こそは浮つく暇もないくらい俺への恐怖でそめ上げてやる」

そんな人でなしそのものの発言をするくせに、白月の狐耳は倒れたままだ。

「さあ戻ろう、雪緒。もうこの世では、煩《わずら》わしく騒ぐ者はいない。元の世に戻るまで、静かにすごせる」

「嫌……嫌です。どうして！」

強引に手を取ってどこかへ連れていこうとする白月に、雪緒は小さく抗《あらが》う。

「うるさいな……、今更、どうしてもなにもない」

「どうして一言、くれないんですか！」

雪緒は俯《うつむ》きながら叫んだ。

そこまでの、周囲の者たちを皆殺しにするくらいの執着を見せてくれるのなら、どうして、鈴音が言っていたように──超えてくれないのか！

「好きって、言ってください!!」

白月が、ばっと振り向いた。倒れていた狐耳もぴんっと立つ。

「私を、ただ好きって、とても好きって、一度だけでも本気で言ってくれたっていいじゃないですか！　そうしたら望むだけ、望む形で、あなたをいつまでも恐れたのに!!」

白月はとっさに、雪緒の手を振り払おうとした。

雪緒はそうされる気がしていたから、白月の袖《そで》を強い力で掴んだ。

(言うだけ無駄なんだ)

少しだけ期待していた。何度も命懸けで助けてくれたから、「もしかして」という、か弱い望みが、恋の枯れたところに芽吹きそうな予感がしていた。まだ本当は、雪緒の恋心は完全に死んでいなかった。

ところが、どうだ。眷属《けんぞく》との泥沼の争いを繰り返し、血の風呂《ふろ》に飛びこんだように身が赤くそまってさえも、白月が気にかけるのは「雪緒からもたらされる恐怖の度合い」だ。どこまでいっても雪緒は白月の、なにかの野望のための駒止《こま》まり。それ以上には、ならなかった。

(大妖の白月様と対等になりたかったわけじゃない)

人と怪の生きる世界は重なっていても、同一ではない。

だから立場的な対等なんて必要ない。いつだって雪緒をおののかせる恐ろしい怪のままでいい、化け物でいい、残忍でいいし、いくらでも狡猾《こうかつ》でいい。ずっと、そうだった。雪緒自身にだって残忍な部分がある。白月の冷酷さがよそに向いているぶんにはかまわなかったのだ。

けれども恋だけは、すべての感情の頂に置いてほしかった。実際はそうでなくとも、特別なのだと勘違いさせてほしかった。

「心から、好きって、言われたかったんです、それだけだったんです」

結局、根本にあるのは、その思いだった。

拙《つたな》い願いだ。この拙さが、本物の恋の証《あか》しでもあった。

好きな相手から、好きと返されたい。

人生も未来も立場もなにもかも、関係がない。「好き」という、世界で一番の宝石みたいにきれいな言葉で身体《からだ》中満たされたい。純粋な恋の欲望だ。

だがとうとう白月から恋を引き出せずに終わった。なにをしても、だめだった。

「私が、白月様を好きだから、好きって、すごく好きなんだって言われたい……」

言われたかった。以前に朱闇辻で言われた偽物の「好き」とは違う、本物の「好き」を。

雪緒は、いまこの瞬間に流す涙ほど、熱いものはないと思った。

命のような熱さで、恋の熱そのものだった。けれども雪緒はようやく、本当にようやく理解した。何度砕け散っても、枯れても、こんなに恋をしたことは消えてなくならないし、きっとこの先も雪緒の心に痛みをもたらすだろう。時に色褪《あ》せ、余計な感情や欲や打算で汚されながらも、ずっと胸にあり続ける。間違いなく雪緒は狂うように恋をしていた。逃げようとしたって逃げ切れる恋ではなかった。どんなに誠実さを疑おうとも、自分が生きるために恋という言葉でごまかそうとしているだけなのかと不安になっても、やはり胸にあった。

(手放せないなら、あきらめるしかない)

成就だけをあきらめよう。雪緒は、その決断を心から受け入れた。

今後も雪緒自身は白月に恋をし続ける。白月が執着のままに雪緒を求めるなら、それでもいい。再婚もしよう。脅かすなら、恐怖しよう。でももう、白月からの恋は求めない。自分には掴めない、空の月のようなものだ。そう気づくまで身も心もずいぶんとぼろぼろになってしまった。

「雪緒」

白月が困惑した表情を浮かべながらも雪緒の前に跪《ひざまず》き、ぽたぽたと落ちる涙を受けとめようとした。雪緒は小さく首を左右に振って、自分の手で頬《ほお》を拭《ぬぐ》った。そのときだ。

ぢ、という小さな音が聞こえた。雪緒にも聞こえたくらいだから、聴覚の鋭い白月の耳にも当然その音は届いただろう。白月はすばやく身を起こし、周囲に視線を走らせた。瞳孔《どうこう》がいかにも獣らしく縦に細長くなっていた。

空にあいた穴のような青白い月の光では、周囲に立ち並ぶ木々の奥を明らかにしてはくれない。

不穏な気配を感じて雪緒が無意識に後退したとき、ふたたび、ぢ、ぢっと舌打ちのような音が響いた。それが瞬く間に四方に広がった。

その音がなにか、雪緒は知っていた。鬼による独特の発声法だ。

四方の暗がりから、ぬらっといくつもの影が現れた。一拍ののちに、その影は鬼の姿を取った。

鬼は邪悪な存在と恐怖されるが、おのれを飾り立てる傾向にあり、芸者のように派手やかな恰好《かっこう》をよく好む。袖の長い上衣、袴、革沓《かわぐつ》。革帯には宝玉を連ねた飾り物をさげている。皆揃《そろ》ってざんばら髪だが、これは被《かぶ》り物だ。顔には多種多様な面。女面、男面、怨霊《おんりょう》や神霊。手には長刀や斧《おの》が握られている。総勢三十名ほどか。立派な体躯《たいく》の彼らのそばには、ゆらゆらと燃える青い鬼火が浮かんでいた。

出現した鬼衆のなかには、先ほど見かけた青鬼の姿もあった。彼が仲間を集めてきたのか、それとも既に鬼衆が近くに潜伏していたのかは判然としなかった。

雪緒は、ある鬼に目をとめた。大柄で、黄色のざんばら髪の被り物を頭に載せている鬼だ。胸元が大胆にはだけていて、その滑らかな肌に梵字《ぼんじ》に似た印が刻まれている。背には大きな仁王襷《だすき》、腰には蝶々《ちょうちょう》結びされた二色の荒縄が巻かれていた。威風堂々《いふうどうどう》たる武神のような姿だ。

三雲、と呼びかけた雪緒の口を、振り返った白月が片手で塞《ふさ》ぐ。こわい目をしていた。が、脅迫じみた眼差しではなく、どちらかと言えば、魔物から子を守ろうとする親の必死さを思わせた。

「……どの世でも、鬼とは曲者《くせもの》で厄介だ。虫のように次々と湧《わ》いてきやがる」

雪緒の口元から手を放して月が嫌悪たっぷりに吐き捨てる。

「もしもいま、一度でもおまえがあれの名を呼んだら、俺はもうどうにかなってしまう。口に、気をつけろよ、雪緒」

怒りを抑え切れていない声音だった。

雪緒は視線を件《くだん》の鬼に向けた。

(三雲だ)

面が邪魔して顔を確認できないが、その胸にある梵字の形を覚えている。雪緒に恋をせがんだ鬼の三雲で間違いない。隣に並ぶ、鬼にしては珍しくほっそりとした身体つきの者は、おそらく彼の姉の耶花《やか》だろう。

この世では、というよりもこれまでに繰り返してきたやり直しの世では、雪緒は鬼と直接関わったことがない。各月に行われている祭事も、どの世でも軟禁状態の日々をすごしていた雪緒には参加するすべがなかった。だからこの彼らとは初対面だ。

というのに、三雲から強い視線を向けられているのがわかる。

「ああ見てやがる、鬼め」

牙をちらつかせて、白月はそう呻《うめ》いた。

三雲が一歩、足を前に踏み出すと、鬼衆らもそれに倣《なら》った。逃げ場を失ったかのような息苦しさを雪緒は感じた。

「去れ。ここはおまえたちの領分ではないぞ」

白月が、瞳孔を膨らませて鬼衆を威嚇《いかく》した。けれども返答は、三雲と耶花以外の全員が長刀の切っ先をこちらに向けるという好戦的なものだった。

ふと三雲が装着していた面を少し上にずらした。顔の下半分が覗《のぞ》く。唇がうっすらと笑みの形を作るのが見えた。べ、と舌を出す。その先端から黒い雫《しずく》が滴《したた》った。

雪緒は驚いた。本来の世でも三雲は同じような行動を取り、『妖術合戦《ようじゅつ》』と称して白月とぶつかり合ったことがある。

(どうしてここでも同じ術を使うの?)

三雲の舌から滴る雫は、地面に衝突した直後、ドンと腹に響くような地鳴りを響かせた。すると地表の至るところに黒い煙が勢いよく噴き上がった。それらの黒煙が宙でうねり、般若《はんにゃ》の面をつけた黒い骸《むくろ》に次々と変身し、質量を持つ。どの骸も背丈は雪緒の二倍ほどもあった。

黒い骸の群れは突然、獣のように四つん這《ば》いになった。本物の獣のように地を駆り、こちらに——白月に飛びかかろうとする。長刀を向けていた鬼衆までもが動き出す。

本来の世で目にした妖術合戦では、白月も三雲の術を真似《まね》する形で応戦していた。が、こうも一斉に襲撃されては、いちいち術を操る暇などないだろう。

雪緒はとっさに目を瞑《つむ》った。

(逃げる必要はない。白月様の話が事実なら、この場で命を散らしてもどうせ本来の世に戻るだけだ)

荒《すさ》む心を取り繕わずにそう考えたとき、強風が吹き荒れるのを肌で感じた。乱れる髪を両手で押さえつけ、雪緒はそっと片目を開いた。鬼火の青に照らされる大きな白いもふもふ——三尾の白狐が雪緒の前にいた。

(三尾? 白月様は、元は八尾だ。この時期はまだ雷王《らいおう》様が御館《みたち》の座にいるはずだから、尾を落とす理由がない。なんで?)

胸に生じた違和感に雪緒がぱちりと両目を開いた直後、白狐の長い尾のひとつが地を打った。途端、まるで鼓《つづみ》のように地面がどぉんと跳ねた。比喩《ひゆ》ではない。こちらへ襲いかかろうとしていた鬼衆や骸の身体が地面の震えで体勢を崩している。

当然雪緒も同じようにぽよんと身体が浮き上がり、大いに焦った。が、白狐の尾のひとつが難なく雪緒の身体を受け止め、荷駄を乗せるかのように背に放《ほう》る。この扱い……！　と雪緒は目を剥いた。

雪緒を騎乗させると、それ以上の攻撃は繰り出さずに白狐は駆け出そうとした。ところが、体勢を崩さなかった鬼もいて、それがこちらの進行を阻もうと大きく跳躍し、襲いかかってきた。白狐はおそらく可能な限り丁寧に――背の上の雪緒を地に振り落とし、目前に迫った鬼の攻撃を回避した。三尾のうち、二尾がひとりでに白狐からちぎれた。それぞれの尾は真っ白な大蜘蛛《おおぐも》と大蛸《おおたこ》に化け、接近する鬼衆や骸を追い払った。

この様子を見た三雲がふたたび妖術を使う。彼が次に地面から生み出したのは、般若の顔をした達磨《だるま》だった。大きさは雪緒とほぼ同じだった。地を転がって押し寄せる達磨軍も、大蜘蛛と大蛸が長い足を操って殴打し、払い除《の》ける。雪緒は先ほどとはまたべつの違和感に襲われた。

白月は鬼の接近を阻止するだけで、積極的な攻撃はしていない。

もしかして以前のように雪緒に争いを見せまいとしているのかと思ったが、今回はそんな慈悲を発揮していては助からないと白月もわかっているはずだ。それに、ああまで三雲を憎いと訴え、一度は本気で殺し合おうとしてもいたのに、なぜこの場面でためらうのか。

(そういえば)

雪緒はふいに思い出した。宵丸の世の最後で、由良が気になる発言をしていなかっただろうか。白い獣……白月を狩っている最中だ、だが鬼に怖《お》じ気づいたのかひたすら逃げの一手だと。

大妖の白月が?

もしかして、と雪緒は仮説を立てる。三雲たちの出現前に白月が口にした「鬼だけはだめだ」という言葉は、単なる敵意からの拒絶とは違うのではないか。日を渡った者は、鬼に手出しをしてはならない、という戒《いまし》めの意があったのでは。

鬼は邪悪だが、神使《しんし》にも選ばれる。

また、曲者だ。その性質は水のように柔軟に曲がる。だから曲者なのだという。曲がるもの。輪を描くもの。水のように流れるもの。流転《るてん》……輪転。まさか。

本来の世の鬼たちではなくとも、その性質、流転する記憶は、どの世であろうとも同一なのでは? すると三雲が雪緒を見ていたのは——雪緒を知っていたから?

「し、白月様……!」

自身の推測に、雪緒は総毛立つ。

白狐は振り向かず、防戦に徹している。長引けば、防戦一方だからこそ数で押される。三雲は間断なく妖術で化け物を生み出す。それらすべてを払い切れなくなる。

白狐の毛が怒りか焦燥感か、針鼠《はりねずみ》のように膨れ上がった。いや、毛並みがただ膨張しただけではない。身体自体が変形し始めている。

肉体的にも疲労が蓄積し、理性が少しずつ剥がされているらしかった。

「だめです、彼らを攻撃しないで！」

雪緒は叫んだ。もしも記憶が流転しているという推測が正しければ、鬼衆を討てば白月は報《むく》いを受けるはめになる。

「私、死んでもいいから！　庇《かば》わないで！」

鬼に攫《さら》われようが殺されようがかまわない。どうせ元に戻る。すべてなかったことになる。

無意味なのに抗って、殺される姿を見せないでほしい。

頭をよぎるのは、沙霧の世で腹部を食い破られる白月の姿だ。思い出すと手足が強張《こわば》り、呼吸を忘れてしまう。――やっぱりだめだ、この世が泡のように消える幻なのだとしても、あの光景は二度と起きてほしくないのだ。

雪緒の腕を、後ろからだれかが、ついっと引いた。戦々恐々《せんせんきょうきょう》と振り向けば、青鬼がそこにいた。わずかに身を屈《かが》めているのは、少しでも威圧感を消そうという心遣いか。

こちらへおいでというように、彼は雪緒の腕を優しく引っぱる。雪緒は――とんっと、鬼のほうへよろめいた。

その瞬間、白狐が獰猛《どうもう》に唸《うな》った。肌を裂くような咆哮《ほうこう》だった。そちらへ視線を戻すより早く、白狐が跳躍し、頭上から勢い良く青鬼に食いついた。

これまでの白月は狐姿に変じても、どこか神々しかった。優美な毛並みに理性的な目を持つ大妖だった。だが、これは。

目の前で鬼を屠《ほふ》るのは、雪緒が一度も目にしたことのない、化け狐だ。

牙の生えた口は、喉どころか前肢の付根に届くかというほど大きく裂けている。目も真っ赤に濁り、斬《き》りつけたように伸びていた。膨らんだ両手足は、どこか人間の手めいた形になっているが、醜く節くれ立ち、爪先も鉤《かぎ》のように鋭くなっている。毛並みも黒ずみ始めている。尾は、それこそ針山のように変わっていた。吐き出す息も赤い瘴気《しょうき》と化していた。

化け狐は、たったひと噛みで青鬼の身体の大半を奪った。青鬼の頭部とちぎれた腕、足が、ごろっと転がった。

この凄惨《せいさん》な様を見て、鬼衆が呪うような激しい叫びを聞かせた。

「白月様!!」

雪緒が呼びかけても、化け狐の耳には届かなかった。嵐《あらし》のように猛《たけ》り狂い、鬼衆も骸も見境なく食い殺す。ああでも、まるきり理性を失った獣のようなのに雪緒を守っている。決して鬼たちを近づけさせない。

「と……止まって!!　白月様、だめですったら!!」

雪緒を守る必要なんかない。報いがくる、そんなの見ていられない！

「振り向いて、白月様！」

怒り狂う化け狐を、どうしたら止められるのだろう。

血しぶきが煙のように周囲に広がる。断末魔に咆哮。目を凝らせば、化け狐はとうとう三雲に食らいついていた。三雲も、化け狐の頭部を捩《ね》じ切ろうとしていた。どちらも死んでしまう。

「──やめて!!　お願い、止めて、だれか──！」

雪緒が悲鳴を上げた瞬間、ドンと地面が鳴動した。

あたりに広がっていた血しぶきが、ふしぎなことに宙で静止している。それが瞬きののち、赤い羽根に変わった。

（羽根？　──雷神《らいじん》様の？）

宵丸の世で、祝言《しゅうげん》の日に雷神からの祝いの品が届いたのを思い出す。

あれと同じ、赤い羽根だ。

風が泣いているようなヒュウという音とともに、赤い羽根は大きな渦《うず》を描いて勢いよく舞い上がった。衣の裾《すそ》も音を立てて翼のようにはためいた。

乱れる髪もそのままに、反射的に上を向けば、夜空に鮮やかな花火が上がっていた。ドン、ドン。連続して空に花が咲き乱れる。しだれ桜のような花々が。落下する光の粒が途中で小魚の群れに変わり、宙《そら》の彼方《かなた》へ泳いでいった。

雪緒は、願いが確かに届いたのだと、閃《ひらめ》くように悟った。この花火はきっとカヒケ池に投げたあの日の鬼灯《ほおずき》の実が大当たりした。それから――。

夜空に一際大きく咲いた花が形を崩した。天を覆うような、巨大な黒い尉面《じょうめん》に変わる。瑞獣《ずいじゅう》の獬豸《かいち》の顔にある面と同じだった。

金縛りにあったかのように、化け狐も三雲も鬼たちも、ぴたりと動きを止めていた。

獬豸の面が皆を睥睨《へいげい》していた。

雪緒も、獬豸と目が合ったと思った。

「……助けてくれるの？」

雪緒は目に滲《にじ》んだ涙を拭って問いかけた。

その直後、じり、と急に手首が熱くなる。そこに入れ墨の飾り紐が浮かんでいた。

いまにも切れそうな飾り紐は、最初の真っ赤な色に戻っていた。

細く息を吐き出し、指の先で飾り紐部分を引っ掻く。

「お願い、帰らせて」

承知、という男の声が聞こえた気がした。聞き覚えがあるようにも思えたが、勘違いかもしれなかった。

獬豸の面が、地表に向かって勢い良く息を吹きかけた。

◎漆・宵《よい》の毬《まり》にてポンピン咲く花　世の鈿女《うずめ》

彼らは蝋《ろう》のあかりを囲み、身振り手振りとともに語り出す。

「歪《ゆが》んだのだ」

「いや、はじめに禁忌を犯して日を渡ったのは雷王《らいおう》様だ、白月《しろつき》様ではない」

「雷王様はおのれの急な衰弱を止めるために、なにかを探しに過去の世へ渡った」

「なにかは知らぬ。だが日渡りの掟《おきて》、過去に手出しをしても現《うつつ》は変わらぬというその掟をゆるがすものを探しに行った」

「それに気づいて追った白月様は、咎《とが》められるものではない」

「ならぬならぬ。白月様だろうと世を渡るのは禁忌のすべだ。罰が必要ではないか」

「白月様だけではないぞ、ともに日を渡った人の子の雪緒《ゆきお》様も罰さねば」

「待て。我らとて、ちょっと世を覗《のぞ》き見るくらいは、しているだろう？　この場に集まる怪《かい》で、その『火遊び』をしてない者がどれほどいる？」

「さあ――」

「見るだけなら。どうせ奔走しても、現に影響はない」

「だが白月様は、神使《しんし》の鬼に手を出したぞ。あれは見過ごせぬ、報《むく》いが来る。おかげで里に鬼《き》穴《けつ》があく恐れが生じたではないか」

「しかしさすがは大妖《たいよう》よ。鬼に手を出した者は現に戻れたとしても大抵、正気を失うというのに」

「それを言うなら、雪緒様だ。あの人の子はまったく曲者《くせもの》のようではないか。瑞獣《ずいじゅう》の獬豸《かいち》が直々に守りながら現に戻した。まことに予想外だった」

「獬豸の加護か、雪緒様は幾度も世を渡ったようだぞ」

「そんな人の子を罰するのはこわいことだ」

「だが獬豸は、白月様には恨みがましい目を向けていた。『覗き見』だけしていた者の知らせによるとな」

「ならば白月様は罰しよう」

「雪緒様は？　かりそめでも、人の子も罰せねば示しがつかぬ」

「なら、封ずるのだ。長《おさ》として、綾槿《あやむくげ》ヶ《が》里《さと》に」

「ああそれはいい！　いずれは望んだ通り鬼に嫁ぐことになろう。予期せぬ者の横やりがあったが、なんにせよ大団円ということか」

「ところで、どうもこの頃《ころ》、日が長く、多く感じるが……果たして」

「我ら怪、一年、二年、百年、日が長引いたところでなにか変わろうか」

「それもそうか。気にするまでもない」

「それで結局、この場のだれが雪緒様に日を渡らせたのだ？」

「おや、鞠《まり》がころりと転がっただけでは？」

「それもそうだ。気にするまでもない」


怪たちの密談はいつだって宵闇《よいやみ》の奥にある。

❁

白月が罰せられると聞いて、雪緒は愕然《がくぜん》とした。

最後の世での血みどろ合戦後、雪緒と白月は無事にと言っていいのか、本来の世に戻ってきた。時間は日渡りをする前から動いていなかった。

禁忌を犯したためか、祭りの場に組み立てられていた炎の門がいくつか焼け落ちていた。それを祭りの使者たちに見咎められ、白月と少しも会話できぬまま、雪緒は紅椿《あかつばき》の上里《かみさと》にある屋敷の一室に軟禁されることになった。

白月も同様に上里へ入ったが、部屋はべつにされている。

迎えに現れた古老の一人に、沙汰《さた》のあるまではおとなしくするようにと命じられた。だれとも会ってはならないとも言われた。

が、そんな取り決めなど歯牙《しが》にもかけない怪がいる。

「……あのう、宵丸《よいまる》さん。そろそろ戻らないと叱《しか》られますよ」

だれかに見つかる前に早く雪緒の部屋を出たほうがいい。

そう案じての発言だったが、座布団を抱えこんでごろごろしている宵丸にはどうでもいいことらしい。それにしても部屋に来てからずっと、眉間《みけん》の皺《しわ》がすごい。

「雪緒は俺《おれ》の心配をしている場合じゃないと思うぞ」

宵丸は座布団を抱えたまま、雪緒のほうににじり寄ってきた。

「いえ、そうなんですが、宵丸さんを見ていると、どうも気が大きくなって――」

言い返す途中で、雪緒は口を噤《つぐ》んだ。

いま宵丸は、「雪緒」と、名を呼ばなかっただろうか？

「なんだ、薬屋。変な顔で俺を見やがって」

いぶかしげな視線を向けられ、雪緒は目を逸《そ》らした。

「……なんでもないです」

「で、おまえ。日を渡ったって本当なの？」

「いきなり核心をつくのはやめてください……」

「なんか薬屋の雰囲気が違う。妙に未亡人感が漂ってやがる」

「変なたとえもやめてください……」

宵丸に遠慮なく見つめられて、雪緒は居心地が悪くなった。

できるならしばらく一人になって、心のなかでぐちゃぐちゃなままになっている感情を整理したい。

自分にどんな沙汰があるかについてはあまり興味がない。図太くなった気もするし、そうじゃない気もする。

「そうだ、宵丸さん。ひとつおうかがいしても？」

「あん？　なに？」

「雷神《らいじん》様とはお友達ですか？」

「なんか変な食い物でも口にしたか？」

真顔で心配された。

最後の世で雪緒は雷神の祝い品であった赤い羽根に助けられている。しかし、獬豸とははじめての出会いをきっかけに縁ができたのだろうとわかるが、雷神はほかの山精同様、たまに屋根の上でくつろいでいるのを見かける程度だ。

基本的に、こうした「天然の存在」は、こちらを積極的に認識しない。

雪緒に理由がないなら、二度目の世で夫だった宵丸となにかつながりがあるのではないか。

「……あー。いや。お友達なんぞじゃないが、関係があるっちゃあるか」

「どんな？」

「俺、けっこうえらいやつから生じているんだ。箱入り息子だぞ。……で、雷神とか風神《ふうじん》は、眷属《けんぞく》じゃないが、たとえるなら盾だな」

「盾」

「そぉ。といっても、常日頃守ってくれるわけじゃないが、とびきりの祝いとかあったら、なんかくれたりするんじゃないか？　願いを叶《かな》えてくれるとかな」

「――そうですか」

願い。まさかとは思うが宵丸は、雪緒の願いを自分の望みとしたのではないだろうか。

（……考えすぎか）

雪緒は膝《ひざ》の上で手を握った。目の前にいるのは、あの宵丸ではない。何度も心を軽くしてくれた、親切でおおらかなあの彼では……。

もう会うことのない夫様に、ありがとうと一言伝えたかった。どれほど救われただろうか。それに謝りたくもあった。不実だった自分を認めてくれてありがとう、一人で暗い道を行かせてごめんなさい。追いたかった、けれども間に合わなかった。

「なんかおまえ、本当に少し変わったな？」

宵丸が座布団を抱いたまま上体を傾けて、雪緒の顔を覗きこんだ。

「幻の過去で、なにを見た？」

「それを言ったら、私だけじゃなくて宵丸さんも厳しく罰せられます」

体験した世が、頭のなかに流れた。一気に駆け抜けたような感覚に雪緒はずっと晒《さら》されている。

どの世も濃密だった。見た過去がいまは夢だったかのように遠くて。

「でも、どうしてか、見た過去がいまは夢だったかのように遠くて」

「そりゃあ、そうだ。本物じゃない」

宵丸は冷淡に言うと、胡座《あぐら》をかき、自分の膝に頬杖《ほおづえ》をついて上目遣いで雪緒を見た。

「囚《とら》われるなよ。幻の過去だ。掴《つか》まなかった糸だからな」

糸の一言に、イサナの忠告が蘇《よみがえ》る。そのイサナとは、いつの世で会話したのだったか。

むむ、と宵丸がまた眉間に皺を寄せる。

「……俺にも、少し責任がある、と思わなくもないぞ」

「責任って？」

「おまえが弱いことは知っていたのに、飯の味があれだから、あー、……つい避けてしまった。おまえを。そうしたら日渡りなんかしてこんなとこに閉じこめられたし」

「避けていたんですか？」

「避けていたんだよ！」

ごろごろごろ、と障子のそばまで転がってから、宵丸は身を起こしてふたたびこちらへ戻ってきた。

「……だから、責任を取って、ついていってやる」

「ついていくって、私、どこかに行かされるんでしょうか？」

雪緒は首を傾《かし》げた。棒叩《たた》きの刑にされるのかな、それとも手首を落とされるのかな、と考えていたのだが、もしかしたら危険な山場へ連行され、労役に服することになるのだろうか。

いまだ消えぬ手首の傷を雪緒が撫《な》でていると、宵丸が手を伸ばしてその行動をやめさせた。

「ねえ宵丸さん、私ってなぜ日を渡らされたんでしょうか」

自分の望みではなかった。偶発的な不幸でもない。

だれかが仕掛けたのだ。

「白月様に着物をいただいたんです。それを身にまとって、神事の日に盛り場へ行きました。そうしたら、袖《そで》の柄からころりと鞠が落下したんです」

宵丸は無言で雪緒の手首を撫でる。怪は、人よりも少し体温が低い。

「あの鞠がきっかけで、日を渡りました。私は白月様の企《たくら》みかと思っていたんです。でも、どうも違うみたいで。それなら、だれがいったいなんの目的で？」

「――心配するな、俺がそばにいる」

答えになっていない答えだ。その声に、怒りと後悔を感じ取る。ただしそれは雪緒にではなく、べつの者に向けられているように思われた。

「……白月はおそらく最後の尾を落とされる」

雪緒は視線を上げた。

「尾を？　なぜ⁉」

「屈辱だろうよ。奉じられるんじゃなくて、ほかのやつに分け与えるって話があがってるんだ。あの尾は妖力《ようりょく》の塊だからな」

見えない者を睨《にら》むように、宵丸が障子のほうを眺めた。

「眷属の狐《きつね》たちが、白月様への非礼を許すとは思えません。楓《かえで》様だってうなずかないでしょう」

そんなばかな話があるだろうか。

（鬼に手出しをした報いが、尾の分配？　もっと計り知れない罰ではないの？）

腐臭が漂っているような気がして、嫌悪感を抱きながら宵丸を見れば、彼も嫌な表情を浮かべていた。

「御館《みたち》様の座からも引き下ろされるわけじゃないですよね？」

白月がそういう形で傷つくことは望んでいない。

いま、どこの部屋に囚われているのだろう。少しだけでも会えないか——いや、会ったとして、なにを話すつもりなのか。

「おまえさあ……」と、宵丸が不貞腐れた顔になったときだ。

とてててて、と慌ただしくも軽い足音が近づいてきて、雪緒たちのいる部屋の障子が勢いよく開かれた。

現れたのは、涙目の子狐たちだった。先頭には千速《ちはや》もいた。

「雪緒様ぁ！」

うわーんと、泣きながら千速が胸に飛びこんでくる。

雪緒は、懐かしい思いで千速を抱きとめた。しばらく会っていなかった気がする。……その感覚も、幻だ。

「白月様の尾がちぎられるんですって！　ひどい、御館様に対してなんたる無礼！」

「沙霧《さぎり》様までがそんな非道を支持されています！」

「木霊《こだま》を祟《たた》ってやります、ええ、この身が堕《お》ちようとも……！」

子狐たちが雪緒のまわりに集まって、きゃんきゃんと泣く。

毛玉のようなもふもふが悲しむ姿は胸が痛む。雪緒は順番に子狐たちを撫でた。

「これから処罰するって！　とても見ていられません！」

「これから？」

雪緒は千速を抱え、立ち上がろうとした。そのとき、白月の腹心である楓が現れた。

中途半端な体勢で動きを止める雪緒を見つめ、彼は微笑《ほほえ》んだ。部屋に入り、障子の手前に上品な動きで座りこむ。

「どこへ行かれるおつもりですか。いけませんよ、白月様から、あなたを部屋の外へ出さぬようにと言われています」

雪緒は困った顔で笑う楓を見つめた。

主従は、一緒にいるうちに仕草も似てくるのだろうか。白月もたまにそういう笑い方をする。なにかを我慢しているときの表情だと雪緒は気づいている。

「白月様を助ける方法はありますか？」

雪緒が尋ねると、宵丸がどたりとその場に倒れ、「ああ、もう、おまえさあ……やっぱりこうなるかよ」と苦々しげにぼやいた。

「毛玉どもも楓も、俺は気に食わないぞ」

方法があるんだな、と雪緒は察した。

だが視線を楓に向けても、ためらうように口を噤み、なかなか言おうとしない。それは子狐たちもだった。

（楓様も子狐たちも、白月様を救いたいけれど私のことも守りたいと、たぶん葛藤《かっとう》してくれている）

雪緒は微笑んだ。ぐちゃぐちゃなままの心でも、嬉《うれ》しさは感じる。

「私に狐尾はないので……代わりの物をなにか差し出したほうがいいでしょうか」

心臓か、手首か、目玉か。

「おい、薬屋」

宵丸が急にこちらを睨みつけてきた。

「投げやりなことを言うな」

「投げやりじゃないですよ」

本当に違う。

雪緒様、と千速がしょんぼりと耳を垂らす。

「方法は？」

✿

方法は、鬼が湧《わ》いて荒れている綾槿ヶ里を平定せよ、とのことだった。

つまりそこの長として封じられろという意味だ。

（まさかその話がここで復活するなんて思わなかった）

雪緒は了承した。

宵丸が言葉を濁していた部分もこれで解決した。

鞠柄の着物を贈ってきたのは白月ではない。上里のだれかだ。届けに来た子狐たちも見かけぬ者ばかりだった。「ちょっとした罰」を与えられるようなきっかけを作り、雪緒を綾槿ヶ里に封じる名目にするつもりだったのではないだろうか。白月の日渡りやその他の予想外な出来事も起きはしたが、最終的には立てた策の通りに収まっている。

ひょっとしたら、この着物の仕掛けばかりではなく、ほかにも罠《わな》があったのかもしれない。そのなかで雪緒が引っかかったのが今回の罠だったのでは、と考えるのは疑いすぎだろうか。

手のひらの上で踊らされていたとわかれば腹立たしくもあるが、事がすぎたいま、雪緒は安《あん》堵《ど》も覚えていた。

これで白月を助けられる。ずっと好きでいるけれど、遠く離れて白月の姿を見ることもなくなれば、心も穏やかになるだろう。綾槿ヶ里も救えたら、言うことはない。

責任をもってついていく、という宵丸の発言もこの条件を知っていたか、予想していたためだろう。

罠を仕掛けた者を探して追及する気はない。いまの雪緒が感情的に騒いだって相手に一撃も入れられないだろうし、根本的な解決にもならない。解決できるような、簡単な問題でもきっとない。種族の違いはそれほど大きい。これを教訓にする。

怪と人の在《あ》り方の違いを念頭に置き、その上で対策しなければならなかった。


その夜のことだ。

日が沈む頃には、さすがに宵丸は帰っていったが、子狐の千速は雪緒がそれとなく戻るように促しても「おれは狐の置物だから動けませんので、あしからず」と主張し、頑《かたく》なに部屋に居座り続けた。もふもふの気遣いが嬉しくも悩ましい。たくさん撫でておいた。

自称「狐の置物」のよく動く千速と夜具の準備をしていると、直前まではなんの気配も感じなかったのに、障子の向こうにだれかが座っていることに気づいた。

「……だれでしょう?」

障子に突撃しかける千速を止めて、雪緒は尋ねた。

「沙霧です。開けていただいても?」

その返答に偽りはないかと、千速の反応をうかがえば、かわいい子狐は梅干しのように顔中をしわしわにして、心底嫌そうにうなずいた。

先の一件で沙霧のことが大嫌いになったらしき千速の耳をつついてから、雪緒は障子を開けた。

薄暗い廊に、狩衣《かりぎぬ》姿の沙霧が片膝をついてこちらを見ていた。

「沙霧様、お会いできたのは嬉しいですが、私は一応、罰を受けている身で――」

「あなた、もっと警戒をしなさい。僕じゃなかったらどうするんですか。そこの毛玉の判断など当てにしてはだめですよ」

キィッと千速が全身の毛を逆立てた。

「なにしに来たんですか、おのれ木霊め！　白月様を貶《おとし》めるだけでは飽き足らず、雪緒様にまで手を出すつもりなら、この千速が決して許さ――むぐっ」

「うるさい」

沙霧が鬱陶《うっとう》しげに顔をしかめ、片手でむぎゅっと千速の顔を掴んだ。

「やめてあげてください――それで、ご用件は？」

沙霧の手から千速を取り返す。千速はきゃうきゃう泣いて、雪緒の膝によじ登った。

「あなたを攫《さら》いに」

「はい？」

耳を疑い、沙霧を見つめれば、屈託のない笑みを返された。腕を取られ、その流れで廊に出される。

肩に飛び乗った千速がまた沙霧に噛《か》みつきそうだったので、尾を軽く握り、静かにさせる。

沙霧の雪色の髪は、薄暗い廊でも淡く輝いて見えた。この謎《なぞ》めいた美しい半神と夫婦だったことがあるのかと、雪緒はぼんやり考えた。遠い夢のようだ。

「あなたが望めば、怪どもの手が届かぬところへ本当に攫ってあげますよ」

沙霧はこちらを見ずに言った。

奇妙なことに、廊にも、どこにも他者の気配が感じられなかった。あかりすらないのに、薄暗い程度であることもふしぎだった。

「これでも僕、後悔しているんです。肝心なときにどうやらあなたを救えなかったなと。救えない理《ことわり》が働いていたわけですが、それにしたって悔しいものは悔しいんで」

足を止めかけた雪緒の腕を、沙霧は遠慮なく引っ張って、先をゆく。

(私や白月様のように、記憶が残っているのだろうか)

いくら半神の木霊でも、そんなことがあるだろうか。……半神だからこそなのか。

しかし雪緒は、彼にだけは「記憶があるか」と聞いてはならないと、なんとなく悟っていた。

沙霧は慈悲深い。尋ねた瞬間、彼はきっと、救済になると確信して雪緒をあの『庭』に連れていくだろう。雪緒本人が望まずとも、それが愛と疑わずに攫うのだ。

それにしても、この廊はこんなに長かっただろうか。

「沙霧様は優しいから、私の願いを叶えてくれますよね。私、べつの里で励みますので、白月様の尾を落とさないよう古老の方々に耳打ちしてくださいますよね」

今度は沙霧のほうが足を止めた。深々と息を吐いている。

「僕にそれ、頼みます？　怪を下等と見ている僕に、狐野郎の味方をしろと？」

「もしも尾が落とされたら私、悲しみのあまりどうなるか」

「脅すのか。毛玉も胡散《うさん》臭い泣き真似《まね》をするな」

でも『妻』であった雪緒を守れなかったという負い目が本物なら、この願いを叶えてくれるはずだ。怪や神はこうした恨みや悔いの類《たぐ》いを、人のようには流さないし、忘れない。

人であっても彼らのように忘れない者が、たぶん怨霊《おんりょう》となって祀《まつ》り上げられる資格を得る。

「雪緒さんはだれに似て、そんなに悪知恵を働かせるようになったんでしょう」

「怪の方々に鍛え続けられてきたとしか」

「本気の回答は求めていませんよ」

沙霧がまた歩き出す。

やがて、格式の高い部屋の前で止まった。見た覚えがある——大蛇と松の木が描かれた黄金の襖《ふすま》の部屋だ。

「……この一回だけですよ。目くらましをして差し上げるのは」

そう言って、沙霧は雪緒たちをこの場に残し、薄暗い廊を戻っていく。

沙霧の背を見送ったのち、雪緒はおそるおそる襖の前に正座した。肩から下りた千速も、神妙な顔つきで隣に座った。

「……白月様、そこにおられますか？」

襖にちょっと指を触れて問えば、しばらくして、「いる」という短い答えが向こうから返ってきた。

「ご無事ですか？」

「——なにをしに来た。だれの手引きだ？　宵丸ではないだろう。楓には廊に仕掛けられた呪《じゅ》縛《ばく》の法を破る力はない。なら、ああ、もしかして沙霧か？　あいつがよくも……」

刺々《とげとげ》しい声を白月が聞かせる。どさっという音とともに、襖がわずかにゆれた。どうやら白月が寄りかかったようだ。この襖にもなにか呪法《じゅほう》が編みこまれているのかもしれない。

顔が見たかったな、と雪緒は残念に思った。

「ねえ、白月様」

「……なんだ」

――やっぱり、恋してはくれませんよね。

最後のあがきのような、淡い願いが胸を通り抜けた。

未練がましい自分を雪緒は笑った。

「火渡り祭の凶星……イヌって、とても奇妙で美しいですね。正体は、神なんでしょうか？　怪なんでしょうか？」

「……はっ？　そんな話をしに来たのか？」

隣の千速からも「雪緒様、乙女《おとめ》心が死んでいるの？」というような視線を寄越された。口の端をつついてやった。

「イヌの正体を知りたくて」

「すこぶるどうでもいい」

「雷王様が、イヌにはなりたくないとおっしゃっていたんです」

「――」

んあっ!?　というように千速が目を見開いた。しかし声を出さないのは、「狐の置物」設定を思い出しているためだろうか。耳をつまんでやった。

「イヌとは、なんでしょう」

「どれほど祀っても変えられない『凶星』として、名を神書に記されてしまったモノだ」

「……神や怪ではなくなる？」

「なくなる。人でもない。獣でもない。神書から消されぬ限り恒久的に凶星だ。神罰の極みを受ければ、イヌに成り果てる。いつも餓《う》えてたまらぬモノだ。あれになるなら、まだ鬼神のほうがまし」

襖の向こうで、ごそごそと音がした。身じろぎしたようだ。その後、ぼすっと尾を襖に打ちつける音もした。

「なあ雪緒……こわかったか？」

その問いは、イヌのことではなくて、最後に見せた白月の姿についてだろう。

「こわかったです」

「ふうん」

隣の千速が髭《ひげ》をひくひくと上下させている。焦《じ》れったい！　と言いたげだ。腹部をくすぐってやった。

なんだか胸がいっぱいで言葉が出てこない。

過去の世が雪緒の頭のなかを巡る。巡ってきた。あれらの波乱の世を乗り越えて、現に戻ってきた。

（もしもあなたが私の立場になって、ほかのだれかと添い遂げたら、私は泣くどころじゃなかった。心が焼け落ちたに違いない）

耐えられなかったろう。そして、耐えられた白月の心には、どうしても恋が実らなかった。

「――この襖、開きません？」

「あかぬ。謹慎中だ」

最後に顔を見るのは、やはり無理そうだ。

「雪緒――おまえ、俺が動けぬあいだ、妙な真似をするなよ」

「妙って？　お稲荷《いなり》さんを山ほど作るくらいしかしませんよ」

「……ごまかすな。いや、作るな」

や、やだあっお稲荷さん食べる!!　という必死な視線を千速が向けてくる。鼻をつついてやった。

「俺はすぐに外に出る。爺どもめ、俺を閉じこめやがって。妖力が回復したら必ず嬲《なぶ》ってやる……」

すごく腹を立てている。

「妖力、使えないのですか？　日渡りのせい？」

「心配するほどでも。休めば、元に戻る。それよりおまえ様、本当にわかっているだろうな。

無茶な行動はするな」

どうやら白月にはまだ、他里に雪緒が移住する話が伝わっていないらしい。

だが勘の鋭い怪だ。なんとなく不穏な気配を察し、楓に雪緒を監視させたのだろう。その楓が、白月のために古老たちの話を呑《の》んだことまでは、おそらく気づいていない。

「……少し、雪緒と、話をしたい。しよう。俺も、いささか考えることがあった」

言いにくそうに白月がぽつぽつと言葉を落とす。雪緒は急に目の奥が熱くなった。ごまかすために、千速を抱き上げて膝に乗せた。

「好きです」

「は？」

「ずっと好きですよ、白月様」

「――だからおまえな！　おまえ様なあ、そういう……、出てから言えよ、雪緒め。食うぞ」

「お狐様すぐ食べたがる……。でも好き。好きです」

もうこの夜を境に、言えなくなる。会えなくもなるから、ここに「好き」を置いていく。

こちらの心情を見抜いた千速が髭と耳を下げて、目をうるうるさせた。

「……ほかに嫁入りしたくせに。俺は忘れないぞ」

「白月様のことが好きすぎて、選べなかったんです」

「ごまかされんからな！　食う」

「また食べようと……」

「食わねば、俺も、こわい」

雪緒は、はっとした。

「いや、嘘《うそ》だ。信じるなよ。どこへも行くな」

「――はい。白月様……ここ、開きませんか？」

「あかぬ」

「はい」

雪緒は、千速を持ち上げて自分の顔にそのふっくらした毛を押し当てた。

❁

綾槿ヶ里へ発《た》つ日が来た。

その前に、どうしても白月をひとめ見ておきたい。が、接触は古老たちに禁じられているので、白月が封じられているという離れを外からこっそりと眺めることにした。千速情報によると、白月は一度あの松の部屋から脱走し、より強固な結界を作れる離れに移されたらしい。いい顔をしない宵丸に頼みこみ、出立の夜、その離れまで連れてきてもらう。

「会うなと言っても、おまえは聞かん」

「心残りはないように……と、切々と言えば、きっと宵丸さんは手を貸してくれるだろうと思いました。ありがとうございます」

「……こいつ！　ってかなんで、この毛玉野郎までついてくるんだ！」

「おれは狐の置物にすぎませんので、おかまいなく」

雪緒の肩の上には、千速が張りついている。なにがなんでも同行するつもりらしい。

雪緒たちが小声で話し合いながらも離れに近づいたときだ。

そちらから、揉《も》め事の気配を感じた。目を凝らせば、闇の向こうで狐火や松明《たいまつ》が慌ただしくゆれていた。

大いに渋る宵丸を急《せ》かして、雪緒は離れのほうへ近づいた。

「──俺を餌《えさ》にするか、こうまでも軽んじるのか!!」

こちら側にまで聞こえてきた白月の怒声に、雪緒は一度足を止めた。

宵丸が庇《かば》うように雪緒の前に立つ。雪緒は逡巡《しゅんじゅん》の末、宵丸の背を軽く押して離れのほうへもう少し近づいた。

離れの手前に、白月がうずくまっていた。白い衣が闇のなかに浮かび上がっている。

彼の近くには、数人の怪がいた。楓も同席しているようだ。

白月の背後にも二、三の怪の姿がある。彼らは必死の形相で地面に突き立てている錫杖《しゃくじょう》を握っていた。

よく見ると、錫杖には赤い紐《ひも》が巻かれており、それが白月の腕にも絡みついている。

「狐野郎、離れに仕掛けられた呪法を力ずくで突破しやがったな。神具を用いているってのに、どんな馬鹿《ばか》力だよ、あれ」

彼らのほうに目を向けて、宵丸が呆《あき》れたようにつぶやいた。

離れの障子が、猪《いのしし》でもぶつかったかのように大胆に割られている。宵丸の言うように、白月が力尽くでこじ開けたのだろう。

「どこへも行くなと言った、なのになぜ、こうなる!!」

「白月様、落ち着いてください。時が来たら、必ず雪緒様をこちらの里へ戻します。少しのあいだ、あちらですごしてもらうだけです。雪緒様も納得されています」

楓が宥《なだ》めようとしている。

「……薬屋の話が白月に漏れたようだ。だれだよ教えたやつは。こいつが無事に里入りするのを優先して儀すら控えたというのに」

不快そうにこぼす宵丸を一度見やって、雪緒はふたたび白月に視線を向けた。

夜逃げのようにして旅立つのは、諸々《もろもろ》の危機回避のためでもあったが、白月に悟られぬようにするのが一番の目的だった。この様子を見る限り、そうした懸念を抱いて大戴《だいたい》の儀を後回しにと決めた楓の判断は、正しかったと言える。

「綾槿には三雲《みくも》がいる!!　三雲のもとへどうして行かせられる!!」

白月がもがいていた。彼の背後の古老たちが焦りながら錫杖にしがみつく。

「雪緒様には、宵丸様がついておられる――」

説得を試みた古老の一言が、白月の妖力をぐんと膨らませた。

急に息が詰まって驚く雪緒の肩を、宵丸が引き寄せる。千速も頬擦《ほおず》りしてきた。

「宵丸!! なんであいつを選ぶ、ああ……そうか、そういうことなのか、雪緒! おまえはいつも、俺の手を取らなかった、俺の手だけは! 鬼までも選ぼうとした!!」

「白月様、どうか!」

あふれる妖力の影響か、風もないのに周囲の木々がざわめいた。八月も終わる頃だが、そうとは思えないほどに気温が下がり始める。夜鳥がたまらぬ様子で木々の枝から次々と飛び去っていく。虫の音も、絶えてしまった。

「薬屋、もう行こう。これはおまえが見るものじゃない」

珍しく白月を気遣ったのか、いや、恐れたのか、宵丸が硬い声で雪緒を急かした。

「雷王の過《あやま》ちを肩代わりしたのはだれだと思っている、俺はすぐさま尾を落として献身したはずだ、だがこれがまかり通るのなら、俺を餌に雪緒を従わせるのなら、よく見るがいい、祟り神になってやろう!! すべての池を血に変えてやる、すべての畑を腐らせてやる、郷《ごう》を狂わせてやる!!」

「白月様、なぜそこまで雪緒様に」

「俺を、俺を、狂わせたな雪緒……!!　どこにいる!!」

雪緒は気圧《けお》され、一歩下がった。

白月様、と怪たちが慌てて錫杖を握り直す。

「俺は、俺が、行くなと……!!」

白月が自身の腕を引きちぎる勢いで暴れている。

お止めしろ、と恐怖にまみれた声が上がった。白い袖が、赤くそまり始めていた。本当に自分の腕を犠牲《ぎせい》にして、神具につながれた赤い紐から逃《のが》れようとしている。

白月の身体《からだ》が歪んだ。またあの醜い化け狐に変化しかかっている。針山のような尾で地を引っ掻き、前肢をちぎって、血を迸《ほとばし》らせながらも駆け出そうとする。

屋敷のほうから、新たな錫杖を持った怪たちが駆けつけてきた。白月のまわりにそれらを突き立て、赤い紐を増やして彼の動きを封じこめる。

「ああ、おまえ、近くにいる、どこだ、どこに!!」

——ここに。

心のなかで答えたとき、宵丸が厳しい声で「聞くな」と窘《たしな》めた。

封じこめが成功し、白月の姿が人に戻っている。

「雪緒、行かせるか!　俺をこれほどおかしくしたままどこへ逃げる、答えろ……!!」

「話すな」

宵丸に手を握られた。もう有無を言わせず歩かされる。

振り向こうとすると、握る手に力をこめられた。

「見るな。気づかれる」

雪緒は振り向くのをやめた。

(好きです、白月様)

道は分かれた。

「雪緒!!」

——はい、と心のなかでだけ。

もう取り返しがつかない。白月のみを、もう追うことはできない。

こわくて、憎くて、恋しい狐様だった。これまでの雪緒の道標《みちしるべ》だった。生きる希望でもあった。心の色を変える四季のような存在でもあった。恋を与えてくれて、それを砕かれもした。

(ずっと好きだったんです)

それでも雪緒は、二度と過去には生きない。

人の定めはいつも未来を向いている。

すべてを胸に閉じこめて、雪緒は夜の奥へ身を忍ばせた。

あとがき

こんにちは、糸森です。

本書をお手に取ってくださり、ありがとうございます。

『お狐様の異類婚姻譚』の五弾目となります。登場人物は既刊と同じです。

お狐様がとうとう恋に落ちました（?·）。甘酸っぱい純愛物語を目指していた……はずです。ここから雪緒のターンになります。

基本的にこのシリーズは、和風ということで、その巻ごとに「およそ各月に開催される祭り」を軸にして展開を進めております。そこに童謡を裏モチーフとして、スパイス程度にまぶしています。

前巻では「たなばたさま」で、今回は「ずいずいずっころばし」です。各キャラとの嫁入り道中をお茶壷道中に見立てようと思っていたのですが、まったくそう見えません。本編書き上げ後に気づきました。

この巻のあれこれについてを少し。本編のネタバレを含むかと思います。

今回は祭り成分を控えめにして、各キャラルートを中心にしました。たまにはこういう内容もいいかなと。自分の懐に入った人間には優しい妖怪たちという設定です。

作中の裏話です。これを知らずとも本編の内容がわからなくなるということはないので、大丈夫です。

宵丸ルートの祝言場面ですが、雪緒が客の姿をはっきりと視認できない理由は、背後に置かれている屏風の花の香りがめくらまし効果を持っているため……というまったく本編に絡まぬ設定があります。祝言の時の宵丸が雪緒に対して素っ気ないのは、単純に、どう接していいのかわからん……と悩んでいるからです。

祝いに来た沙霧が雪緒に声をかけたのは、雪緒の反応次第で攫って（助けて）やってもいいと思ったためです。

大鷺ルートはボリュームが出そうだったので、大幅に省きました。大鷺はどこかで書けたらいいなと思っています。このルートの最後で、雪緒の背後に迫ってきたのは大鷺兄弟のだれかです。

鈴音はなかなか奔放なタイプですが、正式に妾（？）の立場にいるような相手はいません。

白月が平気で郷巡りを抜け出していたのは、幻だからです。白月は雪緒の結婚相手が宵丸になって、内心本気で驚いています。終盤の襖の問答で白月は、雪緒を留めておけただろうフラグを、無自覚のままにへし折っています。

謝辞です。

担当者様には今回も本当にお世話になりました。無事に完成したのも担当者様のおかげです。とても感謝しております！　今後ともどうぞよろしくお願いいたします。

凪かすみ様、本当に素敵なカバーとモノクロイラストをありがとうございました！　原稿中に拝見した時、歓喜で生き返りました。カラーもデザインも美しくて最高です。

編集部の皆様、デザイナーさんや校正さん、書店さん。本書の出版、販売等にお力添えくださった方々に心からお礼申し上げます。家族や知人にも感謝です。

ありがたいことにお狐様がコミック化されております。作者様は、いなる様です。作画がとても美麗で、いつも楽しみに拝見しています。雪緒も本当に愛らしく、もふもふも本当にもふもふです。

現在も連載中ですので、ぜひご覧いただけたらと思います。

この本をお読みくださった方々に、楽しい読書時間と思っていただけましたら光栄です。またお会いできる時まで。

お狐《きつね》様《さま》の異《い》類《るい》婚《こん》姻《いん》譚《たん》
元《もと》旦那《だんな》様《さま》は恋《こい》狂《くる》うところです

2021年6月1日　初版発行

著　者■糸森 環
発行者■野内雅宏
発行所■株式会社一迅社
〒160-0022
東京都新宿区新宿3-1-13
京王新宿追分ビル5F
電話03-5312-7432(編集)
電話03-5312-6150(販売)
発売元：株式会社講談社
(講談社・一迅社)

印刷所・製本■大日本印刷株式会社
DTP■株式会社三協美術

装　幀■AFTERGLOW

ISBN978-4-7580-9365-1

この本を読んでのご意見
ご感想などをお寄せください。

おたよりの宛て先

〒160-0022
東京都新宿区新宿3-1-13
京王新宿追分ビル5F
株式会社一迅社　ノベル編集部
糸森《いともり》 環《たまき》 先生・凪《なぎ》かすみ 先生

第10回 New-Generation

アイリス少女小説大賞

作品募集のお知らせ

一迅社文庫アイリスは、10代中心の少女に向けたエンターテインメント作品を募集します。ファンタジー、時代風小説、ミステリーなど、皆様からの新しい感性と意欲に溢れた作品をお待ちしております！

金賞	賞金100万円	＋受賞作刊行
銀賞	賞金 20万円	＋受賞作刊行
銅賞	賞金 5万円	＋担当編集付き

応募資格 年齢・性別・プロアマ不問。作品は未発表のものに限ります。

選考 プロの作家と一迅社アイリス編集部が作品を審査します。

応募規定 ●A4用紙タテ組の42字×34行の書式で、70枚以上115枚以内（400字詰原稿用紙換算で、250枚以上400枚以内）
●応募の際には原稿用紙のほか、必ず ①作品タイトル ②作品ジャンル（ファンタジー、時代風小説など）③作品テーマ ④郵便番号・住所 ⑤氏名 ⑥ペンネーム ⑦電話番号 ⑧年齢 ⑨職業（学年）⑩作歴（投稿歴・受賞歴）⑪メールアドレス（所持している方に限り）⑫あらすじ（800文字程度）を明記した別紙を同封してください。
※あらすじは、登場人物や作品の内容がネタバレも含めて最後までわかるように書いてください。
※作品タイトル、氏名、ペンネームには、必ずふりがなを付けてください。

権利他 金賞・銀賞作品は一迅社より刊行します。その作品の出版権・上映権・映像権などの諸権利はすべて一迅社に帰属し、出版に際しては当社規定の印税、または原稿使用料をお支払いします。

締め切り 2021年8月31日（当日消印有効）

原稿送付宛先 〒160-0022 東京都新宿区新宿3-1-13 京王新宿追分ビル5F
株式会社一迅社 ノベル編集部「第10回New-Generationアイリス少女小説大賞」係

※応募原稿は返却致しません。必要な原稿データは必ずご自身でバックアップ・コピーを取ってからご応募ください。※他社との二重応募は不可とします。※選考に関する問い合わせ・質問には一切応じかねます。※受賞作品については、小社発行物・媒体にて発表致します。※応募の際に頂いた名前や住所などの個人情報は、この募集に関する用途以外では使用致しません。